The 1000 Year Old Boy

千岁男孩

在时间
耗尽之前
做好每一件事

[英] 罗斯 · 韦尔福德 著
刘勇军 译

中信出版集团 | 北京

图书在版编目（CIP）数据

千岁男孩 / (英) 罗斯·韦尔福德著 ; 刘勇军译
. -- 北京 : 中信出版社 , 2022.7
书名原文 : THE 1000 YEAR OLD BOY
ISBN 978-7-5217-4262-6

Ⅰ . ①千… Ⅱ . ①罗… ②刘… Ⅲ . ①儿童小说—长篇小说—英国—现代 Ⅳ . ① I561.84

中国版本图书馆 CIP 数据核字（2022）第 063125 号

千岁男孩

著　　者：[英] 罗斯·韦尔福德
译　　者：刘勇军
出版发行：中信出版集团股份有限公司
（北京市朝阳区惠新东街甲4号富盛大厦2座　邮编　100029）
承 印 者：北京中科印刷有限公司

开　　本：880mm × 1230mm　1/32　　印　　张：11　　字　　数：480千字
版　　次：2022年7月第1版　　印　　次：2022年7月第1次印刷
京权图字：01-2022-2299
书　　号：ISBN 978-7-5217-4262-6
定　　价：39.80元

第一部分

阿尔菲

你想长生不老吗？恐怕我不能说这是什么好事。到了如今，我也习惯了，很清楚永生有多特别。但我现在只盼着这一切能结束。我想像你一样长大。

现在来说说我的故事吧。我叫阿尔韦·埃纳尔森。我活了一千年。其实不止一千年了。

我们是朋友吗？如果是，就叫我阿尔菲好了。你也可以叫我阿尔菲·蒙克。

第一章

南希尔兹，公元1014年

我和妈妈坐在一片低矮的悬崖上，俯瞰着河口，在另一边，浓烟从我们的村子升起，冲入云霄。

现在人们称这条河为泰恩河。那时，我们说它是“特恩河”，在我们的语言里，它就叫这个名字。

我们坐在那里，妈妈一边淌眼泪，一边气哼哼地咒骂不停。我们听到河对岸传来了尖叫声。悬崖顶上的木堡垒熊熊燃烧，烟味向我们飘来。人们挤在对岸，大都是我们的邻居。但船夫达格不打算回去接他们。现在不行，不然他也将送掉性命。木筏刚一靠岸，他就结结巴巴地道了歉，一溜烟逃命去了。

村民蜷缩在岸边，那些乘船来到此地的人则从北边过来了。他们看起来既傲慢又大胆，先是停顿了一下，才走向他们的猎物，刀剑和斧头早已备好。我看见一些人跳进水里逃生。可是他们游不了多远，一条小船正在河中央等着拦截他们。

我低下头，把脸埋在妈妈的披肩里，但她把披肩拉开，擦了擦眼睛。她气得声音都发抖了。

“Sey, Alve. Sey!”我们当时就是这样说话的。现在人们说这是“古斯堪的纳维亚语”，或是这种语言的一种方言。我们没有给这种语言起任何名字。她的意思是:“看呀！看那些从北方坐船来的人，都对我们做了什么。”

但我做不到。我站起来，迷迷糊糊地走了几步，依然能听到杀戮的声音，烟味也仍在往我的鼻子里钻。我为自己仍然活着而痛苦不堪。在我身后，妈妈拉着一辆小木车，车上是我们设法装到达格那艘木筏上的所有家当。

我的猫比法走在我们旁边，它冲进路边的草地，追老鼠或蚱蜢去了。平时看到这样的事，我准会情不自禁地笑出来，但此时我只觉得内心空虚，像是身体被人剖开了。

走了一两英里，我和妈妈在一个隐蔽的深海湾里发现了一个山洞。阳光炽热，父亲的旧火镜派上了用场。所谓火镜，其实就是一块光滑弯曲的水晶，能将阳光聚焦成一束细细的光束，可以用来生火。我害怕袭击者会来追杀我们，但妈妈说他们不会，她是对的。我们逃过了这一劫。

三天后，我们看到他们的船再次驶入了大海，而我也犯下了自己这一生中最大的错误。我等了一千年，才把这个错误纠正过来。

第二章

如果你想问我“你为什么会犯下这个错误”，那就问吧，我不介意。我早就问过自己很多很多次了，只是到现在依然给不出完整的答案。

我只能说我当时不光很小，还吓破了胆。

我想做点儿什么，做什么都行，我只想变得强大起来，能更好地帮助妈妈，更好地保护我们两个。

就这样，我成了一个永生人，就像妈妈一样。

那是很久以前的事了，我说很久以前，其实指的是很多个世纪以前。事情是这样的。

我父亲有五个小玻璃珠，这种珠子叫 livperler，意思是“长命珠”。

它们是我们拥有的最有价值的东西。妈妈说它们可能也是这个世界上最珍贵的东西。

为了得到长命珠，人们甚至会自相残杀。爸爸也是为了保住这些珠子才丢了命。所以我们没对任何人说过长命珠在我们手里。

现在长命珠只剩下三颗了。一颗留给妈妈，另外两颗留给我长大一点儿再用。

这些事情我都清清楚楚。妈妈给我讲过很多次：“等你长大了再说，阿尔韦。你要有耐心。”

但我等不及了。

在洞里的第三天晚上，趁妈妈出去找水，我打开陶土小盒，拿出了长命珠。虽然放了很久，但在自外面照射进来的昏暗的暮光下，玻璃珠依然闪闪发光，我把一颗举到火边，里面黏稠的液体闪动着琥珀色的光泽。

在火堆对面的一小块石架上，比法坐了起来，它那对黄色的眼睛像长命珠一样闪亮。它知道我要干什么吗？比法喵喵叫了两声，听到它发出这种轻轻的叫声，我们总以为它是在跟我们说话。比法似乎知道很多事。

我盘坐在地上，拿出了刀。这把小钢刀是爸爸的，刀刃用铰链连接在木头刀柄上，我把刀举到火上。我瞥了一眼洞口，确定妈妈没有回来。我用力地咽了咽口水。

我用烧热了的刀在上臂划了两下，血立即涌了出来。两个很短的伤口，与妈妈的伤疤一模一样，也与爸爸的伤疤一模一样。我并不清楚割两刀会有什么不同。可能没什么不一样，只是一个形式而已。

一开始我不觉得疼，等我用拇指把伤口拉开，锥心的痛楚才传来。我用力咬住长命珠，将其咬碎。发黄的液体渗出，就像血从我的伤口渗出来一样。我用指尖把液体拢到一起，揉进伤口里。我重复了一遍又一遍，直到所有液体都融入了我的伤口。我只觉得刺痛不已，就像被春天里新长出的荨麻刺到了。

接下来发生的事完全是一场意外。我无数次在脑海里回想当时的情形，就像今天人们播放录像带一样。我是不是无意中做错了哪一步?

我不知道。

我想比法只是好奇而已。它不可能知道的，但是，就像我说的，它是一只非常聪明的猫。突然，它又发出一声低吼，从低矮火焰的正上方蹿过，向我扑来。那把刀还在我手里，我不假思索地举起了刀。我只是出于条件反射自卫而已。刀子轻轻地划破了它的一只前爪，但它没有再叫。它落在地上，我也转过身，恰在此时，我的短袍把我放在低矮石架上的一颗长命珠扫到了一边。我失去了平衡，赤裸的脚重重地踩在珠子上，把珠子踩裂了。

我吓坏了，盯着它看了几秒钟。

我不听妈妈的话已经够糟了。现在我又浪费了一颗宝贵的长命珠。

浓稠的琥珀色液体开始从岩石滴下。我满脑子想的都是不能白白浪费珠子，便抓住比法脖子上的皮肤，把液体抹在了它受伤的爪子上。

（我不是在恶作剧，那么多年来，我一遍又一遍地对妈妈这么说。我只是不想浪费而已。）

然后，我用一块干净的长布条裹住自己的胳膊，又在比法的爪子上绑了一条。它似乎并不介意。它舔了舔胡须，打了个哈欠，又蜷缩了起来。妈妈提着一桶水朝山洞走来，我能看见她的身影映衬着朦胧的蓝色天空，心里羞愧不已。

有时我觉得自己到现在依然深感愧疚。

当时，我已经活了十一个冬天。

从此之后，在一千多年的时间里，我一直保持着十一岁的模样。

第三章

那都是很久以前的事了。

曾经，我也试过讲出自己的故事，但很快便发现人们毫无兴趣。我不得不省略一些关键的细节，比如长命珠，如此一来，他们就以为我是在戏弄他们（这还是最好的）。最糟糕的情况是，他们认为我是个危险的疯子。

于是我只能保持沉默。

我有时会想，要是我看起来很老，人们的反应会不会不一样？比如我满脸皱纹，弯腰驼背，头发都掉光了，声音颤巍巍的，大大的耳朵上布满血丝，衣服又不合身。不过话说回来，如果是这样，人们就不会认为我是在戏弄他们了，不是吗？他们马上就会觉得我老了，变得疯癫了。

“上帝保佑老阿尔菲。”他们会这样说，“他今天又在说维京人的故事了。”

“是吗？唉。昨天他还说起查尔斯·狄更斯呢。他说他见过狄更斯呢！”

“真的吗？可怜的老家伙。反正他也没有恶意。他就是爱胡说八道而已，对别人构不成威胁。”

可事实上，我一点儿也不老，我就是十一岁左右的孩子该有的样子。

在我停止长大的时候，维京人差不多已经占领了英格兰的东北部。而我和妈妈躲避的是苏格兰人。五十多年后，这个国家的南部才遭到入侵：1066 年，诺曼人来了（如果你问我，我会告诉你诺曼人大都是学过法语的维京人。诺曼人、北方人[1]：这二者是有联系的）。

还有，如果你感兴趣的话，我确实见过查尔斯·狄更斯，但那是很多年以后的事了。

明白了吧？你并不相信我，对不对？这也不能怪你，毕竟我是这世上仅存的永生人了。现在妈妈不在了，长生不老又能怎么样？活着再也不能算是生活了。

问题是，连你都不相信我，我又怎么能说服艾登·林克莱特和罗克茜·明托呢？我需要他们的帮助，才能让自己从永生的诅咒中解脱出来。

倘若他们不相信我，那按照你们现在的说法，我就是前进无路、后退无门了。

① 在英语中，诺曼人为 Norman，北方人为 north-man，二者有相似之处。——译者注

艾登

我应该先给你讲讲我为什么不开心。把这件事说清楚了，再看我是怎么认识阿尔菲的。自从遇到他，我的人生发生了翻天覆地的变化。

第四章

惠特利湾，现代

首先，我们搬家了。光是这一件事，就已经够糟糕了。现在的情况是：

1. 新房子小了很多，后花园只有芝麻点儿大，就是个又脏又乱的院子，连球都踢不了。妈妈不止一次地提醒我，能住在一栋有外部空间的房子里，已经算是走运的了，她这么说的时候，我心里很内疚，甚至后悔提到这件事，我很清楚我们为什么搬家。我的朋友莫住在公寓里，他家没有花园，他以前常去我们的老房子玩，但现在没这个必要了，不是吗？

2. 如果有人来家里住，我就只能与莉比同住一个房间，即使在最好的情况下，她也让我头疼不已。她七岁了，喜欢《小马宝莉》。

3. 伊尼戈·德隆布拉是我的同学，他现在住在我家的老房子里。我想他甚至住在我以前的房间里。每次我见到他，他都冲我坏坏一笑，好像在说："你这个可怜的失败者。"

至少我不用转学，但因为斯派奇和莫的缘故，恐怕这也是早晚的事。

还有一件事：爸爸和妈妈总是吵架，只要见面就吵个不停。他们说这是"拌嘴"，但最近他们吵得更厉害了，还以为我没注意到。他们吵架，原因是钱，每次都和钱有关。我不知道细节如何，只知道他们做了一个“错误的投资”，妈妈埋怨这都是爸爸的错。妈妈现在在一家电话服务中心工作，她讨厌这份工作。有天晚上我发现莉比在楼梯顶上偷听。

她说：“艾登，他们会离婚吗？”

我只好说：“不，当然不会。”她的下巴颤抖着，但她没有掉眼泪。反正在我面前没有，这样也好，不然我也该哭鼻子了。

这事说完了，下一个话题……

如果一个你刚认识的孩子告诉你他一千岁了，你会有什么反应？你得实话实说。

也许你会笑着说：“是的，太棒了！”

你还可能不搭理他，因为你很清楚不要激怒疯子。

我想，你可以回一句俏皮话，比如，“那我还是示巴[1]女王呢”。

好吧，我不太擅长说俏皮话，但你懂的。

所以当阿尔菲对我说“艾登，我已经一千多岁了”的时候，我连一个字都不信。

后来我还是信了，因为尽管这件事难以置信，却是事实。

但是，为了说得清楚明白，我要将时间倒回去一点儿。

---

① 示巴：公元前八世纪存在的一个古国。——译者注

第五章

复活节假期刚刚开始，爸爸妈妈、莉比和我便搬进了新居，我们用了三天时间，将所有的东西拆开，收拾妥当。在搬家时，我的游戏机摔坏了。我问妈妈能不能买个新的，她只是轻轻地笑了笑，笑中透着悲伤，我想这表示不行。她说我们“得先做其他重要的事”，听了这话，我很后悔开口要游戏机。

剩下的假期会怎么度过，是明摆着的事。

“叫上你的朋友，一起去海滩玩玩吧。”妈妈每隔五分钟就说一次。

问题是斯派奇随着他的意大利祖父母去了那不勒斯，每年复活节他都去。更糟的是，他邀请莫和他一起去，偏偏撇下了我。

他们通知我的时候，我假装并不伤心，但我的确受伤了。我把这件事告诉了妈妈，她只说:“这样啊，反正我们也付不起机票钱，所以也没什么不好。”但这不是重点，不是吗？我觉得斯派奇有点儿尴尬。他说他祖父母家的农舍没有空房，才没邀请我，但我看过照片，他祖父母家很大，再说，我很乐意睡在地板上。我差点儿就把这话说了出来，但我很高兴没说出口。

还有一件事。按照爸爸的话说，“叫人无法忍受的是”，爱丽丝姨妈和贾斯帕姨父要来我家暂住了。爱丽丝姨妈还好，但贾斯帕姨父！老天。

我知道爸爸很不高兴，我听到他对妈妈抱怨："我的天，他们就不能住酒店吗？我们家里又不是很大。"

"她是我姐姐，本。"

爸爸啧啧两声，翻了个白眼。

这一天是假期的第四天。早上爱丽丝姨妈和贾斯帕姨父到了，我也搬进了莉比的房间，睡在气垫床上。她随着小女童军露营去了，两三天后才回来，所以我至少并不是真和她同住一个房间，但是……

这会儿，我们都坐在厨房里，周围是搬家公司留下的许多箱子。爸爸目前没有工作，便待在家里，他煮了茶，和贾斯帕聊着他的船，显然这是个"安全的话题"。妈妈对爱丽丝姨妈的衬衫赞不绝口。爱丽丝姨妈比妈妈大很多，贾斯帕则比爱丽丝姨妈小很多，不过，多亏了他的胡子，他看起来比她们两个都大。

爱丽丝姨妈夸我长高了许多，贾斯帕却不太客气："你怎么样，孩子？有没有吃新鲜的水果蔬菜？你看起来像个幽灵！"他说完就咧开嘴笑了，露出又长又白的牙齿，好像他只是在开玩笑，不过我看得出他是当真的。

爱丽丝姨妈说："贾斯帕，他看起来很可爱！"

妈妈则有点儿尖刻地对他说："他很好，贾斯帕。是不是，艾登？"

我用力地点点头，仿佛只要点头，就可以向姨父表明，我就像他常说的那样，"身体壮得像头牛"。

他哼了一声，又说道："吹吹 ventum maris[①] 多好啊。孩子，这才是你需要的。"说完，他咕噜咕噜地喝了一大口茶（红茶，不加糖）。

贾斯帕说起话来就是这副腔调。就我所知，他没有哪个地方的口音，也没有外国口音。他有时说话像美国人，还有些时候，他在一句话的结尾会提高声调，好像在问问题，更像个澳大利亚人。光是看是很难看出来的。他出生在罗马尼亚，有一双细小的深色眼睛，眼珠几乎是黑色的，还戴着一副有色眼镜。他在很多国家生活过。

有一次我问他是哪里人。"就叫我游牧人吧。"他笑着说，牙齿露了出来。告诉你一个秘密吧，我很怕他。

我喝完牛奶，就听到贾斯帕胡子底下的嘴里冒出了"首相"两个字，我想是时候离开了。就我参与过的对话而言，一旦有人提到政府，谈话只会越来越无趣。

"我去外面了。"我说。贾斯帕咕哝了一声，似乎在表示赞同。

---

① 这是拉丁语，意为海风。——译者注

第六章

能走出家门真好。我深深地吸了一口气，大叫了一声“啊”，又把气呼了出来。

我们的房子位于这片地方的边缘。一排有十来间小房子，新房子都建在隔壁。我家后院篱笆的另一边是一片林地。据我所知，这片树林连名字都没有。人们只说那是“树林”，或“高尔夫球场外的那片林地”。

后院篱笆上有扇门就好了，那样我打开门便可以直接进入树林，那就太酷了。可惜没有篱笆门，空荡荡的长方形院子的尽头只有一面木墙。

后院的一边是一条满是垃圾的小巷子，里面弥漫着猫尿味。巷子里有一张旧床垫、一台生锈的洗衣机，还有一个装满旧衣服的垃圾袋。爸爸说清理小巷是社区委员会的工作，但他们显然无意那么做。垃圾巷的另一边住着两个留着灰白短发的女人，她们叫苏和普鲁，妈妈见过她们了，说她们“很好”，还说“其中一个是博士”。（我一直认为博士赚得很多，所以我不明白她们为什么住在这种地方。）

她们的院子倒像个整洁干净的花园，路面铺得十分平整，她们还从救援中心领养了五只猫。（妈妈说到这里时，爸爸哼了一声，道：“要是有人养了两只以上的猫，千万不能相信他们。”我觉得这话有点儿刻薄。我就很喜欢猫。）

我家后院的另一边是另一户人家的花园，里面有草地，我们两家的院子中间隔着摇摇晃晃的篱笆。

在所有事情开始的这个早上，我背对着篱笆站在院子里，盯着用脏脏的砖砌成的老房子。那些房子有一半看起来都没人住，有几栋的窗户都破了。难怪我们这栋的租金如此便宜。爸爸妈妈说这只是暂时的。

“你好，艾登！”

我吓了一跳，连忙向四周看去，却不见有人。接着，那个声音大笑起来，笑声短促、尖厉，还很高亢。是个女孩。我转了一圈，试图找出声音的来源。

“在这里呢！”

“哪儿？”我说。有什么东西重重地打在我的脸上，我疼得叫了一声。几秒钟后，又有一个东西擦着我的鼻子飞了过去。

“嘿！别玩了。”我说。那小猎狗吠叫般的笑声又响了起来。这时，我终于看到一支黄色的圆珠笔管从后院篱笆上的一个大洞里向外抽了回去。有人把它当豌豆枪，向我发射纸弹。她瞄得很准。

我走到洞口边上，弯下腰往另一边看，几乎立刻就感到屁股被人重重地踢了一下。我连忙转过身，看见一个极为瘦小的女孩咧着嘴，调皮地咯咯笑着。我认出她和我念同一所学校，只是不知道她叫什么名字。我们没上过相同的课程。

“你……你从哪儿来的？”这话说得好像她凭空出现在我眼

前一样。

“我叫罗克茜·明托。我住在隔壁。你是艾登！”

“嗯……我知道。你怎么知道我的名字？”

她轻轻地哼了一声，表示她认为这是个愚蠢的问题。“你觉得呢？你妈妈和我妈妈说过话。我看到搬家工人把你们的东西搬进来。你有一辆红色的脚踏车，你的卧室里有一张白色的木桌。转过身去。”

“干什么？”

“你转过去就对了。”她说得那么有把握，我不禁乖乖听话，虽然我有点儿担心她会再踢我一脚。

“你怎么知道脚踏车和书桌是我的？”我回头说，可没人回答。我转过身……罗克茜不见了。她就这么消失了。

“罗克茜？”隔开我们两家花园的篱笆上有一块木板翘了起来，这块板子通过铰链连接着一根横杆。她把头探了过来，咯咯地笑着：“这边！”

虽然有点儿窄，我还是钻了过去。（罗克茜瘦瘦小小的，她钻过去时几乎不会碰到两边。）就这样，我来到了她家的花园，里面杂草丛生，到处都是蓬乱的灌木、鲜花和野草，还有一个旧的塑料滑梯。

罗克茜大步穿过未经修剪的草坪，来到一丛巨大的灌木前。这丛灌木越过篱笆，藤蔓爬满了一棵榛树。她推开一根树枝，走了进去。几秒钟后，我听到她的声音从后院篱笆的另一边传来。

"你来不来，是不是怕了？"

我把树枝推到一边。篱笆上有一个洞，只是被灌木遮住了，洞外是一条小路，一边是后院的篱笆，另一边就是树林。篱笆边立着一间小屋，有灌木遮挡，从她家的花园里根本看不到。小屋是建筑工地上常见的那种预制棚屋。

罗克茜站在门口。"欢迎来到我的车库！"她用尖细的声音宣布道，我看得出她很自豪。她把手伸进屋内去够开关，从屋顶悬下来的霓虹灯标志牌随即亮了起来。那上面用粉红色的立体字母拼出了"车库"的字样，但前三个字母不亮了，只剩下AGE①，不过，我不得不承认这依然很棒。

里面摆着一张旧桌子、一把摇摇晃晃的转椅、两个木凳和一台啤酒罐形状的小冰箱。地上铺着地毯，灯上罩着灯罩，甚至窗户上还挂着窗帘。在一张非常破旧的沙发上，塑料垫子都破了，里面的黄色泡沫露了出来。我哈哈大笑。

"有什么好笑的？你不喜欢吗？"

我心里觉得这儿非常棒，但我不打算这么说，对吧？

"还不错。"我说，"这些东西……你是从哪儿弄来的？"

我看得出她对我的反应很失望，一阵内疚立即在我心里涌起。"大都是从废料桶里捡来的。"她说，"人们扔掉了很多东西，所以你知道的，我就再利用呀，回收呀。那块霓虹灯标志是pièce de résistance②！"她操着夸张的法国口音说，还戏剧性

---

① 车库英文为GARAGE，前三个字母不亮，只剩下AGE。——译者注

② 这是法语，意为主菜。——译者注

地挥着手。

“真想不到这里有这么多东西！”我说，以弥补我之前的评价。

“你的意思是，从外面看不起眼，内里却很丰富？他们就是这么说我的！”她跳上一张凳子，伸手打开冰箱，“喝啤酒吗？”

“我……呃……”

“开个玩笑而已。你知道字典里没有‘容易上当受骗’这个词吗？”她扔给我一包带吸管的果汁，“请坐吧。歇歇脚。Mi casa es su casa[①]！”

我们坐了一会儿，啜饮着果汁。我认识罗克茜只有六分钟，可我已经确定我从未遇到过像她这样的人。

我说她身材瘦小，一点儿也不夸张。她又瘦又小，要我猜，她只有六岁，但她的行为表明她大得多，更像十六岁。她的皮肤是很有光泽的棕色，像擦亮的木头一样，鼻子上有颜色更深的雀斑，她那头蓬松的爆炸头剪得很短，有些乱，像男孩的发型。她的衣服没什么特别的：短裤、人字拖、脏兮兮的白T恤衫、牛仔夹克。这是孩子们在夏天常见的打扮。不过她至少有十一岁了，因为她在珀西学院上学。

不过，给我印象最深的是她的笑容。有些人面无表情时显得脾气暴躁，你遇到过这种情况吗？这并不是说他们心情不好，只是没有什么特别值得笑的事，他们就不会笑。爸爸的脸就是

---

① 这是西班牙语，意为我家就是你家。——译者注

这样。人们总是对他说“高兴点儿，伙计”，但这事可能永远不会发生！

反正在我看来，罗克茜恰恰相反。她的嘴角似乎总挂着微笑，仿佛在为某个只有她自己懂的笑话暗自发笑。

她发现我一直在看她。“你在看什么？难道你没见过有钱人吗？”她的口音突然变成了伦敦音，我脸上一定露出了惊讶的表情。她大笑起来：“这是奥利弗的台词！”

我的神情肯定很茫然。

“奥利弗呀！就是那出音乐剧《雾都孤儿》里的奥利弗，查尔斯·狄更斯写的。奥利弗遇到扒手道奇时，道奇就是这么说的。我们戏剧社在排这出戏。我演道奇。服装和所有东西都准备好了！”她指着挂钩上的一件天鹅绒长外套和一顶男帽。

这话倒是没什么不可信的地方。“你多大了，罗克茜？”

她的声音又变了，这次是一个时髦老太的声音：“年轻人，你怎么敢问女士的年龄！”我的这位新邻居显然是个出色的演员，“我和你年纪相同。实际上，我比你大四周。”

“你知道我的生日？”

她从凳子上跳下来，打开了小屋的门。“我很了解你，艾登·亨利·林克莱特。我还知道你妹妹莉伯蒂是二月五日出生的。把果汁盒扔在回收桶里，然后跟我来。我有东西给你看。”

我跟着她走进树林，沿着一条几乎看不见的小路走着。要是我早知道会发生什么，我就可以躲开一大堆麻烦了。

但那样一来，我也永远不会遇到阿尔菲·蒙克了。

第七章

罗克茜迈着重重的脚步，带头穿过树林，她拨开树枝，用棍子敲打着荨麻。我们只走了三十来米，就看不到她的“车库”了。

“你知道你要去哪儿吗？”我说，尽量装出一副漫不经心的样子，好像就算她说不知道，我也不在乎。我想她没听见我的话。

树林里很阴凉，但并不安静。到目前为止，春天比往常暖和得多，也干燥得多，树叶和树枝在我们脚下发出嘎吱嘎吱的响声。我们停下来时，我能听到有只蜜蜂嗡嗡飞着，还能听到罗克茜的呼吸声。我抬起头，勉强可以看到高速公路上的车流，汽车往来的沙沙声带给我安慰，提醒着我，尽管我们感觉自己身处荒郊野地，但实际上并非如此。

走着走着，罗克茜突然停下脚步，蹲了下来:“那边。能看到吗？”

“看到什么？”

“那边那个人！你瞎了吗？”

前面的树林地面陡然向下倾斜，在银灰色的树木之间，在我能把松果扔到的最远的地方，我看到了一个长满青苔的石板屋顶。

我瞥了她一眼，看她是不是在开玩笑。我是说，是有个屋顶。那又怎样？罗克茜注意到了我疑惑的表情。

“走近一点儿，你就明白了。走吧。”她在树木之间向前走去。她不再用手杖敲打荨麻，脚步也非常轻，不时回头确认我有没有跟上。然后，她停了下来。

现在，屋顶看得比较清楚了。说来也怪，屋顶似乎与我们齐平，可后来我才发现，这只是因为我们在陡峭的山坡上。沿着山坡向下，山腰上有一座石头建造的房子，周围是浓密的尖刺灌木丛，似乎有人有意在这个地方种植了特别密集的植物，以防止有人闯入。

“小心。”罗克茜低声说，她指着灌木丛里一圈生锈的带刺铁丝网。网格上已经长满了枝杈。再往前走，灌木丛变得稀疏了一些，可以看到一块标志牌，就是可以在五金店买到的那种，上面写着：

当心：有狗出没，经常咬人

“喂……罗克茜？”我说。

她轻蔑地摆了摆她的小手：“没有狗。别担心。来吧！”

我跟在后面，觉得自己像只听话的小狗。

我们来到灌木丛中带刺铁丝网的一个缺口边。如果我和罗克茜一样瘦，钻过去绝对不成问题。我所能做的就是趴在地上，跟在她的人字拖后面，试着慢慢地向前挪动。

她的脚和小腿上满是荨麻刺出的伤口，但她似乎不在乎。

我们爬出荆棘丛，来到了一片草地上。这里的草很高，只要我们趴着，就能藏身其中。这时，我终于可以看清那栋房子了。

倾斜的地面又延伸了几米，然后陡然下降，出现了一堵一人高的砖墙。那里有一个铺着石子儿的院子，收拾得很整洁，院子里有一个用石头堆成的圆形火坑。一根木头燃烧着，一缕轻烟笔直地升入无风的空中，几只鸡在地上啄食。火坑旁边有一口圆形的金属锅，使用时间久了，锅都被烟熏黑了。

房子是用石砖砌成的，由于年代久远而斑驳不堪、扭曲变形，屋顶上铺着我从远处看到的长满青苔的石板瓦。我们正对着房子的后面。后门分为上下两部分。上半部分是开着的，但我看不见屋内。门框和窗框上的油漆有点儿脱落了。事实上，整栋房子看起来又旧又干又破。

“罗克茜……”我道。

“嘘！”

我压低了声音：“罗克茜，房子里有人住。”

“是的！”她兴奋地低声回答。

“这是什么了不起的事吗？”

“嗯……是的！”

“为什么？人都有房子，而且住在房子里。”

“那是你不知道住在这栋房子里的人是谁。”

罗克茜顿了顿，吸了一口气，故意制造悬念。然后，她安静了下来。门口里面人影一闪，我们的目光都被吸引了过去。

一个女人出现了，就站在半开的门内，仔细打量着我们藏身的灌木丛和草地。出于本能，我们向后缩了缩。

我只来得及匆匆看她一眼，她便回屋里去了。她多大了？我看不出来，我只看到了长裙、头巾和太阳镜。

“是她。”罗克茜说。

“那人是谁？”我知道我的语气听起来像是我对取笑罗克茜不感兴趣，但我就是不明白，只是有个女人住在那所房子里而已，她有什么好激动的。这有什么大不了？

“女巫。”

在那一刻，我完全忘记了要保持安静，不由自主地提高音量道：“罗克茜！”

我真的很恼火，也很失望。

我气罗克茜，是因为我趴在草地上，有点儿害怕，浑身都是树林里那些黏糊糊的东西和荨麻刺，还在盯着别人的房子。我这么做，说不定还违法了，但这一切竟然毫无意义。我失望，是因为……

我还以为罗克茜会不一样呢。我以为自己是与一个有趣的人一起出来玩。尤其是斯派奇和莫此时身在意大利。

老天，她竟然提到了女巫。如果我喜欢女巫、独角兽，或者穿着衣服的动物，只要和我妹妹待五分钟，就什么都有了。

“嘘！告诉你吧，她就是女巫。她……大概有两百岁了，住在林中小屋里。她甚至还养了一只黑猫……瞧！”

恰在这时，一只猫在我们前面沿着墙头走了过来。这只猫长着一对凌厉的黄眼睛，不过皮毛不是全黑。它扫了我们一眼，便优雅地跳到院子里，大声地喵喵叫着，把一只鸡吓得扑棱着翅膀躲开了。

“那栋房子的味道怎么样？”我说。

“你这话什么意思？”

“房子是姜饼做的吗？”

罗克茜瞪了我一眼，那眼神都能融化一根冰棒，但我不在乎。她只是犯傻，胡思乱想而已。

“我要回去了。”我说着就要站起来。

“趴下！”罗克茜厉声喝道，“她会看到你的。”

“什么？她会把我变成一只癞蛤蟆吗？我愿意冒这个险，谢谢。”

接下来发生的事也许是我的错，但我也不太确定。

第八章

我刚用手和膝盖撑起身体，罗克茜就抓住我的衣领，用力把我向下一拉，别看她身材矮小，力气却很大。

“住手！”我低声说着，奋力挣脱她的手，挣扎之中，我推了她一下。她立即从坡上滚了下去，她胡乱摸索着，想拉住我的手或是野草，或是随便抓住点儿什么东西，以免滚进院子里，而眼瞅着她就要掉入院子中了。

有那么一瞬间，她的眼睛紧盯着我，脸上写满了深深的恐惧，然后她便滚下了斜坡的边缘，消失在了我的视线中。

只听砰的一声，她重重地摔在地上，但她没有喊叫。我猛吸一口气，就要喊她的名字，确定她有没有摔坏。但当我看到小屋的后门突然打开，女巫跑了出来，我连忙把喊声咽了回去。

“啊啊啊！”她大叫道。她又说了什么，可我听不懂，她说的好像是一种我从未听过的语言。

不是法语。我很清楚法语的发音是什么样的（事实上，我法语课的成绩在班里名列第三）。也不是意大利语，我听过斯派奇在他家里和他爸爸说意大利语。

这是一种我从未听过的语言，低沉悦耳。女巫……暂且叫她女巫吧……快步跑到罗克茜摔落的地方，也就是我的正下方。她又用她的语言叫了一声，好像在喊什么人。

就在这时，我看到了他。

那个男孩站在门口，脸色苍白，身材瘦削。他的脖子上挂着一副太阳镜，他戴上太阳镜，才小跑到阳光明媚的院子里，来到罗克茜躺着的地方。

她死了吗？我害怕极了，但我想这不太可能，尽管她摔下去的地方很高。跟着，我听到她呻吟了一声。真是谢天谢地。

我应该站起来吗？我是不是应该主动现身？男孩抱起罗克茜，很轻松地便把她小小的身体抱进了屋里，她的头上淌着血。我惊慌失措，不知道该怎么办。

门的上下两部分哐啷一声都关上了，我这才意识到自从罗克茜摔下去后，我一直都屏着呼吸。

第九章

关于长命珠，我了解到的信息是这样的：

1. 珠子里有黏稠的液体，将液体与自己的血液混合，能使你立即停止衰老。

2. 再用一颗长命珠重复这个过程，衰老将重新启动。

就是这样。我知道的只有这么多，妈妈知道的也只有这么多。

至于我父亲，我几乎都不记得他了，虽然妈妈把他所有的事都讲给我听了。一千年是一段很长的时间，可以一遍又一遍地听那些故事，不过我从来不觉得厌烦。

（有时，我的脑海里会闪过关于他的零星记忆。比如一个高个子金发男人的模糊影像，浸过柏油的船绳的气味，以及身处暴风雨的恐惧。但那些记忆太含糊了。它们若隐若现，似乎不断地想起它们，反倒让它们被侵蚀殆尽了。）

爸爸叫埃纳。他最初是当兵的，后来从了商，来自哥得兰岛。这个岛位于现在叫波罗的海的地方，但在妈妈的故事里，她仍然称那里为 uster-shern，也就是东海的意思。

长命珠是从哪里来的？没人知道，也没人确定。有一次，在炉火余烬的光线下，妈妈给我讲了一个传说，那是一首古老的诗歌，说的是一个炼金术士的男仆从中东的大海啸中死里逃生，便带着一袋长命珠穿越沙漠，来到了东欧的喀尔巴阡山脉。不过，这其中有多少内容是真实的，谁也说不准。

将长命珠中的液体与你自己的血液混合，可以让你不再变老。然而，这并不代表你不会死：你仍然可能死于战争或疾病，还可能像爸爸那样死于意外。

妈妈说，爸爸英勇地与突袭一个小村庄的流浪汉战斗，就这样得到了长命珠。我喜欢这个故事。

“像一个真正的高贵的战士。”妈妈说，“他饶了一个强盗的命，那人为了报答他，就把长命珠送给了他。

“他自己马上用了一颗。他在胳膊上割了两刀，把一颗珠子里的液体倒进了伤口。长命珠还剩下四颗。然而，勇敢的埃纳知道，长命珠非常珍贵，拥有它们的人会面临很大的风险：为了获得永生，人们会互相残杀。所以他没有告诉任何人，直到他遇到了……”

“你！”我听到这里总要代妈妈说出来，她听了则会莞尔一笑。

“是的。那时他已经一百四十岁了。他住在丹麦人的土地上，说着丹麦人的语言。我们结婚六个月后，我知道我怀了你，阿尔韦。”

（“我们是因为相爱才结婚的。”她总是不厌其烦地这么告诉我，“这在当时是不寻常的。”一千年前，爱情在结婚理由中的排名非常靠后，远低于家族联姻、财富和安全感等因素。）

妈妈很穷，爸爸则很富有，人们嫉妒妈妈走运，竟然嫁给了富有英俊的哥得兰岛的埃纳。人们一嫉妒，就会常常提起他们嫉妒的事，说着说着，话题就转到了埃纳的年龄上，奇怪的是，村里的老人们都记得自己年轻时见过他。

难道他就是传说中的永生人？

如果他是永生人，他会不会拥有长命珠？

永生人十分罕见，许多人都认为这只是行游者见过遥远国度的人之后所讲的荒诞故事。有的故事是这样说的：南方有一片广阔的土地，那里有一种四条腿的生物，它们有很长的脖子，可以够到树顶上的树叶；还有一种肥胖的马，住在河里；此外还有一些身材矮小的人，他们身上毛茸茸的，长着长尾巴，在森林的树枝间荡来荡去。

没有人知道这其中有多少是可信的。也许，永生人的故事也是行游者编造出来的？

但是，当永生人的谣言传到爸爸的耳朵里时，他没有冒险。他计划带着妻儿，去不列颠人的土地上开始新生活，希望能在那里安安稳稳地过日子。事实证明，他是对的……不过只对了一部分。

他救了我和妈妈，却没能救自己。

第十章

哥得兰岛的埃纳带着他的妻子希尔达和一个小孩（也就是我），站在丹麦西海岸里贝的木码头上。人们都认不出他，而这正合他意。

他刮了胡子，剪了头发，打扮成了一个普通商人的模样，看起来既不会太富有，从而引人注目，又不会显得穷哈哈，让人怀疑他花不起钱坐船去不列颠的伯尼西亚。

里贝没有人认识他，但他没有冒险。我们住在城外。妈妈说爸爸一直紧张不安。他认为有人跟踪他。妈妈现在也是永生人了，她是在他们结婚当晚融血的。他们将与他们的儿子一起，永远生活在那片全新的土地上。

只可惜他们没有成功。

埃纳花钱在一艘商船上买了船位，这艘商船将直接穿过北海，首先在罗马城墙以北停靠，卸下货物，再装载另一批货物，沿着海岸向特恩河口驶去。

船长说航程要四天，也可能是五天，全看风向如何，然而风并不配合。货船行驶全靠风帆，而不像海盗船那样使用船桨。因此，如果起的是西风，到新陆地的航程则会艰难无比，而通常海上刮的都是西风。

一周后，风向变了，不到一天，这艘破旧的商船就扬着满是补丁的肮脏风帆，带着涂了柏油的旧缆绳，驶出了里贝港。

爸爸与我和妈妈分开上船。我们要在整个航行过程中假装不认识。

爸爸把长命珠交给了妈妈，他怕有人认出他，所以长命珠在她身上更安全。“靠岸之前，你都不可以和爸爸说话。”妈妈一直用她最严肃的表情对我说。

她说我显然不明白是怎么回事，但还是照做了。她说，我一直是个听话的好孩子。

我们只带了很少的行李：他们每人带着一个麻袋，我带了一个柳条篮子，里面装着一只小猫，我叫它比法。这不是名字，甚至都不是一个词。我想我只是很喜欢比法这两个字的发音。

船上没有隐私。商船在云色的波浪里颠簸而行，有人需要大小便，就得在海里解决。船员们并不挑剔，他们直接脱掉裤子，蹲在船舷边上。

妈妈说，我们就是这样失去爸爸的。没有人看见他不见了。起风了，船长收起了帆，狭长的商船随着浪涛起落。船在泡沫翻滚的浪头中摇摇晃晃，爸爸站起来，趔趄地走向船尾，大家方便时都去船尾。那儿还算私密，有一堆用绳子固定的桶，可以稍加遮掩，人们方便时还可以抓住绳子。

这就是人们最后见到他的情形。

妈妈是第一个注意到的。大家都挤在一起，尽量不被海水打湿，她说：“埃纳在哪儿？”

弄清楚发生了什么事之后，船长立即把船掉头，驶进了风暴中，船来回颠簸，往回航行了很长一段，甚至比我们那天来时行驶的航程还要远，以防爸爸被急流卷走了。可是到处都看不到他。即使他掉下船的时候大声呼救，但海浪滚滚，风呼呼刮着，旧船吱吱作响，也会淹没他的呼喊声。

他死得太惨了。到现在，我仍然伤心难过，尽管我几乎不记得他，那也是好多个世纪以前的事了。即使我经历过那么多坏事，那么多悲伤的事，当时的情形依然会出现在我的脑海里。

“最煎熬的是不能伤心。”妈妈说，“我不能太悲伤，不能超出对一个刚认识的人的界限。你哭是因为你还小，看到死了人，不安也是难免，不会有人怀疑你失去了父亲。”

“但是为什么呢？”我常常这样问。

“因为计划是这样的，免得有人为了长命珠跟踪我们。我一直都在坚持执行计划。我当时不知道他是不是被什么人推到海里去的，对此，我至今依然不清楚。船上还有一名乘客很可疑，那人留着黑色的大胡子，长得凶巴巴的，像魔鬼一样，他和你爸爸那天早些时候吵过架。我知道埃纳不信任他。那时候你冻得直哭，他对我说：‘把那个小崽子关起来！’后来你知道有人——那人就是你的爸爸，不过别人都不知道——坠海后大哭，他还威胁我，要把你扔进海里陪他。”

我闭上眼睛，那张脸依然能浮现在我的脑海里，他离我只几英寸，对着一个悲伤的孩子咆哮道：“Holl munnen!”那意思是“闭上嘴！”。这段记忆仍然会让我脊背发凉。

就这样，六天后，船沿着特恩河航行，我和妈妈在一栋栋渔夫住的棚屋旁的长木码头下了船。我们冻僵了，浑身湿透，身上散发着一股浓烈的羊奶酪、海豹皮和船上柏油的味道。

从丹麦出发时，她还是一位年轻的妻子，来到了特恩茅斯，她已经成了寡妇，还带着一个没有父亲的幼童。

后来我外表是个孩童，实际上却很老了。

一千多年后的现在，一个小女孩掉进了我们的院子里，撞到了头。就这样，一切都变了。

第十一章

事情发生的那天早上，妈妈对我说："阿尔韦，你知道今天是什么日子吗？"只有我们两个的时候，她仍然叫我的本名，而大多数时候都只有我们两个。

我知道，但我假装不知道，这样她就可以享受提醒我的乐趣了。

"我们在橡树屋住了三十年了。我们搬回这所房子有三十年了。"她咧开嘴笑了笑，用她强壮的胳膊拥抱了我，"我不想再搬家了。自从上次之后，我真不想再搬了。"这话她说了大概有一百遍了。

我勉强笑了笑，点了点头，算是回应她。我并没有提醒她，这个世界正在以前所未有的速度变化着。

妈妈很担心。我们都很担心。搬家、不引人注目，越来越难做到了，总而言之，我们的生活是越发不好过了。

这从来就不是一件容易的事。不过我和妈妈经常更换住处，我们还发现，总有人愿意租给我们一栋小房子，甚至是一个房间。我们把随身物品保持在最低限度，有时候还把它们存放在其他地方，特别是我们的书。

但现在呢？近来，人们总想把你的一切都打听清楚。租赁协议、银行账户，这个要执照，那个要许可，有那么多表格要填，还有身份证明文件……

妈妈很少听无线电里播放的新闻。她说那“太费脑筋了”。我想她的意思是“太可怕了”。我们与世隔绝了那么久，妈妈对那个有着汽车、飞机、电脑、手机等的广阔世界根本一无所知。

但有时，妈妈去楼上睡觉了，我会听新闻。我会试着去理解，我也渴望去那个世界里生活：我想去真实的世界，经历那儿所有的奇迹。

妈妈啧啧两声。“她又来了，阿尔韦。”她擦了擦手，从碗碟洗涤室的窗户往外看，“这周她都来两次了。有个人和她在一起，就在那儿，在她的左边。能看到吗？”

妈妈管她叫“爱管闲事的小女孩”。我现在知道她叫罗克茜·明托。差不多是在一年前，妈妈第一次发现她在监视我们。起初，妈妈想到的最坏的可能性是：我们上次住在这里的情景重演了，当时有几个男孩搞得我们痛苦不堪，问题一个接一个出现，我们没办法，只好搬走。

事实证明并非如此。小女孩只想观察我们而已。她在灌木丛中尽力保持安静，但我们还是可以听到她发出的动静。

在这次之前，她一直是一个人来。她来到近处，趴在金雀花丛前的高草中，看着我们做自己的事。秋天来了，树叶落了，她就不来了，我想这是因为她找不到藏身的地方。

被监视是件很烦人的事，但总好过时刻担心会遭到攻击，或是被指控什么罪名。

说我们会巫术？

我知道在二十一世纪，不会有人被控使用巫术，但在很长的一段时间里，我们都提心吊胆，生怕被安上这样的罪名。就这样，孤独充斥了我们的生活，不惹人注意成了我们唯一的目标。

所以我们没有理会她。春天回来了，树叶重新长了出来，小女孩也回到了灌木丛中。

妈妈走到通向后院的门边，眯起眼睛往外看。她又一次说："阿尔韦，我不想再搬家了。上次之后，我再也不想搬来搬去了。"

上次。我无法忘记上次的事。那件事和杰克有关，而杰克是我最后一个朋友。

第十二章

我不知道自己在那里站了多久，我一直盯着林中小屋的后门，他们就是从那扇门把罗克茜带进屋的，但最后，我还是跑开了。

我是想找人来帮忙，我可以把发生的事告诉爸爸或其他人，一切都会好起来的。但是，恐慌之中，我居然迷路了。

我知道这片林子并没有多大，但树林里没有路，我横冲直撞，至少从那一大片金雀花灌木丛边上过了两次。然后，我试着往山上走，因为我知道，无论如何，那都是正确的方向。

我走了将近一个小时，终于来到了山坡的顶端。我满身是汗，身上弄得很脏，我喘着粗气，害怕极了。这儿离罗克茜的“车库”还有一段路。我开始朝家中跑去，却发现她已经回来了。

我目瞪口呆地盯着罗克茜，她坐在棚屋的门口，AGE 标志牌依然在闪烁。她一副轻松自在的样子。我心想，在林子里碰到了女巫，她不是应该伤痕累累吗？看样子她没受伤。

“你爸爸来了。”罗克茜说，“他就在那儿，往篱笆这边看呢。他人不错，他叫本。”

“是的，罗克茜。我知道。他是我爸爸。”发生了这么多事，我吓坏了。我想知道她怎么了。

“我很好。”她说，“你看起来这么奇怪，就为了这事？”

“我很奇怪？”

她歪着头端详我，认真地思考着这个问题。

“是的。你全身都是泥，头发上粘着树叶，满脸通红，全是汗珠。在我看来，这就很奇怪。”

“可是你呢？发生了什么事？”

“嗯……”她刚开口，就被打断了。

“你在这儿啊。”爸爸说，从后院篱笆另一边往这边看，篱笆的高度到他的下巴，“天哪！你怎么了？你看起来像是被人倒着拖过了篱笆！”

这比我想承认的更接近事实。

为什么呢？就在那一瞬间，我为什么没有这样说：

“哇，爸爸……你绝对不相信刚才发生了什么！我和罗克茜（罗克茜，这是我爸爸，爸爸，这是罗克茜）刚刚在树林里发现了一所不可思议的房子。你知道那栋房子吗？还挺隐蔽的。那儿住着一位女士，罗克茜认为她是个女巫，显然她不是，不过她看起来像极了！不管怎样，罗克茜掉进了他们家的后院，还撞到了头，但现在看起来她没事了。是不是很酷，爸爸？”

我没有这么说。我想我知道为什么。

我们不顾标志和铁丝网，非法闯入了别人家里，所以我对我们的整个冒险不敢透露半个字。而且，罗克茜现在竟然如此漫不经心，我不禁有点儿害怕。我注意到她耳边的发际处贴着一块很厚的外科敷料。

我觉得肯定另有隐情。如果我说得太多，说不定会搞砸。

我没能救她，心里十分难过。罗克茜流了很多血，还被抬进了一栋陌生的房子，我却像商店里的假人一样站着不动。如果爸爸知道了，想必也不会有什么好印象。

于是我撒了谎，我是世界上最不会说谎的人了。爸爸说我“被人倒着拖过了篱笆”，我只是笑了笑，好像这是我听过的最有趣的事。

“是啊！我知道！我去探险了，你知道的，爸爸！我迷路了，不过倒是没摔断骨头！哈哈！”

爸爸奇怪地看了我一眼：“好了，快给我进来，儿子。你得来帮我弄一弄踢脚板。”他转身回屋里去了。

太棒了，还要装修，我心想。我们搬进来的时候，这所房子可不怎么样。

我们看着他走开，罗克茜对我说：“艾登，你真是个糟糕的骗子。如果有蹩脚演技奖，肯定是你的。事实上……”

“是啊，是啊……好吧。非常感谢。非常好。我就想知道你发生了什么事。”

在小屋里，罗克茜坐在破旧的小书桌后面。她的胳膊肘搁在桌子上，手指合在一起，在嘴巴前面搭成了帐篷的形状。我发誓她想装酷，想吓唬人，但她个子太小了，身上又脏，一点儿气势也没有。相反，她看起来就像一个模仿严厉女校长的孩子。

“比我们以为的还要奇怪。”她说。

“是比你以为的还要奇怪。”我纠正她，“在我看来，不过就是一位女士带着她的孩子，在一栋僻静的房子里过着平静的生活，直到你掉进了他们的后院。”

“她有一口大锅、一只黑猫和一把扫帚。”罗克茜掰着手指头数着，边说边点头，好像这就证明了一切。

“不，罗克茜。她有一口煮饭的锅，一只黑白相间的猫和一把……我不知道……扫地的笤帚，每家每户都有。”

“可你没看到房子里面是什么样。”

“的确没有。但我希望你告诉我。顺便问一下，你的头怎么样了？”

罗克茜轻轻地摸了摸她的耳背，皱起了眉头：“说真的，现在一点儿也不疼了。她在上面涂了些乳液。”

“你是说女巫的药水吗？”我嘲笑道。

她眯起眼睛看着我：“如果你只是想嘲笑我，那就滚出我的车库。”她指了指门。

我叹了口气：“对不起。只是……你知道根本就不存在女巫吧？什么魔法之类的，都不是真的。都是故事而已。你是知道的吧？”我这话发自真心，我还小心谨慎，没有用任何可能听起来是戏弄人的语气。

罗克茜明显放松了下来：“我确实知道。至少我以前是知道的。”

她伸手从桌下拿出一台笔记本电脑，把电脑开机。罗克茜按了几个键，一段视频开始播放。看着看着，我惊得目瞪口呆，下巴都要掉到膝盖上了。你肯定能明白我的心情。

第十三章

一开始，我不知道我在看什么，只能听到沙沙声和嘎吱声，画面里只有模糊的灰绿色的东西，这是相机在拍摄……

相机在拍树叶，还有灌木丛。跟着出现了一个人的说话声，非常清晰。那是我的声音在说："是那个平的、还带点儿绿色的东西吗？"

然后是罗克茜的声音："没错。那是屋顶！"

"停一下！"我对罗克茜说。她俯身按下空格键。

"是你拍的？"

她什么也没说，只是咧嘴一笑，点了点头。

"但是……你是怎么做到的？你没带相机呀。"

她用左手拉起她那件牛仔夹克的侧面，伸到我面前。我仔细一看，只见黄铜纽扣里嵌着一块小小的弧形玻璃。她掀开夹克，露出一根黑色的电线，延伸向内袋里的一个银色小盒。

"那是摄像头？"

"是的。监控摄像头，720p 高清的，能录音，也能录画面。"

我点了点头，假装聪明，好像我知道她在说什么似的，接着又加了一句"哇！"。这么说效果不错，她越说越起劲。

"更妙的是，传输速度是 16.4 兆比特每秒，而且不是 MJPEG4 格式，这样就可以……"她仔细地看着我，声音渐渐低了下去。

我调整了自己的表情，就像你在课堂上根本没听老师讲课，但又不想让他知道的样子。（我们的数学老师里德先生就很熟悉我的这种表情。）

“你并不明白我在说什么，是吗？”

我摇了摇头，说：“这也是从垃圾箱里捡来的吗？”

她心不在焉地点点头，又按下播放键。

此时回顾几小时前发生的一切，感觉很奇怪。罗克茜快进了我们在树林里跋涉的那部分，直接来到她掉进女巫院子前的时间。

（看到了吗？连我也开始叫那个女人“女巫”了。她不是女巫！）

在这个阶段，罗克茜趴在茂密的草地里，所以画面里只有一小块地面。

“趴下！她会看到你的。”是罗克茜在说话。

“什么？她会把我变成一只癞蛤蟆吗？我愿意冒这个险，谢谢。”

随即传来一阵窸窸窣窣的声音，罗克茜呼哧呼哧地滚下了斜坡，然后，随着一声响亮沉重的撞击声，她摔在了地上。

“噢！”我说。听起来她摔得很疼。

画面变得模糊，停了下来，接着，由于罗克茜仰面躺在地上，摔得昏了过去，画面里几乎都是天空。

“你肯定摔得很重！”我说。

“差点儿没把我摔死。”罗克茜说，“不过等我恢复意识以后，就好多了。”

画面里传来了脚步声，我当时在山坡边在恐惧中听到的声音再次出现了。

是那奇怪的语言。首先说话的是那个女人。

“Al-vuh. Al-vuh! Kuma!”

听起来就是这样的。她还说了很多，只是我实在听不懂是什么意思。当那个女人的脸部特写充斥着笔记本电脑屏幕时，我倒吸了一口气。她正俯身看着罗克茜，而微型摄像头拍下了这一切。

罗克茜暂停了画面:“就是她！”她说得就像在宣布一位名人走到了红毯上。

我们盯着屏幕上女人的脸。

她多大年纪了？我承认我不太擅长猜测成年人的年龄。我想，从三十岁到六十岁，人们看起来都差不多。过了六十岁，人就开始长皱纹，头发也白了，就像林克莱特爷爷和奶奶那样。

所以这个女人可以是三十到六十岁之间的任何年纪。她的额头上和眼角都有皱纹，但这可能是她当时神色担忧的缘故。她的头发包在头巾里，但有几绺金发露在外面。她的脸颊白皙光亮，微微发红，像粉红女郎品种的苹果。

罗克茜再次按下播放键，女人的脸向后移开了一点儿，来回动着，好像在评估罗克茜的伤势。她也许曾经是个美人，但当她张开嘴，可以看到她的牙齿已经发黄、磨损，牙缝很大。

然后她摘下了太阳镜，我看到她有一双淡蓝色的眼睛，眼圈发红濡湿，睫毛的颜色很浅。

“你见过有谁这么疲惫的吗？”我低声对罗克茜说，“她看起来像是可以一直睡下去。”

画面里又出现了天空，他们用他们的语言交流着什么，我能听出她说了两遍“In-ann bolld”。

“他们就是从这里把我抱进屋的。”罗克茜说。图像又动了，出现了一堵墙，跟着又是天空，然后，随着他们进入屋内，光线变暗。画面又静止了，我可以看到天花板和一盏垂下来的灯。

“喂？喂？”另一个声音出现了，是那个男孩，“你能听到我说话吗？喂？你还好吗？”接着传来了轻轻的拍打声，想必是有人轻轻地拍了拍罗克茜的脸颊，想把她叫醒。然后又是那个女人的声音，接着是一阵急促的吸气声，有人喘息，轻轻地呻吟。

男孩对那个女人说了些什么，紧跟着又是一阵咳嗽和痛苦的呻吟。

“这是我。”罗克茜说，“我要醒过来了，正想站起来。”

果然，画面动了，好像罗克茜正试图坐直身体，但画面很快就回到了天花板。那个女人说：“不，躺回去，小家伙。你头上的伤很重。在那儿休息一会儿，小家伙。别动。嘘。”

她的声音很温柔，会带给人抚慰。她带有浓重的东北口音，但还有另一种口音，听来很像我以前学校的克里斯汀娜·尼尔森，她是挪威人，但也有泰恩赛德口音。

不管怎么样，这都不是女巫那种粗嘎的声音，但我没把这话告诉罗克茜。

她又快进了一点儿。

“这段我一直躺着，他们则在用他们的语言交谈。”

从屏幕上可以看见一个瓷碗。罗克茜说：“她用碗里的东西洗了我头上的伤口。闻起来恶心巴拉的，抹上去感觉很刺痛。”

然后那女人的声音说：“小家伙，你能坐起来吗？来吧，试着坐起来。慢慢来。感觉怎么样？”

突然，他们出现在那里，就站在罗克茜的面前，她坐了起来，微型摄像头拍下了一切。

那个女人穿着一件没有版型的毛衣，看来是手工编织的。她那双修长的手很粗糙，在她面前紧握着，可知她很关心罗克茜。

她的头顶在镜头之外，但可以看到她脸上神情温柔。她对男孩说：“Go-ther svine, Alve. Go-ther svine.”

男孩显然是她的儿子，从浅色的眼睛，金棕色的头发，到修长的手指，他们都长得非常相像。他的牙齿也是黄的，牙缝很大。他穿着长裤（不是牛仔裤）和衬衫，样式很老。爱丽丝姨妈会说他看起来“帅气极了”，但在我看来，他那身衣服像是找他爸爸借的。他脖子上还挂着一副太阳镜，这让他看起来更怪了。

他们身后是一个昏暗而杂乱的房间，摆着几张老式的安乐椅，桌上堆满了报纸，壁炉架上摆满了花瓶和小摆设，地板上也堆满了报纸……

“哎呀……看这地方乱的！”我说。

罗克茜笑了。“啊哈，整洁家居先生！”她嘲笑道，“可我明白你的意思。那儿的味道……”她犹豫了一下。

“很臭吗？”

她皱起鼻子，仿佛这有助于她回忆起那股气味：“倒是不臭。只是有股……陈旧的气味。就像一个老人的房子里堆满了旧东西。可能有点儿土，不过还是很干净。”

我点了点头。我爷爷奶奶家里就有这股味道，而他们并没有那么老。我们继续看屏幕。

“你感觉怎么样，小家伙？头晕吗？试着站起来，小心点儿。”

“她听起来很正常。”我说，“甚至可以说人很好。”

“我知道。”罗克茜道，“不过你等等看后面。”

“你的四肢都能动吗，亲爱的？别的地方没摔坏吧？你摔下来的地方很高。”

罗克茜扭着胳膊和腿，检查有没有受伤，画面随即动了起来，然后她的声音说：“没摔坏，谢谢。我该走了。”

那个男孩在屏幕外尖声说道：“你确定？你不用这么快就走。你知道，要是你有脑震荡，就太不安全了。”

接着，他们用他们的语言进行了一番交谈，但我还是听不懂，不过我又听到了“Al-vuh”这个词。很难判断是什么意思，我看不到他们的脸，但听起来那个女人对男孩有点儿严厉。

“暂停一下。”我对罗克茜说，她照做了，“他们在说什么？”

罗克茜耸耸肩：“我怎么知道？”

我们倒回去又放了一遍。“要我猜的话，”我说，“应该是她在告诉他不要邀请你留下来。她的语气是这样的。”

我们放了第三次，罗克茜表示同意：“反正我也不想留下。我吓坏了。”

屏幕上，摄像头转动了一下，我们看到了房间的其余部分。有些地方高高堆满了报纸和书，看起来都要倒了。一面墙上是一个书架，里面的书乱七八糟地挤在一起，可能和我们学校图书馆里的书一样多。镜头移动得太快，我看不到任何书名，但看起来都是旧书，而不是色彩鲜艳的平装书。镜头扫到了一只猫黑白相间的尾巴。

罗克茜的声音响起：“我……我真得走了。谢谢。谢谢你们。”

那个女人走到她前面，脸上的表情变得不那么友好了。

“可是，小家伙，你还没有告诉我你在干什么呢。我是说，你为什么出现在我们的地方？标志很明显，这是私人住宅，还有许多栅栏，你和你的朋友肯定是翻栅栏进来的。”

“我的……我的……”

“你的朋友。是的，我们看到他了，对吧，阿尔韦？”

男孩点了点头，脸上带着痛苦的表情。很明显，他不喜欢这种审问方式。

“我们……我们只是迷路了。”

那女人探身过来："迷路了？好吧，那就别再迷路了，不然我就叫皮勒[1]把你抓走。"然后她冷冷地笑了笑，仿佛在说："我不是个残忍的人，但也不要以为我好欺负。"

我不知道"皮勒"是什么意思，我看了看罗克茜，她耸了耸肩。反正听起来不是什么好话。

录像中，罗克茜的声音在结结巴巴地道歉，画面显示她走出了房间，进入同样昏暗而杂乱的过道，走向前面有一扇小窗户的大木门。她伸手去抓门把手，然后她转过身来，只有那个男孩站在她面前。

"对不起。"罗克茜重复道，然后，最奇怪的事情发生了。

男孩害羞地笑了笑，不过罗克茜个子不高，只能从屏幕上方勉强看到他的笑容。他说："我也是。"他向身后瞥了一眼，又把声音压低了一些，道，"也许我们会再见面？"他的语气有些悲伤，却充满希望。在录像中，他母亲的脚步声越来越近。

木门开了，他说："走那边。"在画面的边缘，他害羞地挥挥手，从画面一角可以看到那只黑猫（大部分是黑色）跑开了。

然后画面开始上下晃动，可以听到罗克茜尽可能快地一路往回跑时脚落在路上的声音。

现在她坐在我面前，摆出一副神气活现的样子。

"我早告诉过你了。"她说，"奇怪的语言，给我涂的乳液，旧书，威胁？她就是个女巫。"

---

① 英国警察队伍据说最早是由国王威廉四世的首相罗伯特·皮尔爵士（Sir Robert Peel）组建的，因此，英国警察又被称为"皮勒"（Peeler）。——译者注

第十四章

无论我怎么恳求，怎么嘲笑，都无法让罗克茜·明托相信她遇到的并不是女巫。

我想，如果你对某个可能性深信不疑，而另一种可能表明你不光错了，还有点儿孩子气，那你一定会坚持自己的选择。

“显然她不会戴黑帽子，也没长瘊子。那就暴露真相了，不是吗？”她说。

“这么说，她看起来不太像女巫，反倒证明了她是女巫，是吗？”我恼怒地说，“她要是戴了黑色的尖顶帽子，又怎么样呢？能证明什么？证明她不是女巫？”

她忽略了这个逻辑：“她有一只大锅和一只黑猫！”

“那只猫是黑白的，罗克茜。”我疲惫地说。

“那又怎样？”

我每说一句话，都被她天真烂漫地驳回了。我们的声音越来越大，最后竟然吵了起来，我不希望这样，毕竟罗克茜既大胆又有趣。

“我可以证明给你看。”她说，接着她的电话响了，铃声是一段欢快、叮当作响的曲子，与罗克茜极为相配。她瞥了一眼屏幕，但没有拿起手机。我疑惑地看着她。

“是我妈妈。我得走了。”

我几乎没有注意到罗克茜一直是一个人。我的意思是，无论我在哪里，通常父母们都在背景里走来走去，他们端来果汁，确认你有没有穿暖和的上衣，叫你不要拿着剪刀乱跑，这才是家长该有的表现。但一整天了，都没有父母出现在罗克茜身边。

她的电话不再响，转到了语音信箱。

“你妈妈在哪儿？”我问。

罗克茜朝房子的方向一歪头。

“在里面。”

“那她还给你打电话？”

她重重地叹了口气，从椅子上跳下来站好：“这事说来话长了。下次见？”

罗克茜就好像被一根针扎了一下，随着她刚才的叹息，身体里所有的空气都泄了出去，连同她的快乐、活泼等等，也都消失了。我敢发誓，即使是她那竖起来的头发这会儿也平贴在了她的头上。她锁上车库门，把钥匙放在一块石头下面。她什么也没说，她很清楚我在看着，由此可见，她信任我。

她转过身来，一丝光芒重新回到了她的眼睛里，她说：“午夜见。”

“今晚？”

“不。十年后。当然是今晚了。”她转身钻过了篱笆的缝隙，“那正是巫师出现的时刻。”她说完就走了，留下我一个人盯着茂密的树林，试图将今天发生的事拼凑在一起。

罗克茜刚才说“我可以证明给你看”。

她是什么意思？是不是“我能证明她施了魔法”，那也太荒谬了吧？

但她的语气是那么特别，她的眼里闪烁着十拿九稳的光芒，这一点反复出现在我的脑海里。

你看，我本来都要把罗克茜当成一个无害的疯子了。我们可以友好地相处，但不会成为朋友。树林小屋里的女人和男孩本可以不被打扰，继续过平静的生活。罗克茜本可以渐渐不再相信“有个女巫住在树林里”。

然而，一场横祸从天而降，我和罗克茜成了在女巫生前最后见到她的人。

第十五章

我一直注视着那个女孩回到小巷子里。我很想跟她一起去，把她安全送到家，但想必妈妈不会同意。再说了，她住得不远，就在树林的另一边。她有一个有趣的小棚屋，门边挂着一块发光的牌子。我知道的就这么多。

我站在那儿，比法扑进了我的怀里。就这样，当那个女孩回头看过来，并没有看到我轻轻地挥了挥手，因为我的手被比法遮住了。我不确定。也许她看到了。

罗克茜·明托。

她夹克的名签上缝着这个名字。我是在抱她进屋时看到的。她的口袋里还装着一个带电线的东西，可能是手机之类的。

我一直看着她走到小路的拐弯处，以为她会再回头，可是她没有。比法从我怀里跳了下去，轻轻咆哮了一声，我笑了。

“你喜欢她吗，比法？”我用我们的古老语言说，“我很喜欢她呢。”

我嗅了嗅小巷里的空气。春天了，天气一直很热，但很快就会凉快下来的，我闻得出来。天空中万里无云，等太阳落山了，晚上就会变得很冷，妈妈喜欢生起炉火，驱散古老石屋里的寒意。

我本应该马上去柴棚取放了很久的木柴，但我还在想罗克茜·明托和她那个藏在灌木丛里的朋友，妈妈一直怀疑他们两个不安好心。过了一会儿，比法捉了一只大甲虫回来，它把甲虫背朝下扔在我脚边，虫子躺在那里，腿晃来晃去。

“不要，比法。”我大笑着说，“别碰那只甲虫！”我蹲下身子，把虫子翻转过来，它感激地钻进了灌木丛。

我完全忘记了去取干柴，而这成了一千年来我犯的最大的错误。

第十六章

火警警报响时已经过了午夜。

我从床上起来，向卧室窗外望去。当然，这里是莉比的卧室，为了给爱丽丝姨妈和贾斯帕姨父腾地方，我只能睡在这里。我看到树林里燃起了熊熊大火，吓得心里直翻腾。虽然距离很远，却还是能看到火光照亮了整个天空。

我立刻知道是哪里着火了。

“爸爸！爸爸！”我大叫道。

“哎哟！”我听到有人说，“这么大的火，太可怕了。”我转过身来，只见贾斯帕站在我身后，他穿着睡衣，倚在一堆还没有打开的箱子上。

一股烟味从开着的窗户飘了进来，我赶紧把窗子关好。

“林子里有一所房子。”我说。

“真的吗？但愿他们没事。可怕的火灾，是吧？”贾斯帕挠了挠他浓密的胡子，他的手指从脸颊抚到喉咙，再到胸部，所经之处都是毛发。他的胡子与他身体其他部位的毛发交会在了一起。

我听到楼下的门铃响了。一定是罗克茜。

爸爸打开前门，来的不是罗克茜，而是一个消防员。我跑下楼的时候，他一直在和爸爸说话。透过门，我可以看到街上有一辆消防车，车上的蓝灯闪烁不停。

“抱歉把你吵醒了，先生，但我们得把水管从你家一侧通过去。如果火势蔓延，这附近的房子都有危险，所以我们得把树木浇湿。”他说。

我可以肯定，消防员相信自己不会遭到拒绝，因为其他消防员已经在解开消防车上的软管，打开我家外面的消防栓了。

“不用慌，孩子。”消防员对我说，“只是预防而已。”

“那栋房子怎么办？那个女巫……树林里还有一栋房子呢。他们还好吗？”

“还不清楚，孩子。我得走了。”他把注意力转向其他人，他们已经沿着堆满垃圾的小巷跑了起来，把东西挪开，腾出地方。

他在撒谎。我立刻就知道了，我很害怕。

我站在前门外的小路上，看着消防员。就在这时，我看到了罗克茜。她穿着有点儿短的睡衣，在门口瑟瑟发抖，用手指摸着耳后的敷料。我们对视一眼，都知道对方在想什么。我招手叫她过来。我想和她谈谈发生了什么事，是不是女巫的房子着火了，里面的人会不会受伤，或者更糟……

她摇了摇头，指了指楼上，用口型说了“妈妈”两个字。

我妈妈走到了我身后。

“回去吧，艾登。我们别在这里碍事。你想知道发生了什么事，就到楼上去看吧。”

很多邻居都穿着拖鞋走到街上看热闹，我看不出自己能碍什么事，但我没心思争论。

回到卧室的窗边，我看到又开来了一辆消防车，车上有一架巨大的梯子，他们把梯子伸得比房子还高。消防员爬了上去，指挥地面上的人把水管对准他指的方向，一道巨大的弧形水流喷到树上，把树木浇得湿透了，开始往下滴水。

与此同时，橙色的火光越来越大，越来越近。有棵树轰然倒下，一阵阵的火花飞向紫色的天空。几分钟后，随着火花引燃地上的干树叶，那片树林燃烧了起来。

爸爸走进我的房间："打包几件衣服吧，孩子。都装在你的运动包里。消防员说我们有可能要疏散。"

我盯着他看，不明白他在说什么。

"撤离。从家里出去。那样安全。快点儿。"

"但是……我们在这里很安全，不是吗？"我抗议道。

"要是火越烧越近，就不安全了。你看。"他指了指窗外的另一棵树，那棵树比其他树近得多，小小的火舌已经在舔舐树干了。我能看到树枝着火了，然后水管对准树枝，浇灭了火焰。

我在睡衣外面套上一条牛仔裤，又找了一件厚毛衣穿上。

格雷丝·达林路是一个环形死胡同，路上挤满了车辆和行人。住在隔壁的两位女士苏和普鲁也在，她们穿着一模一样的蓝色晨衣。苏捧着一只巨大的姜黄色公猫，它对着每一个经过的消防员恶狠狠地叫着。"啊，别担心，它只是表示友好而已。"我听到苏操着德国口音说，我觉得这有点儿言过其实了。

除了三辆消防车外，我还看到了两辆警车、一辆消防支援车和一辆黄色的救护车。我还看到另一辆车停了下来，两个女人走下车，其中一个拿着一部摄像机和一盏手提灯。她立即开始拍摄，一辆辆车和挤在一起的街坊四邻都被拍了进去。我穿着拖鞋走来走去，看着这奇怪的人群。

苏和普鲁在与记者说话。“我们的猫有点儿焦虑，是不是，普鲁登斯？”苏说，普鲁点头表示同意：“托马斯在不该便便的地方便便了，是不是，托马斯，你这个顽皮的小家伙？”托马斯打了个哈欠。

我听到一个声音在一片嘈杂声中响了起来。“放我下来！把我放下来！我很好，你能放开我吗？”

我和其他人一起转向那个声音传来的方向。声音是从罗克茜家传来的，两名消防员正扛着看起来像大椅子的东西走下前门台阶，那东西上面盖着毯子，一颗戴着发网的脑袋从顶部伸出来。

“这里！把我放在这里！不是这儿，你没听到我的话吗？”一只手从毯子下面伸出来，打在一名消防员的黄色头盔上，同时，那个女人说：“停下！”她就这么一边说一边打。

他们走到小路的尽头，把椅子放下，这时我看清那是一架轮椅。

“你们到底有什么毛病？”她说着用毯子把自己裹起来。

消防员躲到那个女人打不到的地方，勉强挤出了一个苦笑：“不客气，太太。我非常高兴能帮上忙，免得你被烧死在屋里。”

“烧死，没有的事！我好得很！到底是怎么了……把那鬼东西从我脸上拿开！你好大的胆子！”她的注意力转移到了女摄影师身上。摄影师刚才看到这边一片混乱，便急忙跑过来，开始拍摄那个女人对着消防员尖叫的画面。

“我很抱歉。”女摄影师说，“你有什么话对我们的新闻节目说吗？”

“是的，我有。”女人说，“那东西开着吗？我倒是真有不少话对电视新闻说。”跟着，一连串的脏话从她嘴里冒出来，她的骂声太大了，连被她打过的消防员也忍不住笑了起来。

女摄影师说了句“呃……谢谢”，便溜走了。

罗克茜来到了我旁边。

“见过我妈妈了吧？”她指着坐在轮椅上的女士说。

“你好，”我结结巴巴地说，“很高兴见到你。”

她甚至都没看我一眼。

“滚开！”

第十七章

最后我们并没有撤离。街上混乱的情况逐渐平息下来。车辆接连离开了。消防车上的梯子也收了回来。

到处弥漫着木头燃烧的烟味，空气中似乎有股盖伊·福克斯节[①]燃起的篝火的残余气味。

东边的天空渐渐暗了下来，消防队长（他的头盔上有两道杠，我上学前班小班时去过消防队参观，但现在只记得这一件事了）在尚未回屋的邻居之间走来走去。

罗克茜把她妈妈推了回去。我没再和她说话（其实也不想说）。爸爸在喝茶，还给爬上梯子的消防员也泡了一杯。我想他们没有注意到我坐在他们身后的台阶上。

“这样的事很常见，伙计。”消防员一边说，一边大口地喝着茶，“只要一个小火花，再赶上环境干燥，微风一吹，结果……你知道的。”

“有人受伤吗？”爸爸说，好像他能读懂我的心思似的。消防员又喝了一口，看上去若有所思。

“官方还没有消息，我其实不该说什么的，可是……”他停顿了一下，爸爸也没有催促他，“现在没什么能帮他了。”

① 盖伊·福克斯是“火药阴谋”的策划者，企图在国会大厦炸死英王詹姆士一世。这一阴谋败露后，民众燃起篝火庆祝胜利，后来逐渐演变为一个节日。——译者注

他？他刚才说“他”？我的心骤然下沉。

“也可能是个女人。”他又说，“不管怎样……现在只知道有一具尸体。我们还没确认谁住在那里。消防车开不过去，水管也不够长。他们根本没有机会。”

他们？这个“他们”是指他们两个，还是其中一个？我听糊涂了，又很累，脑子有点儿不太清楚。

爸爸咂了咂嘴，摇了摇头：“太可怕了。”

“突然听到这种事，肯定感觉不好受。但这次呢，火势烧得比大多数时候都快。火还没烧到身上，就已经窒息而死了。”他笑了笑，好像这能起到鼓励的作用，但我心里还是很难过。我把额头搁在膝盖上，感觉要哭出来了。想来是有轻轻的抽泣声从我的喉咙里发了出来，不然爸爸和消防员也不会低头看过来。消防员说话时，他那温和的泰恩赛德口音带给人抚慰。

“孩子，你该睡觉了吧？这个夜晚实在是糟透了！”

我站起来，僵硬地点了点头，我感到泪珠从我的两颊滑落下来。我用袖子擦了擦。

“就是……烟熏的，熏到我的眼睛了。”我说，不过我并不知道自己为什么这么说。

“啊。确实，我们都一样。”他拍拍我的肩膀说，“去洗个澡吧，孩子，到时候就能感觉好些，身上也不会再有烟味了。”

第十八章

我醒来时已经十点了，有那么几分钟，我一直凝视着莉比卧室的窗外。天气晴朗，淡蓝色的天空里没有一丝云，有几缕烟雾从树林那边升起。我打开窗户，空气中依然弥漫着一股淡淡的木头燃烧的气味。

楼下，当地电视频道正在播放消防员和穿着白色连体工作服的人站在一栋烧毁建筑物旁的画面。我说“烧毁”，指的是房子只剩下了几堵烧黑的墙和一扇门，二楼只剩下一半结构支撑着一小块屋顶。我能辨认出一张桌子和几件其他家具的残迹，摄像机拍到了一些特写镜头，可以看到烧毁的书、一个石头水槽、一个书架和一幅挂在墙上摇摇欲坠的画。

……消防员到达现场时，火势已经蔓延开了。这所房子地处偏僻，有些部分的历史可以追溯到十八世纪，房屋在大火中完全损毁，消防部门发言人称这是她见过的最严重的房屋火灾之一。

消防队长哈里·奥克斯利：我们从现场找到了一具尸体，已经移走进行法医检验了。目前我能说的只有这些。

记者：能讲一讲起火原因是什么吗？

消防队长哈里·奥克斯利：我们正在进行调查，但目前没有任何证据表明存在蓄意纵火行为。

记者：大火蔓延到树林的其他部分，附近德拉瓦尔社区的居民收到了通知，有可能需要疏散……

这时，画面切换到我们住的那条街，能看到我正望着梯子上的消防员。通常我会说："爸爸！爸爸！我上电视了！"但这次我没有。我只是闷闷不乐地看着记者完成报道。

……终于在黎明前得到控制。该地区已经封锁，消防员和警方调查人员则在确定起火原因和这位不幸受害者的身份。我是珍妮·卡尔弗特，在惠特利湾为您播报《今日北方》。

突然，窗户上砰砰砰响了好几声，我吓了一大跳，把牛奶都洒在了沙发上。是罗克茜。

"还穿着睡衣呢？"她说，她那尖厉的声音被玻璃挡住了不少，"十分钟后车库里见。有很重要的事和你说。"

第十九章

前一天晚上淋了水，此时树上依然有水滴落，脚下的泥地松软而苍白，还有新留下的脚印。我估摸罗克茜一定已经进去了，我推开门，但里面没人。

就在这时，罗克茜从篱笆洞里钻了出来，先出来的是她的小脚，乱蓬蓬的头随即也露了出来。

“你好。”她立刻注意到门是开着的，“你是怎么进来的？”

“门是开着的。”我说着把手指举到唇边，示意她别出声，又指指泥地里的脚印，那似乎不是她留下的。这会儿仔细一看，可以看到脚印一路进了车库。罗克茜压低了声音，我想这是她的本能。

“有人来过这里。你觉得是消防员吗？”她说。

我指着那些小脚印：“这个人的脚一定非常小巧。”

她尖声笑了出来：“很好，大侦探！但是我的笔记本电脑怎么办？”

我耸了耸肩，她从我身边走过，走到放电脑的桌子的另一边。她突然尖叫起来。

就是尖叫，一点儿也不夸张。

她身材矮小，叫声却尖锐刺耳，接着传来一阵喘息。“啊……啊……啊！”她喊道，“艾登！”

“怎么了？”我只是站在那里，什么也做不了，因为我还没弄明白她为什么尖叫。

罗克茜直勾勾地盯着桌下，那儿有什么东西，不过我看不见。

“这儿有个……人。”

好吧，我们本应该冷静地离开这个名叫车库的棚屋，锁上门，然后报警。

这才是明智的举动。如果你发现一个人藏在旧工棚的桌子下，就应该这么做。

我却走上前去，用双手抓住桌子，将桌子掀起来推倒。一个小小的身影露了出来，那人蜷缩成一团，像一只受惊的刺猬，浑身哆嗦个不停。

“怎么回事……”

“是谁……”

那个人像春天里舒展的叶子，慢慢地抬起头，挺直了腰，望着站在两旁的我们。

“是你！”我和罗克茜异口同声地说。

林中小屋里的男孩对着从门口射进来的光线使劲眨了眨眼睛，缓缓地站起来说：“Memam...memam...memam...”

就这样，他边说边眨眼，先看看我，再看看罗克茜。

当然是她先明白了男孩的意思。

“你妈妈？”

他点了点头：“我妈妈。”他使劲咽了口唾沫，继续在阳光下眨着眼睛。

第二十章

我最后一个朋友叫杰克·麦格纳格尔。是杰克改变了一切。

你可能不记得1934年发生的事了。但我很喜欢那一年。

我们没有冰箱和电话，但大多数人也没有。电视和电脑尚未被发明，要再过六十多年，人们才开始使用电子邮件和互联网，并对其他人的一切了若指掌。这样一来，你要隐藏秘密，就不太容易了。

那时，我和妈妈已经在橡树屋住了将近八十年。妈妈是在1856年花了三百英镑现金买下那栋房子的。当时是可以这么做的。这是合法交易，我和妈妈也有足够的钱。

小屋很偏僻，对我们来说是完美的居所。当时附近还没有住宅区。建小屋时，人们在边上清出了一小块地，我们在上面种了些蔬菜。我们有一只叫艾米的山羊和几只鸡。（我们没有给鸡起名字，毕竟有时会把鸡宰了吃。）

比法很喜欢那里。我们搬进来之前，房子空置了一段时间，有很多老鼠。比法只用了几周，就把老鼠捉光了。

我们看了很多书，收音机发明出来后，我们就听收音机，我们称之为无线电。

妈妈每周骑着我们那辆摇摇晃晃的旧脚踏车去惠特利湾一两次，有时则是我去那里采购杂货。我每次都是在放学时间出门，这样就不会有人认为我逃课了。

伊斯特本花园居住区有一家杂货店，店主是麦格纳格尔夫妇。麦格纳格尔先生又高又瘦，长着大大的红耳朵和锐利的眼睛，而麦格纳格尔太太又矮又胖。他们的儿子和我同龄，叫杰克，在柜台后面帮忙。

我和杰克熟了，便开始打招呼，有一次他帮我把脚踏车的链条重新装好。为了报答他，我用脚踏车载了他一段，他说:“你住在哪里？”

“赫克瑟姆。”我撒谎道，我很清楚该怎么应付别人，“我姑妈住这里，我来住段时间。”

如果有人问起，这么回答很管用，不过很少有人打听，因为我们很少与人交流。赫克瑟姆是一个小镇，位于四十英里之外，离得很近，不会显得奇怪，但又足够远，没有多少人熟悉。

“那你在哪儿上学？”杰克问。当时是下午四点左右，学校还没放学。

“在赫克瑟姆。”我说，“只有这周我们学校放假，是我们当地的节日。”

“天哪。”杰克道，“真走运！”

他的问题到此为止。我很喜欢杰克。我骑脚踏车载着他去林克斯，我们朝一个铁罐扔石头。他会倒立着走路，还教我怎么做，我们笑了又笑。好玩儿极了。

我已经很长时间没有朋友了，杰克看起来也有点儿孤独。所以，当天开始黑下来、我不得不摸黑骑车回家的时候（还有可能被警察拦住，他们会把我带回家，问一些尴尬的问题），我对杰克说:“我周六还来，到时候我们见见面，好吗？”

于是我们又见面了。有一支铜管乐队在室外演奏台上表演，我们一边吃着薯条（我买的），一边看着西班牙城欢乐花园的白色大圆顶。杰克告诉我他爸爸曾在加拿大猎过一头驼鹿，还有……

我为什么要告诉你这些？

因为你必须明白，我的新朋友杰克风趣、瘦削，膝盖骨节突出，穿着宽松下垂的短裤，他背叛了我，我难过极了，尽管这甚至都不是他的错。嗯，不完全是。

第二十一章

杰克长大了，而我没有。我每次交朋友都这样，总是那么难。我始终习惯不了。

认识他一两年后，杰克开始穿长裤。又过了一两年，他长出了稀疏的胡子，声音也变低沉了。

他只知道大多数周末我都来看望我的“姑妈”。有好几次，我说自己得了怪病，正在养身体，需要多住一段时间吹吹海风，况且总有暑假。

杰克甚至会来我们在树林里的小屋。妈妈喜欢他，但她很谨慎。她不喜欢与任何人走得太近。

“阿尔韦，这事不会有好结果的。”她这么警告我，但我不愿相信她。杰克会不一样的，我敢肯定。

即便杰克觉得我没有长高、腿上没长汗毛很奇怪，他也没有说出来。但他妈妈就不一样了。

“咦，阿尔菲·蒙克，你妈妈不给你吃东西吗？”一天，麦格纳格尔太太在店里对我说，“看看你！发霉的奶酪都长得比你快。”

“妈妈！”杰克说，但他也在笑。我觉得他不是故意的，但是，当他笑的时候，我心里却很不是滋味，这种事以前就发生过。怀疑渐生，不信任的种子发芽，对这个没有长大的奇怪男孩，人们会逐渐收回他们的友谊，有时甚至会突然疏远。

不久之后，我听到他们谈论我。我走进店里，通常有客人来就会响的铃铛坏了，所以没人知道我来了。

我听见杰克在商店后面的房间里。他用那新变的低沉嗓音重复着他母亲讲过的笑话。

"……告诉你吧，发霉的奶酪都长得比他快！"

"行了，杰克。人家本来就够惨了，不要再嘲笑他了。他生长发育可能有问题。"一个年轻女子的声音说，这人叫琼·帕尔默，杰克正在追求她。我见过她一两次。她长得很标致。

"阿尔菲不一样。他很不对劲。"杰克说，"五年了，他一点儿都没变过。五年呢！你们听过他说话吗？他说他从赫克瑟姆来的。我知道赫克瑟姆那地方，他们的口音可不是那样的。"

这时，我从柜台旁走开，蜷缩在一堆纸箱后面。我不希望他们出来后发现我一直在听他们说话。

"是啊，他的口音确实很怪，我得承认。"琼·帕尔默说，"可我喜欢他。"

"他有点儿古怪，琼。他的姑妈也很古怪。她跟你说话时从来不看你的眼睛。她住在树林里，还养了一只山羊。老莉兹·理查森告诉我妈妈，多年前她在北希尔兹就认识她了，那时她有个儿子，她儿子也叫阿尔菲。你说怪不怪？"

"莉兹·理查森？她已经八十多岁了。"

"琼，这正是我要说的。如果理查森太太在北希尔兹时就认识她，那么蒙克太太就有六十多岁了。"

“嗯，我只能说她看起来很年轻。”

这时，另一位顾客走了进来，喊道:“有人吗？”我急忙跑了出去，他几乎没有注意到。我骑车回家，沮丧极了。

事情就是这样一次又一次地发生，不过这一次来得比以往要快。

你看，希望别人注意不到你没有变老，根本是不可能的。人们喜欢说三道四，传播八卦。你往往可以在相当长的一段时间里不被看穿，但人终究还是……人。

他们编造出各种理由去解释那些无法解释的事，我和妈妈帮了他们一把，制造了一些迷惑人的信息。例如，我是妈妈的儿子，还是她的侄子？妈妈经常误导人们以为她母亲和她住在同一栋房子里。

像莉兹·理查森这样记性好的老人，最终会带着他们的怀疑死去，而在世的人会认为那不过是老人在胡言乱语，毕竟真相实在是太不可思议了。

但你不可能愚弄所有人。绝无这个可能。

第二十二章

1939年，杰克十六岁了，他长成了一个身材高挑的少年，总是挑起一边嘴角笑。我在他十六岁生日的时候给他买了一包香烟，当时都是这样的。他给了我一根，但我多年前已经试过抽烟。我知道自己不喜欢烟味，便拒绝了，他朝我冷冷一笑。

夏季的一天，我去了伊斯特本花园居住区的杂货店。距离上次无意中听到杰克在里屋说的话，已经过去了几周。

麦格纳格尔太太摇了摇头："他不在，孩子。他这些天很忙。他经常在店里帮忙，所以不能出去。"

是哪个原因呢？我心想。是不在店里，还是他在店里却不能出门？我知道她在撒谎。

"我……我明天再来找他，可以吗？"

"不，孩子。我觉得最好不要。就像我说的，他在店里忙着呢。"

"你……你能告诉他我来过吗？"

"当然。"她的注意力已经转移到下一位顾客身上了，"阿伯克龙比太太。你的小奎妮怎么样了？你听说希特勒先生的消息了吗？稍后会有公告的。"

这时，我听到一个女孩在笑，咯咯的笑声从里屋传来。里屋的门关着，但没有关紧，声音很容易就传了出来。一起传出来的，还有香烟的味道。

我当时就明白了，就像你现在明白了一样，他们是在嘲笑我。杰克和琼在一起，我全明白了。

他不想和一个看起来只有十一岁的男孩在一起。这个男孩进不了舞厅，不抽烟，对姑娘不感兴趣，这个男孩只是……一个男孩。这个男孩非常奇怪，这个男孩就是我。是我。

我用力咽了口唾沫，深吸了一口气。这种事以前也发生过，但我还是很生气。

我在店外的时候，杰克和琼正好从商店大门出来，朝相反的方向走去。

我看着他沿街离去，羞愧得脸颊发烫。几个世纪以来，我一直躲在阴影里，从不惹是生非，但此时此刻，我将这一切都抛到脑后，跑着追了上去。“嘿！”我喊道，“嘿，杰克！”他转过身来。

“噢。你好，阿尔菲。”

我看得出他脸红了。我现在该说什么呢？我也不清楚。有那么一会儿，我们就这么面对面地站着，我还是一个穿着短裤的小男孩，他却已经是个少年了。他懒洋洋地吸了一口烟，低头看着我。他长高了很多。没有假装的必要了。

“我听到你说的话了。那天你对琼说我有点儿古怪。”

“啊。嗯。”他咬着下唇，移开了目光，吐出一口烟。

“我还以为你是我的朋友呢。”

“我是，阿尔菲。我是，只是……”他的眼睛瞟向一边。

他很尴尬，但我不在乎。“听着，我们坐下，好好聊一聊，可以吗？”

边上有一堵矮墙，我们坐了上去。他解开上衣的扣子，把膝盖处的裤子往上拉了拉，才坐了下来。他这完全是……成人才有的举动。

“事情是这样的，阿尔菲……”他停顿了一下。我想他并不十分清楚“事情”是什么样的。趁他沉默的当儿，我开口了。

“我使你难堪了，是吗？”

他犹豫了一下，说：“没有，阿尔菲！”但真相就在他的犹豫之中。他的犹豫向我表明了我需要知道的一切。激动之下，我感觉自己的喉咙都发紧了。

“我不是非得这样的！”我说，声音越来越大，“我能逆转！”

“你能逆转？逆转什么？”

我说了不该说的话，只好保持沉默，不停地喘着粗气。

“听着，阿尔菲。”杰克说着站了起来，“你是个好孩子。你是个好朋友。但是……人都会变。”他用鞋子碾灭了香烟。

就这样，他转身朝伊斯特本花园走去，我再一次试图把堵在胸口的石头压下去。

第二十三章

我没有把这件事告诉妈妈，不然只会使她不安。那天晚上，我给山羊艾米挤了奶，像往常一样把小奶酪储藏室里的奶酪翻了个面。在我做这些事情的时候，我的喉咙里一直卡着一个硬块，我怎么也咽不下去。

我和妈妈听无线电。首相张伯伦先生宣布我们又与德国开战了，而我们两个都觉得上一次的战争像是昨天才结束。

我终于还是哭了出来。我坐在炉火前，感觉到一颗豆大的泪珠从脸颊上滚落下来，我哽咽着，胸口剧烈地起伏，就像一道道海浪冲刷着失事的船只。

妈妈以为我是因为打仗才哭，但事实并非如此。我无数次渴望长大，像杰克一样，像我认识的所有已经长大的男孩一样。

妈妈能读懂我的心思吗？有时候确实感觉她能看穿我。她站起来，走到我身边，坐在椅子的一边，揉着我的背。我用手指摸着她上臂上的两道小伤疤，我以前无数次这么做过。她低声唱着一首悲伤的曲子，歌词是我们使用的那种古老的语言。妈妈颤抖的声音加深了我的悲伤，我像个小孩子一样把头靠在她的膝盖上，失声痛哭起来。

我当时想，我再也见不到杰克·麦格纳格尔了，这场战争可能会让世界走向终结。

我在这两方面都错了。

第二十四章

我和妈妈经历过很多次战争，但这次不同。因为在其他所有的战争中，战火都离我们很远。无论陆军或海军作战，我们并没有参与其中过。我距离战争最近的一次是在多年前，当时罗马城墙外的部落沿着泰恩河逆流而上，我们逃跑了。

有一次，我们不得不穿过一片几周前刚刚发生过一场大战的田野，空气中仍然弥漫着战争和未被埋葬的士兵尸体的气味。

但这次的不同之处在于炸弹。现在敌人来了，战斗就没有停止过。在 1940 年和 1941 年，德国飞机一次又一次地从我们头顶飞过。通常是在晚上，有时白天也有。

炸弹的目标不光是纽卡斯尔的工厂，还有沃尔森德和北希尔兹的造船厂。但是他们瞄得一点儿也不准。一天，妈妈从商店回来，一屁股坐在里屋的椅子上。

“有一百来个人丧生，阿尔韦。他们正在躲避轰炸。炸弹正好击中了防空洞。杂货店的麦格纳格尔先生也在里面。”

可怜的杰克。他父亲不在了。

（人们清点之后，确认一枚炸弹炸死了一百零七人，这枚炸弹击中了北希尔兹的柠檬水工厂和工厂下面的防空洞。）

战争开始之前，我一直担心会有关于我和妈妈的流言蜚语。

只要有一个人说起，流言就会传开。然而，战争一打就是好几年，我们发现自己没有那么引人注意了，以前也是如此。

你只要低着头，不惹麻烦，当官的就不会理睬你。他们有更重要的事情要操心，尤其是在战争期间。完全没有必要在意一个带着“侄子”老老实实过日子的女人。

就这样，有那么一年多的时间，我们一直待在原处。需要填写很多很多的表格，才能得到定量配给的食物。妈妈很擅长这事，她的出生证明和官方文件几乎可以说服所有人。

我们养了鸡，吃到了很多鸡蛋，肉类则十分短缺。我们时不时也能吃上一顿鸡肉，有的鸡不再下蛋，我们就会宰了吃。杀鸡通常都由我来动手。杰克穿着制服来找我的那天，我就在杀鸡。

不过，他穿的不是士兵的制服，他太年轻，还不能入伍。他是一名战时预备役警察，隶属于警察部队。

杰克的预备役警察制服看起来与警察制服差不多，只是不太合身，袖子盖住了指关节，袜子从裤口露了出来。但我看得出他穿着这身衣服很自豪。

我有一年多没见过他了，他比以前更高了，看起来也更像大人了。他一定快十八岁了，那种熟悉的令人心碎的悲伤感觉又回来了，每次看到我认识的人渐渐长大，把我抛在身后，我都有这种感觉。

我正在后院追一只老母鸡，他突然走了进来，看样子非常高兴，甚至有些傲慢。

“早上好。”他说。妈妈先转过身来，看见他穿着制服，戴着锡盔。

“你好，杰克，亲爱的。”她说，不过她的声音里透着一丝警惕，“啊……看看你的制服。他真有点儿大人的样子了，是不是，阿尔菲？”

我咕哝一声，算是回答。我见到他，心里很不痛快。妈妈却非常擅长表现“正常”。

“天这么热，你是骑车来的吗？要不要喝杯水？”

“是的，蒙克太太。”他没看我，但我知道他是无事不来。他太拘谨了。

“你还是把你的锡头盔摘下来吧。我想希特勒先生今天不会轰炸我们的。”

我们坐在后院，望着山上茂密的树木，杰克喝着水，偷偷地看了我一眼。

“听到你父亲的事，我们很难过，是吧，阿尔菲？”妈妈说。我点了点头。杰克什么也没说。

接下来我们陷入了良久的沉默，气氛有些紧张。妈妈再次打破了沉默。

“什么风把你吹来了，杰克？你是来看我们的吗？我们好久没见你了。”

听妈妈的语气，我就知道她以为出事了。

“嗯，事实上，蒙克太太……”这时我恍然大悟。要是宣布好消息，没人会用“事实上”这几个字。

“……事实上，我是代表官方来问几个问题的。可以吗？”

妈妈过去常说，制服可以让一个人变得更好，也可以让他们变得更坏，但再也不会是从前的那个人。杰克转向我，从他宽大的外衣里拿出一个笔记本。

“你多大了，阿尔菲？”

开始了。他盘问我和妈妈，我们在这里住了多久，为什么官方文件（杰克说他现在可以拿到）与实际情况不相符，等等。

妈妈一直保持冷静：“我敢肯定只是记录错误罢了，杰克，亲爱的。如你所知，阿尔菲有生长缺陷。马坎达亚氏综合征三型。”

过去这个谎言一直都很管用。是“我们家族遗传的”一种神秘疾病让我的外表异于常人。只是这一招在杰克身上不起作用。

“啊，我记得你以前这么说过，蒙克太太。我问过惠特利湾的孟席斯医生，他不知道有这种病。”

“嗯，这种病极为罕见。”我说，但我的自卫语气太重，并不可信。杰克没有理会我。就在那一刻，在杰克来之前我一直在追的那只鸡走到我面前，啄着地面，我迅速伸出右手，一把抓住了它的脖子。

“抓住它的腿。”鸡来回扑腾，我对杰克喊道，“动手呀……快点儿！”杰克胡乱挥着手臂，胆怯地去抓那只扭动着的母鸡的腿。“好的，抓住它，向你那边拉。”

当他这么做的时候，我猛地往下一掰鸡头，直到我感觉到鸡脖子啪的一声折断了，鸡身瘫软下来。它的翅膀扇动了一下，便不动了。整件事几秒钟就结束了。

“它……它死了吗？”杰克脸色苍白，有点儿发抖。要是他上了战场，就只能请老天保佑他了，我心想。

“但愿如此。”我说，“它就要进我们的肚子了。”

妈妈走上前来，从我手中接过死鸡，放进了杰克翻转的头盔里。

“不，阿尔菲。这是给杰克的。把鸡带回家给你妈妈，亲爱的。一个月后再来拿一只，好吗？但是……不要再费心去管那些弄错的文件了。这种事经常发生。我确信战时预备役警察有更重要的事情要做。”她从杰克肩上掸掉一根鸡毛，拍了拍他的胸口。

就这样，杰克骑着脚踏车走了。那顶翻过来的锡盔就像一个购物篮一样挂在他的胳膊上，里面装着那只死鸡。

“打仗了，阿尔韦。”他走后，妈妈摇着头说，“战争会对人产生非常奇怪的影响。光是跟希特勒作战，就已经够麻烦的了。”

在接下来的六个月里，杰克又来了好几次。他总是自顾自走进后院，有一次妈妈甚至发现他进了我们的房子，在看我们的书架。几年后，我们才发现狄更斯亲笔签名的小说《双城记》不见了。我们一直认为可能是杰克拿走了，但我们无从得知。

“他在四处搜寻。”妈妈说，“他在找什么东西。”我们每次都给他一只鸡，最后只剩下了三只。

后来他不再来了，妈妈听说他被征召到空军服役，还被送去了苏格兰接受训练。

那之后的很多年，我们都没有见过杰克。

但后来我遇到了他的儿子。

第二十五章

那是1962年，那场在全世界杀死了那么多人、造成巨大深重痛苦的战争开始淡出人们的记忆。

距离我最后一次与杰克·麦格纳格尔说话，已经过去二十多年了。伊斯特本花园居住区的杂货店也已经易主，据妈妈说，麦格纳格尔太太搬到了乡下。后来，我在海滩上见到了杰克。

那是初夏的一天，当时人们没钱去国外度假，惠特利的海滩上就挤满了一日游的游客，以及来自苏格兰造船厂的度假者。

妈妈喜欢拥挤的海滩。沿着林间小路走三十分钟，再沿着大路一直走，就到了海滨公路。灯塔在路的一头，沙滩上几乎连放毯子的地方都没有了。妈妈给自己做了一件短袖上衣，就在那天早上刚刚给我做好了一条带有深口袋的铁锈色灯芯绒短裤。

我们戴着太阳镜坐在沙滩上，完美地融入了周围的环境之中。按照妈妈的话说，这叫"大隐隐于市"。

我读着我最近从图书馆借的书，我们吃了三明治，还去蹚了蹚海水，我把水溅到妈妈身上，她哈哈大笑。就在我从浅水里走出来的时候，一个人向我走来。

"嘿，孩子，我们缺个守门员。你愿不愿意去守门？"这人看上去很友好。他的裤子卷到膝盖处，他指了指远处的一片海滩，那里人比较少，一群男孩和几位爸爸在沙滩上划出了一小片场地在踢足球。

妈妈道："我看还是算了吧……"

"我愿意！"我说，趁妈妈还没来得及反驳，我就跟着男人朝那群人走去。我跟他说了我的名字，他告诉了其他人："这是阿尔菲。"

他们都点点头说："阿尔菲，你好。"

比赛节奏很快，也很粗野。我们队穿着衬衫，叫"衬衫队"，另一支队伍赤裸上身，所以叫"裸背队"。男孩们一个接一个摔倒在松软的沙滩上，这主要是因为裸背队有个块头最大的男孩，他速度快，力气大。那个男孩十二岁，身体瘦长结实，肌肉很发达，我守在球门前，他朝我攻击过来。足球接连从我身边飞过。

一位爸爸是裁判，只是这位裁判更像是摆设，我听到他说得最多的是："嘿，别这样，约翰！这可不是运动精神，对不对？"约翰用胳膊肘撞到了衬衫队一个个头儿最小的队员的喉咙。裁判判了一个任意球，但约翰没有理睬他，继续比赛。

他又向我扑来，球就在他脚下，我下定决心不再让球射进球门。

最坏的结果会是什么？在我朝他脚边扑过去之前的几秒钟，我这么想着。我可能会挨上一脚，但也可以成为英雄。

就这样，趁着约翰稍稍放慢脚步准备射门时，我头朝下向前扑了过去，从他脚下把球抢了过来。我没有看到他摔倒在我身上，但我听到他砰的一声摔在沙地上，几秒钟后，他发出了痛苦的号叫。

“犯规！”有几个孩子喊道。

还有的孩子说：“不是犯规！他先碰到的球！”可是，当我站起来、转过身，约翰的脸与我的脸近在咫尺，他满脸通红，看起来十分生气。

“你弄断了我的手腕。”他尖叫着，还猛地挥着手，可见他的手肯定没断。他清了清嗓子，发出一声长长的刺耳的声音，随即朝我脸上啐了一大口唾沫。

老爸裁判向我们跑来：“嘿，嘿……够了，约翰·麦格纳格尔。你爸爸呢？”

他就在那里，站在沙滩边线上。杰克·麦格纳格尔先是盯着我，又盯着他的儿子，随后他的目光又回到了我身上。在这二十几年里，他几乎没有什么变化。他仍然很瘦，一头浓密的黑发没有一点儿灰白。

我们对视了一会儿，他走到沙滩球场上，但我已经慢慢走开了。

约翰的声音在我身后飘来：“不管你是谁，你都完了。我一定会找到你，打得你满地找牙。”

然后我听到杰克叫道：“阿尔菲？”

但我已经转身跑了。我跑回到晒日光浴的人群中，回到妈妈身边，那里很安全。这一天就这样毁了。不久，乌云密布，我正好有借口向妈妈提出回家，但没有告诉她我见到了杰克和约翰父子，免得她担心。

事实证明，我这么做有充足的理由。我们快走到家的时候，约翰已经等在我家那条小路的转弯处了。

第二十六章

还有两个年纪大一点儿的男孩和他在一起，他们三个懒洋洋地坐在路旁一根被连根拔起的树干上。

要是你像我一样活了这么久，当大麻烦就在你前面三十英尺处的一段树干上，你不可能感觉不到。

大麻烦说来就来，是否有成年人在场则不重要。看到约翰·麦格纳格尔在沙滩比赛上不听裁判的话，还大声骂骂咧咧，不在乎别人听见，我就知道是这样。

现在，即使妈妈和我在一起，也阻止不了他揍我。他根本不在乎。

“叫警察吧，妈妈。”我喃喃地说。

“警察？”她倒抽了一口气，“那些男孩是谁？”

“他们是麻烦，妈妈。去吧。”

她转过身，沿着小路往回走。大路上有一个公用电话亭。

长期以来，躲避官方的人，是我们低调生活的一个重要组成部分。我刚让妈妈去叫警察就后悔了。我应该挨一顿痛打，就此了结此事，我们不需要任何人干涉我们的生活。

一千年来，我从来没有主动打架滋事。但如果有人打我呢？

现在没人教男孩怎么打架。这可能是一件好事。人们不知道怎么打架，就不会经常打架，这也可能是一件好事。

我呢？我学过如何打架，还多次学习过格斗技巧。

我从一位来自阿拉贡的职业拳手那里学会了如何使用短木棍，他告诉我木棍是“最高贵的武器”，因为它“不会骗人”。

前面那几个男孩慢慢地站起来，这时，那位拳手的声音穿过几个世纪，再次在我的耳边回荡。

“你妈妈跑了？”最大的那个男孩说，我猜他大概有十五岁。

“她去叫警察了。”我说。他们咯咯笑了起来。

“别费那个事了。皮勒还没来，这儿的事就已经了结了。”

他们缓慢地前进，充满了威胁的意味，约翰走在中间，个子比另外两个矮得多。我一直站在原地，最后，他们距离我只有四码远。

“怎么啦，小子？你就一直站在那儿吗？”

约翰又向前迈了一步，我就在这时动了起来。我蹲下身子，用右手从小路上抓起一把细沙砾，用力朝他脸上扔去。

要我说，我是个好射手。职业拳手拉斐尔让我们一遍又一遍地练习这个。沙砾击中了目标，沙子进入了约翰的眼睛，他大叫了一声。

另外两个小混混的注意力被吸引了过去，我趁机抄起一根粗树枝站了起来。我觉得笔直的树枝更趁手，这根树枝却弯弯曲曲的，但起码长度和重量比较合适，长约四英尺，重量也适中，要稍稍用力才能拿起来。

“你不花点儿力气，他就感觉不到疼。”拉斐尔的话在我的脑袋里响起。

我用双臂把树枝挥向约翰右边的男孩，只听一声令人满意的咔嚓声，树枝打到了他的膝盖。他痛得大叫一声，踉跄着向后退去。

“先攻击膝盖，迫使对方放慢速度！”

约翰还在揉眼睛，于是我用树枝的一头猛戳他的肚子。他没有看到树枝打过来，疼得弯下腰，连气都喘不过来了。

约翰左边的小混混已经向我的右边逼近，对准我的小腿踢了一脚，一阵剧烈的疼痛即刻传来。我用树枝打他，他躲开了。这家伙有点儿难缠。

“在面对多个敌人的战斗中，在最有力气的时候，先去对付最强的那个……”

那个男孩又向前走了几步，但这次我已把棍子准备好，用双拳攥着，拿得稳稳当当。我举起树枝，假装要打他。就在他举起手来自卫的当儿，我立即改变了方向，狠狠地朝他挥去，正好击中他的胸口侧面，打得他直喘粗气。

“现在结束战斗吧，阿尔菲！”拉斐尔说。

树枝很柔韧，会向后摆动，我轻轻地举起树枝，再加上我的力量，狠狠砸向他的脑袋，一下子就把他打昏了过去。他瘫倒在地上，舌头都耷拉了出来。

现在可没有时间欣赏我的作品，约翰和他的另一个朋友都向我扑来。他的朋友举起拳头朝我挥来，我用树枝一挡，一脚踢他的肚子上，把他向后踢飞进了一片荨麻里。他落了进去，疼得尖叫起来。

现在只剩下约翰了，他的个头儿比我大得多，这会儿，他的眼睛里闪烁着邪恶的光芒。我可以看出那根干燥的树枝撑不了多久了。我刚才就听到树枝发出了咔嚓一声断裂声，当我把树枝挥向他的大腿，他闪身躲开了，树枝也在我手里断成了两截。我把碎块扔向他，可惜没打中，他大笑起来。

“身手不错，你这个怪胎。我来看看你有多棒。”他一直紧紧盯着我，同时蹲下来，捡起一段树枝，朝我走来。我现在手无寸铁，他把树枝高高举过头顶，我只好举起前臂保护自己。

就在那一刻，我看到一个黑白色的东西一闪而过，耳畔响起一声并非人类发出的高亢咆哮，接着约翰尖叫起来。

“啊，把这东西弄开！啊啊啊！”他扔下树枝，伸出双手去抓比法那已经深深地抠进他脑袋的爪子。比法咆哮着、抓挠着，约翰·麦格纳格尔则一边跳来跳去，一边晃动手臂，疼得大喊大叫。最后，他终于把比法从他的脑袋上拉了下来，比法站在他面前，背拱着，嘶嘶地叫着，吐着唾沫，就像一只沸腾的水壶。

“你是个疯子，疯子！你这个怪胎！该死的疯子！”约翰一边朝我喊道，一边沿着小路往后退。

“那么，继续吧。”我指着他的朋友说，那人现在已经在安全距离之外了，“你要去找他吗？你们都给我滚。我不喜欢看到路上都是垃圾。”

约翰扶他的朋友站起来，两人摇摇晃晃地走了。

“干得好，比法。”我喃喃地说，但它没在听。它朝那两个逃跑的孩子走了几步，他们见了，撒腿就跑。

我感觉很好，那感觉妙极了。但我知道事情不会就此结束。绝对不会。

“在现实世界里，阿尔菲，你得杀了他们。否则他们还会纠缠你。”

拉斐尔生活在十七世纪。那时的世界完全不同。

第二十七章

第二天，也就是周一，警察来“调查一起三名未成年人遇袭的案件”。

的确是警察。那位警官很年轻，是骑着脚踏车来的。（制服略有变化，但他仍然让我想起了杰克在战争期间穿的战时预备役警察制服。）我和妈妈认识之前的警官，那位警官身材肥胖，对什么都漠不关心，好像叫萨金特警官，妈妈告诉他我是从赫克瑟姆来的，患有生长障碍，他相信了。只要我们不惹麻烦，他就不会管我们。我们确实一直安分守己。

现在这位警官名叫阿米蒂奇，他问了很多问题，看起来对一切都很感兴趣。我、妈妈和他坐在后院。山羊艾米（不是原来那只艾米了）咩咩叫着，几只鸡到处啄食。警官看上去很不自在。毕竟他是城里人。比法碰了一下他的腿，他甚至退缩了一下。他摘下尖顶头盔，露出了光亮的光头。他只有二十五岁左右。

“你多大了，孩子？”他把所有信息都记在一个小笔记本上。

“你的生日是哪一天？”

“你在哪儿上学？”

“你在这里住多久了？”

“和我说说昨天发生了什么。”

我把已经练习好的谎话讲了一遍。“我十四岁，”我说：“我离开学校了。”在当时，我这个年纪就可以离开学校了。

“你十四岁，可你身材矮小，不像十四岁。”他说。

我耸了耸肩。

“那打架是怎么回事？到底发生了什么？”

我告诉了他真相。

“这么说，你一个打他们三个？”

我点了点头。我没有提到比法。

我觉得警官甚至有点儿佩服我。“你知道其中一个进了医院吗？膝盖骨折。”

我又耸耸肩。

他能问的不多了，但我看得出他并不满足。他不停地环顾院子，时而看看我，时而看看妈妈，仿佛在对他自己说：“事情远不止表面上看到的那么简单。”

相信我：我活了那么久，认得那种眼神。妈妈也看出来了。这总是意味着会有更多的问题随之而来。

有些地方的有些官员会认为“有些事情不太对劲”，并开始寻找理由进行窥探。我们发现，遇到这种情况，离开一段时间是个很管用的办法。

事实的确如此。一周后，地方教育局的一个女人来找妈妈，我则躲在楼上。然后，那位警官带着另一名警官，以及当地议会下属的社会服务部门的人，再次登门造访。

于是，六周后，即便有人来检查我的年龄、入学情况等信息，也只能看到那座古老的小屋锁得严严实实，窗户也用木板钉了起来。小屋就这样在那里空置了将近三十年。

后来我们回来了，一切都很好。老实说确实不错。在树林的另一边，也就是快到高尔夫球场的地方，已经建起了一个新的住宅区。到了夏天，惠特利湾变得比较宁静，因为人们开始去西班牙度假。不过人也比以前多了很多，他们都开上了汽车，但是，没有人真正打扰到我们，除了那个八卦的小女孩，不过她并没有构成“麻烦”。

然后……火灾发生了，我第一次体会到了孤身一人是什么滋味。

第二十八章

那个来自林中神秘屋的男孩瞪大眼睛看着我们，他面色苍白，看样子非常害怕。我掀翻的书桌横在我们之间。

“我……我很抱歉。我需要一个地方容身。”他说，“火……着火了。”他开始急促地呼吸，使劲地眨着眼睛，仿佛只是说出“火”这个字，他就要崩溃了。

我站在罗克茜旁边，低头看着浑身烟灰的男孩。他身上很脏，衣服都湿透了，身体在不停地颤抖。他跪在被掀翻的桌子旁边，一只手抓着另一只手，抬头盯着我们，左看看右看看，眼睛不停地眨着，嘴巴翕动着，嘟囔着什么，上嘴唇上有一层闪闪发亮的鼻涕。我从没见过这么可怜的人。

罗克茜首先开口了:“没关系。我们不会伤害你。”

这句话悬在空中，他继续盯着我们看。他嘴里不时发出微弱的呻吟声。

“我……妈妈……我……妈妈……”他又开口了，每说一个字，都会气喘吁吁。

罗克茜蹲下来，和他齐平，我也跟着蹲了下来。她伸出手轻轻地摸了摸他的肩膀，低下头看着他的脸。

“Al-vuh ？ ”她说。他倒抽了一口气，点了点头。我转头看着罗克茜。“这是你的名字吗？ Al-vuh ？ ”

他又点了点头："我……我以前的名字，阿尔韦。一般情况下，我都用阿尔菲这个名字。阿尔菲很好。"

"好吧，阿尔菲。过来坐下。"罗克茜说话的语气是那么温柔，那么平静，她一直注视着他的眼睛，观察着他的每一个动作。

他慢慢地站了起来，仍然用一只胳膊抓着胸口。他跌跌撞撞地走到塑料沙发前坐下。罗克茜坐在他旁边，转过身看着他，而我则把桌子摆正，坐在上面。

"我能看看你的胳膊吗？"罗克茜问，她小心地把他的手举起来，"疼吗？"

看起来就很疼。他的右袖子被扯破了，可以看到烧伤的前臂。从肘部到手腕都有深红色的红肿伤痕，有些部位的皮肤都脱落了。我和罗克茜都倒吸了一口气。

"你得去看医生，伙计。"我说。我的语气并不严厉，但这是我对他说的第一句话，显然我这话说错了。他怒视着我。

"不。绝对不可以。无论如何都不能。"

我明白了他的意思。他态度很坚决。但"无论如何都不能"这句话从一个孩子嘴里说出来，感觉很不寻常。他看上去和我们年龄差不多。

"可是，阿尔菲，"罗克茜说（罗克茜说了他的名字，这么做很聪明，我心想），"你的烧伤很严重。有可能会……我不知道该怎么说，就是感染什么的。"

"看到了吗？你其实也不懂。"他的声音有些尖锐，但并没有咄咄逼人。他只是为了让自己安心而已。“不可以看医生。”他在沙发上坐得更低了一点儿，倦容又回到了他的脸上，“你们还是……别管我了，好吗？我不会有事的。不要告诉任何人。我会好的。”

不，他不会的。很明显，他就是嘴上说“我没事”，实际上却有很大问题的那种人。

“出了什么事，阿尔韦？阿尔菲？起火的时候，都发生了什么？”我觉得让他开口是个好主意，但罗克茜坚定地摇了摇头，让我放弃了这个想法。

“听我说，阿尔菲。”她道，“你现在首先需要清理一下，再让身体暖和起来。你一直在哆嗦。先清理伤口，再包扎好，也许就没事了。”她仔细地看着伤口，用指尖轻触伤口的边缘。“疼吗？”她问，他皱了皱眉，算是回答。她转向我。“你爸爸在家吗，艾登？”她问。

“不！”阿尔菲说。他那满是烟灰的脸上充满了恐惧，他向门口瞟了一眼，试图站起来。

“没关系的，阿尔菲。坐下来。你可以相信我们。如果你不愿意，我们不会告诉任何人你在这里。”她转向我，“你总得想办法溜进你家。站在艾登旁边，阿尔菲。”罗克茜气势威严，他乖乖听话，站到了我身边。“嗯。艾登，你有没有小了的衣服？你知道的，就是你长大了，穿不下的那些？”

“没有。我们搬家前全送人了。”

“你妹妹呢？”

莉比和站在我们中间的这个古里古怪、浑身脏兮兮的男孩差不多高。

“我去看看能找到些什么。不过可能是粉红色的，你可别介意。”

即使阿尔韦……阿尔菲……介意，他的脸上也没有显露出来。其实他的脸上几乎没有任何表情。他又挨着罗克茜坐在沙发上，身体又开始颤抖，嘴唇翕动着。现在的情况很棘手。

罗克茜站起来，朝门口扫了一眼。我跟着她走了出去。

到了外面，我们沿着泥地走出了几米。

“迹象很明显。”罗克茜说，“是创伤后应激障碍。”

“什么？”

“创伤后应激障碍。他看到他家被烧毁了，也许还看到他妈妈被大火烧死了，一下子承受不了，所以就……你知道的。”

“他的行为很奇怪。”

“是的。他需要帮助，但首先得让他信任我们。只要有一点儿差错，他就会跑掉。”

“你怎么知道这么多？”我说。我的语气听起来很尖刻，但我确实很佩服她。

她耸耸肩：“我看过很多书。现在你去拿些干净衣服。拿着衣服去前门，我在门口等你。我妈妈在她的房间里工作，可能戴着耳机呢。”

“但愿如此。”我一直都记得昨晚她妈妈有多凶。

罗克茜恶狠狠地瞪了我一眼：“我妈妈很好。她只是有点儿……”

“吓人？”

“暴躁。”

“又暴躁，又吓人。”

“随你怎么说。你得帮他清理一下。你知道的，溜进浴室洗洗，再溜出来。你还得给他擦干身体。”

“我？”我本想说得正常点儿，发出的声音却尖锐高亢。

我又挨了一记白眼。“是的，就是你。因为你是男孩。我想他不会乐意在我面前一丝不挂。”

我当时就决定，如果我遇到了麻烦，我希望由十一岁的罗克茜·明托来负责解决。

考虑到即将发生的事，这绝对是个明智的决定。

第二十九章

不到一个小时后，我们返回了车库，我也有了一些发现。

1. 爸爸的耐心快要耗尽了。我知道自己没做家务。我从后门偷溜进去，来到楼上莉比的房间。我的动作很轻，不让他听见，但他在楼下整理油漆刷，朝我喊道:“你到底上哪儿去了，老兄？”他只有在生气的时候才叫我“老兄”。“我需要帮助。我们必须把这个地方整理好。”我答应过一会儿帮他，便跑开了。时间紧迫，我随便拿了件衣服给阿尔菲。

2. 罗克茜的妈妈不方便上楼，一直住在前厅里。我改天一定要向罗克茜打听打听她妈妈的事。(你会怎么问呢？是“出什么事了”，还是“她是哪方面的残疾”？谁知道呢？我的印象是，她妈妈是那种动不动就发火的人。)

3. 阿尔菲是个男孩。也就是说，他还没有进入青春期。(当有人赤身裸体，在你的帮助下洗澡，你就能看得出来。)我猜他和我差不多大，我问他:“你多大了，伙计？”但他没有回答。我给他洗了头发，他则抬着手臂以免沾到水。在整个洗浴的过程中，他一句话都没说。

4. 他另一只手臂的肱二头肌上有两个小伤疤，每道疤都有大约五厘米长，就像一个等号。我没有问是怎么回事。

5. 他有文身。我就知道！十一岁，文身。那个文身在他背部的肩胛骨之间，是一个十字，很模糊，而且很大，上面有图案，但很难辨认出是什么。

他的文身与林克莱特爷爷多年前在海军服役时的文身一样，全都模糊褪色了。

他从浴缸里出来后，我帮他擦干身子，给他穿好衣服。我给了他一条我的内裤。有点儿大，但总比穿莉比的内裤好。他穿莉比的牛仔裤倒是合身，只是每条裤腿的下摆上都有一排闪闪发光的亮片。不过他什么也没说。T 恤衫是纯黑色的，我还拿了一件我本以为是套头衫的衣服，结果发现那是一件淡蓝色和白色相间的开衫，但他胳膊疼，便没有穿开衫。最后，我给他穿了莉比的一双条纹长筒雨靴。这样一来，不管以谁的标准来看，他整个人看起来都怪异极了。

就算阿尔菲介意，他也没有表现出来。

回到车库里，罗克茜已经拿来了绷带、纱布、一管药膏、药棉和一碗水。她像世界上最温柔的护士一样，给阿尔菲清理了烧伤的手臂，涂药膏的时候，只要他痛得倒吸气，她就会停下来。她用绷带包扎好伤口，但没有缠得太紧，还用安全别针固定住。

她带来了一些苹果。阿尔菲一口气吃了三个，甚至连果核也吃了下去。

这之后，他低声说："谢谢你们。"然后，他突然哭了起来。他剧烈地抽泣着，整个身体都随之颤抖。我和罗克茜能做的就是坐在他旁边。

罗克茜用胳膊搂住他，像一个母亲那样念着："好了，好了……"边说边抚摸着他的头发。

他哭个不停，就像一场夏季的暴风雨，几分钟后减弱，随后重新开始，甚至变得更加猛烈。最后，罗克茜也哭了，有那么一会儿，我以为自己也要掉眼泪了。

不过，他的呜咽终于停了，他疲惫不堪地倒在沙发上。他的嘴巴张着，脑袋轻轻地左右摇晃。然后一切都停止了，他安静了下来。

他的眼睛一直闭着，我说："阿尔菲，你愿不愿意去我家，见见我爸爸？我们可以给你一张床。"

他睁开眼睛，但头没有动。我又说错话了。

"如果你告诉任何人我在这儿，你一定会后悔的。"

他说完又闭上了眼睛。不知道的还以为他睡着了，只是在很长一段时间里，不断地有眼泪从他的眼里流出来。

第二部分

第三十章

“快点儿。”我们走到车库外面时罗克茜说，“你的手机号码是多少？”

我告诉她我没有手机，她听了瞪大眼睛，难以置信地看着我。说实话，就算我说我养了一只鳄鱼当宠物，她都不可能更震惊。我没和她说过我家里的经济出了问题，也没有告诉她，我爸爸说我们家没有能力再支付别的月结账单。于是，我把家里的座机号码给了她。

“还是我打给你吧。”我说，“那样更好。”

“你要记住，不可以告诉任何人。”

“你肯定这么做是对的吗？我的意思是……”

“你也听到他说的话了。我们照他说的做吧，至少暂时先这样。否则他的情况会更糟。我不想冒这个险，你呢？”

我点了点头，也许有点儿不情愿，但点头就是点头。

我还是不跟你说爸爸是怎么训斥我的了。反正就是懒惰呀，自私呀，遇事就躲避呀之类的话。爱丽丝姨妈和贾斯帕姨父出门去贾斯帕的船上了，这表示我整个下午都要帮爸爸把莉比的卧室刷成淡紫色，把最后一些箱子拆开，把家具移到适当的位置，擦拭家具表面，吸尘，这样等妈妈七点左右从呼叫中心下班回来，就会看到家里整洁干净，烤箱里有砂锅菜，爸爸恢复了好心情。

拆箱的时候，我找到了一袋我穿小了的衣服，这些衣服尚未被送去慈善商店。我还发现了一条我从没见过的羊毛毯，我想要是我见过这条毯子，绝不会不用它。我把它们藏在床底下，有机会再拿给阿尔菲。

事实上，爸爸的心情很好，所以我决定告诉他阿尔菲的事，尽管我答应了罗克茜不说出去。

我知道。但想想看，阿尔菲受伤了，他那么痛苦，又无家可归，他妈妈还去世了，因此，他的脑筋可能不清楚，容易想偏。去他的承诺吧，他需要成年人的帮助。

我已经想好了该怎么说，甚至还屏住呼吸准备说出这些话，就在这时，我听到妈妈开门的声音。现在只好等一等了。

可惜爸爸的好心情并没有持续多久。妈妈回来还不到十分钟，他们就已经开始恶言相向了，而我甚至都不知道他们为什么吵。我听到她说："本，我被几个人骂了十个小时，现在没心情看这个……"

我只知道我不想待在他们身边，也不可能提起阿尔菲的事。

"我去隔壁玩一会儿。"我把头伸进客厅说。爸爸正斜靠在壁炉架上，低着头，面前放着一堆打开的信件。

都是账单，我能看出来。

我都不确定他们有没有听到我的话。

第三十一章

我站在罗克茜家的前门台阶上，正准备按门铃，就听到里面有人在唱歌。那人唱的是圣歌，声音高亢，有些发颤，我在学校大会上听过这首歌，只是这个人带有浓重的西印度群岛口音。

随即传来一声撞击声，什么东西砸碎了，一声“不！”之后，有人用我听不懂的方言咒骂起来。我不知道该怎么办，犹豫着站在那里，手指悬在门铃上。门突然开了，罗克茜站在门里，抬头看着我。

“我看见你来了。”她指着门上方的一个小摄像头说。

“对不起，我刚听到……我的意思是……”

“你说我妈妈？是的，她弄掉了东西，心情就变差了。进来吧。”她转过身，小跑着穿过走廊，喊道，“别担心，妈妈，我会收拾的。”

在走廊的尽头，她妈妈把头探出门口。她拄着拐杖，和我第一次见到她时完全不一样了。她个子不高，却很胖，衣服下面都是赘肉，粗重的上臂上布满了浅窝。她留着爆炸头发型，头发比罗克茜的还短，带着几缕紫色挑染。她还戴了一副又大又圆的耳环。

然而，她的眼睛里透着疲惫。我见过一些图片，上面的人“勇敢地”与恶疾做斗争，不知怎的，她看起来和那些人一模一样。她微微一笑，露出一口完美的牙齿。她的笑容疲惫而勉强，仿佛牵动嘴角这个动作耗尽了她的力气。

她笑起来很像罗克茜那一百瓦的笑容，却没有那种光彩。

“你好，亲爱的。你一定是艾登。罗克茜和我说起过你。”

“是吗？我的意思是……呃，你好，你是……”

“叫我普雷舍丝好了，亲爱的。抱歉，你想过去吗？这些讨厌的拐杖……”她紧紧地靠在墙上，我从她身边走进她家的厨房。

我不知道她会不会提起她昨晚的古怪行为。见她没有再说什么，我大大地松了一口气。

罗克茜正在把一个打破的盘子的碎片倒进垃圾桶。我看着罗克茜的妈妈笨拙地转了个弯，用拐杖砰的一声关上了厨房门。

“她看起来……”我犹豫了一下，“……很和蔼。”

你这话说得实在差劲，艾登。

罗克茜咯咯地笑了起来：“哈！和蔼？得了吧，艾登。你不会撒谎！”

“不，我只是想说……”

罗克茜露出了一个微笑，我觉得她的笑容有点儿悲伤。“没关系。她工作很辛苦。但她人很好，虽然从表面看不出来。”

“对了，那个……我是说，她……怎么……她……嗯……”有那么一会儿，罗克茜由着我发窘，我觉得她就是看我这样子很好玩儿。终于，她说道：

“主要是糖尿病，再加上慢性疲劳综合征，可能还有别的没有确诊的病。她服用的药物与胰岛素有很大的反应，导致她发胖，她一胖，糖尿病就严重了，还引起了情绪波动，所以她服用了另一种药，而这种药对慢性疲劳综合征又有影响。”她一口气说完，好像练习过一样，她停顿了一下，回答了我没有问出口的问题，“不。目前没有治疗的办法。没有百分百治愈的疗法，就算有，我们也负担不起。她一直都很暴躁。”

“因为无药可治？”

“因为无法治愈，因为她得了病，因为她不能活动，因为有时她下不了床，因为她必须依赖我，因为我爸爸离开了，因为她不能上楼，因为她必须坐轮椅，因为……一切。”

罗克茜靠在厨台上，双臂交叉放在胸前，发表了这篇简短的演讲。她个子小小的，但在短短几秒钟内，她看上去有四十岁了，一直挂在她脸上的微笑也消失了。我看到了她长大后的样子，这很奇怪。

“她唱歌真好听。”我说。

罗克茜笑了：“是的。她心情好就会唱歌。”

“她有口音？”我问。

她笑得更灿烂了：“她唱的那些圣歌都是从我外婆那里学来的，我外婆是特立尼达人。她已经很久没唱过歌了，可唱着唱着，她弄掉了盘子，结果就……”她耸了耸肩。

“你去看过他吗？”我问，把头朝车库的方向一扭。罗克茜摇了摇头。

“我得帮妈妈。我准备好了一些食物。”她指了指厨台上的一个特百惠盒子。

“那就走吧。”

“不行，艾登。我得先给你看样东西。我说过我有证据，记得吗？”她坐在餐桌旁，打开了笔记本电脑。在接下来的二十分钟里，我看到的东西改变了我们所有人的人生。

第三十二章

“这是什么网站？查找精灵的？就好像你摩擦一盏灯，灯里就会飘出精灵一样？”

“不，不是找精灵的。”罗克茜说，“这是家谱查询网站。可以查到你的祖先。他们在电视上就是这样为名人查找祖先的。”

我耸了耸肩。我相信了她的话。我还以为她要找女巫呢。

“我妈就是干这个的，现在她不能出去工作，就在家里为人们绘制家谱。看。”

她打开了一个名为“家族世系”的网页，可以看到一张普雷舍丝·明托坐在办公桌边的照片，她看上去很友好。常规选项卡有“关于我们”“定价”“联系方式”等等。

“现在看看这个。”罗克茜边说边点击和打字。

她所指的网页标题是“英格兰：出生和死亡登记”。还有两个网页分别叫“英国土地登记”和“诺森伯兰郡姓名地址录”。罗克茜打开页面，放大，点击链接，滚动浏览图表和博客，一时间，她仿佛沉浸在自己的小世界里。

大约有三分钟，她一句话也没说，我感到有点儿尴尬，就像趴在别人的肩膀上看书，只是那本书是外文的。然后她停了下来，朝厨房门扫了一眼，说：“顺便说一句，我妈妈不知道我复制了她的程序和会员资格。她甚至都没有权限访问某些网站，所以如果她问起……你知道的。”

我点了点头。

最后她说：“等一下，等一下……在这儿。”

这个名为“摄影史”的网站上有一张很模糊的黑白照片，照片上是一个女人和一个男孩站在一栋石头小屋前。女人的长裙一直拖到地上，外面系着一条围裙。男孩穿着长裤和无领衬衫。

“就是这个。”罗克茜说，“这就是在大火中烧毁的房子。看看标题。”

果然，标题上写的是“橡树屋，诺森伯兰郡惠特利附近，拍摄于 1870 年左右”。

我点了点头：“所以呢？”

“所以呢？你看看照片里的人。”

“太模糊了，罗克茜。什么也看不出来，等一等……”

“他们都戴着太阳镜？”

我得承认，这很不寻常。我不记得见过维多利亚时代的人戴太阳镜的照片。

“太阳镜是维多利亚时代的东西吗？”

“你说到点子上了！当然不是！”

“太阳镜当时并不存在？”

“直到二十世纪二十年代，太阳镜才开始流行。当时确实有太阳镜。我查过了。人们眼睛受伤了才戴太阳镜。”

我又看了看那张照片：“对不起，罗克茜。你是什么意思？”

“你看不出来吗？”她气得提高了嗓门，“是他们呀！”

她将网页放到最大，但也没什么帮助：细节仍然太模糊。我不想惹罗克茜不高兴，于是我说：“嗯。看来确实有点儿像。”

“一点儿？是非常像才对。”她又按了几个键，打开了一个名为“英国在线人口普查”的网站，“瞧，这里的人口普查记录的是1861年所有居住在英国的人的信息。”有些页面是正常电子版，还有一些是旧文件的扫描件，上面的条目都是用卷曲的老式字母写成的。

“哇！”我说，深感震惊，“所有人的信息都有吗？”

“是的，所有！我们来看看……这里。”她点了一下触控板，“你会看到1861年住在诺森伯兰郡橡树屋的是——”

希尔达·蒙克，寡妇，33岁。职业：女裁缝。配偶：不详

阿尔弗雷德·蒙克，儿童（男），11岁

罗克茜的脸上洋溢着热情，她的手指在键盘上来回移动。我却不觉得兴奋，不由得内疚不已。

“看这里。”她说，“这是1911年的人口普查，也就是五十年后。”我盯着屏幕。

希尔达·S. 蒙克，寡妇，34岁。职业：裁缝。配偶：已故

阿尔弗雷德·蒙克，儿童（男），11岁

“几乎一模一样。”我说，“但是这些人是谁？我的意思是，阿尔弗雷德……阿尔菲……这是个很常见的名字，尤其是在当时。”

“越来越清楚了。看看国家统计局的网站。那上面有最近的人口普查记录，是在七年前进行的。”

希尔达·S.蒙克，寡妇，33岁。职业：服饰制作人。配偶：不详

阿尔弗雷德·蒙克，儿童（男），11岁

“再往前一点儿呢？第一次人口普查有什么信息？”我问。

她的手指快速移动着，她好长时间都没有回答我。

“罗克茜？”

“第一次人口普查……等一下……第一次人口普查是在1801年，上面没有提到橡树屋，可是你看这儿。”

她打开了另一个网站：“这里也可以通过名字进行搜索，好在他们的名字并非全都常见。”她输入了“蒙克”，屏幕上列出了一串条目，但我还没看清楚，罗克茜又开始输入信息，“这里没有。我来把他们的名字换个不同的拼法，看看会怎么样。”

她输入了“穆克”，只出现了半页的搜索结果。罗克茜指着一条。

H. S.穆克太太，寡妇，赫克瑟姆

A. 穆克（11 岁），赫克瑟姆

“看见没有？蒙克和穆克只差一个字，H 是希尔达（Hilda），A 是阿尔弗雷德（Alfred）？是同样的两个人！”

很难不被罗克茜的热情所吸引，所以我也开始附和。

“所以，在你看来，这证明了从十九世纪六十年代起直到昨天晚上，他们一直住在这里，至少是断断续续地在这里居住，所以，她是个女巫？”我的声音里很难不透着怀疑。

罗克茜的眼睛闪烁着惊奇的光芒，她咧嘴一笑：“你不认为这很不可思议吗？”

没错，就是不可思议。我一点儿也不相信。

“走吧。”我说着站了起来，“有一个方法可以验证你的理论。直接去问他好了。”

我们穿过她家的后花园，我心里依然对家谱充满了好奇。

“这么说……人们会花钱查找自己的祖先？”

“是的。就是这样。”

“为什么？”

“为什么？你不想知道你的祖先是谁吗？”

我思考了几秒钟：“不太想。知道了有什么好处吗？”

“如果你发现自己是查理大帝的后代，你会不会大吃一惊？”

我们刚在学校学过神圣罗马帝国。查理大帝是一位皇帝，在九世纪时统治欧洲。“我想会的。你怎么知道？”

“因为几乎每个人都是查理大帝的后裔！至少欧洲的白种人都是，新移民除外。”

“但是……怎么可能呢？”

“我以后再告诉你。嘘！”

我连忙噤声。我们来到了篱笆的另一边，我听到罗克茜车库的门砰的一声关上了，有脚步声进了树林。

“走吧。”罗克茜小声说，“我们跟去看看。”

第三十三章

我们还没到目的地，就闻到了那股气味。木头烧焦了，树叶也烧焦了，一切都是湿的。等到那座被毁的小屋进入视线的时候，我和罗克茜都被树上仍在滴落的水淋得浑身湿透了。

黄昏笼罩了大地。树枝间的天空呈现出柔和的宝蓝色，有一两颗星星早早地出来了，但月亮尚未升起。我们脚下一片漆黑。到处都有大片的树林被烧毁，这样一来，就有更多的光线照射进来，但一切都是那么凄凉黑暗，弥漫着悲伤，四周静悄悄的。罗克茜用手机的光照路，但光线之外显得更黑了。

焚毁的树林周围挂着写有“警戒线：禁止进入”的塑料胶带。我犹豫了一下，但罗克茜没有。我们从下面钻了过去，还是进入其中。

然后，我们听到了他的声音。

“比法！比法！喵喵，喵喵，比法！”

“他在叫什么？”我小声对罗克茜说，但她耸了耸肩。

我们靠近，尽量不发出声音，不踩断脚下的树枝。我想我们同时看到了他，他就坐在圆形的石头火炉上，盯着他家烧焦的废墟，光线昏暗，他那头金色的头发被照得发白。

“比法！比法！”

你见过烧毁的房子吗？可怕极了。这座房子仍然保持着当初的基本轮廓，大部分被熏黑的墙还立着，楼上的一部分仍在，不过二层大部分已经损毁，地板悬着，一直垂到下面的房间里。

奇怪的是，有些东西似乎完好无损。大餐桌虽然被烟熏黑了，却仍然稳稳地立着，上面放着一些沉重的金属盒子。厨房里的石头水槽似乎还好好的。在一个小房间里，占据一面墙的书架上摆着一些烧焦了的书，松散的书页被风吹到了地上。而在上面，屋顶的横梁伸向天空，就像一架阴森森的房屋骨架。

然而，除此之外，基本上所有东西都付之一炬了。

“我知道你们来了。”阿尔菲说，我和罗克茜都倒抽了一口气。他并没有转过身来。我们什么也没说，只是不再蹲着，站了起来。

“你们要是做间谍，肯定露馅儿。”我们走到石头火炉旁，在他身边站定，他说，“我早就听到你们来了。”

“我们……我们不是想监视你……”罗克茜开口道，但他打断了她的话。

“没关系。我不介意。你们只是好奇而已。这没什么好奇怪的。”他的语气很平淡。他没有和我们对视，但仍然面无表情，盯着前面他家的废墟。

“发生了这样的事，我很遗憾，阿尔菲。”我说，“你妈妈……还有那些。”

“我也是。”罗克茜说。

就在这时，出现了一些变化。我仍然不知道是因为我们说过的话，还是我们说那些话的时机，或者都不是，或者都是，但现在回想起来，我只知道我们的冒险是从那一刻开始的。

阿尔菲好像费了很大力气，才把目光从熏黑了的树桩上移开。他深吸了一口气，直视着我们。

“谢谢你们。”

我们之间形成了一种联系，一种纽带。

“如果有什么我们能做的，你知道……我们可以帮你，或者，你知道的……”我的声音渐渐低了下去。我其实并不清楚自己在说些什么，我只是听过大人们这么说。

“你说的是真的吗？”他问。

我能说什么呢？“不，不是真的，我就是随口一说，不是真的”？不是我不想帮忙，只是我想不出在这种情况下我能做什么有用的事。

于是我说了句“当然”，还坚定地点了点头。

罗克茜补充道：“是的！”她说完，更用力地点了点头。

阿尔菲也点点头，说：“很好。我确实需要帮助。”他疲惫地从石头火炉上下来，开始朝房子的废墟走去，然后又转向我们。

“我得确认一下能不能信任你们。”

“你可以相信我们，阿尔菲。”

我想说“这取决于你想让我们做什么”，但怎么也说不出来，于是只好说：“是的。”

第三十四章

阿尔菲跨过了一些落在地板上的烧焦的木梁。

“嗯……阿尔菲？我不确定那里面安不安全，伙计。我的意思是……”我说。但他看了我一眼，制止了我，他的眼神仿佛在说“这里是我家，不是你家”。

我们跟着他走进烧焦的废墟，双脚踩着地上的灰烬，警惕地注视着头顶的横梁会不会掉下来。阿尔菲停在书架旁。从近处看，焚毁的痕迹更加明显。烧毁的书有几百本，没有一本完好无损。凡是没有烧成灰烬的书页都蒙上了一层油腻的烟灰。

我发现这些都是旧书，带有朴素的硬皮封面，不像我那些有插图和鲜艳封面的书。我拿起一本损坏似乎没那么严重的书，轻轻打开，借着昏暗的光线一看，却一个字也看不懂。

“这是什么？”我问。

阿尔菲走过来瞥了一眼：“这是希波的奥古斯丁写的《忏悔录》。”

“希波的奥古斯丁是谁？”

“希波是一个地方，或者说曾经有这么一个地方，在北非。奥古斯丁就是圣奥古斯丁，你知道吧？”他的语气表明他真心认为我知道圣奥古斯丁是谁。

“从没听说过这个女人。这是什么语？”

阿尔菲眯着眼睛看着我，用揶揄的口吻说："奥古斯丁是个男人，不是女人。这书上写的是拉丁语。"他不需要说"一看就知道是拉丁语"，他的语气已经很明显了。

"讲的是什么？"

阿尔菲用他那只没受伤的手从我手里接过书，伤心地用手指拨弄着乌黑的书页："这可能是世界上第一部自传。以现代标准来看，有些地方有点儿晦涩难懂，不过读来还是相当引人入胜的。"

"不过读来还是相当引人入胜的"。谁会这样说话？我心说。我大声道："你看过？"

阿尔菲点了点头。

"你认识拉丁语？"我用尖锐的声音说。他又点了点头，有点儿害羞。

这会儿，罗克茜来到了我们旁边："嘿！聪明先生！来吧，读几句听听！"

我觉得阿尔菲有点儿不情愿，但他还是大声朗读起来，罗克茜则用手机的灯光照在书页上。我一个字也听不懂，但罗克茜睁大了眼睛。

"哇！"阿尔菲读完了，她这么说道，"再读几句！"阿尔菲却把书放回了书架。

"这些书都是我和我妈妈的。"他说。

我去院子里转了转，让他自己独处一会儿。一角的鸡笼毁了，几只烧死的鸡倒在灰堆里，鸡毛烧得黑乎乎的。

“我看你的山羊逃掉了。”我对阿尔菲喊道，但他没有回答，我立刻希望他没有听到。听起来我好像在说，“还是要往好的方面看”，而其实根本就没有什么好的方面。

罗克茜走到我们刚才所在的房间一角。“这里是什么？”她一边说，一边踢掉了一个厚重铁皮箱上烧焦的木块。

阿尔菲低声说了些我听不懂的话，说完便跪在铁皮箱旁。盖子上有一个带铰链的金属锁孔，可以用来设置挂锁，但箱子没有上锁。他打开箱盖。

“还是书！”罗克茜说，“这些书看起来还好……我是说，没有烧焦。”

阿尔菲合上盖子，站起来，面对着我们。这是第一次，我能觉察到他脸上少了一些悲伤和空虚。他的眼睛里似乎闪动着希望。

“我们必须把这些书带走。”

我抓住箱子的把手，试着抬了抬。这箱书很重。“阿尔菲，你在开玩笑吧。我拿不动。太沉了。再说了，警察或消防队的人会处理的。他们会把所有东西都拿走，妥善保管起来。”

阿尔菲摇了摇头，表示反对。

“不。我们现在就得拿走。”

“阿尔菲，听着……”

“现在就拿走！”

我不能和他争。于是，我们一步一步地拖着箱子穿过幽暗的树林。我不停地倒换胳膊抬箱子，阿尔菲不能换手，我们只好不时停下来休息。罗克茜帮我们用手机照亮，提醒哪里有洞和树根，以免我们绊倒。

薄薄的金属把手勒进了我的手掌，箱子太重，累得我的肩膀生疼，但我们终于看到了闪烁的粉红色车库霓虹灯招牌。我们把箱子拖了进去，一屁股坐在椅子上。我看了看，只见我们浑身都是烟灰，累得满头大汗。我得先把自己收拾干净，才能上床睡觉。

“那么……你打算让我们看看里面是什么吗？”我扭动着疼痛的手臂问道。阿尔菲打开盖子，露出一堆书，有十五或二十本。那些书很厚，带有坚硬的皮封面，我走过去想拿一本。

“小心！”阿尔菲警告说，“拜托了。”

我在衬衫上擦了擦手，拿了一本出来，翻过来看书脊上的金字。

“《巴纳比·拉奇》。”我念道。我疑惑地看着阿尔菲。

“这算不上他最著名的作品。你看看这本。”他递给我另一本书。

“《远大前程》。噢，是的！有一部电视剧叫这个名字。妈妈看过！……写这些书的人叫……什么来着……”

“查尔斯·狄更斯。”罗克茜说，“《雾都孤儿》也是他写的。”

阿尔菲笑了：“你看过？”

罗克茜耸耸肩：“是的。看这里。”她掀开封面，念出了上面手写的题字，“致亲爱的阿尔韦，请接受我的问候，查尔斯·狄更斯敬上。”她轻轻地吹了一声口哨，“这么说这是一整套查尔斯·狄更斯的书？都是他的亲笔签名吗？但这个阿尔韦是谁？不可能是你吧？”她眯起眼睛斜睨着。一段很长时间的沉默过后，她拉长声调说：“是你吗？”

阿尔菲咳嗽一声：“啊……是我的一个亲戚。其实算不上全集。有一本被偷了，也有可能是丢了……我也说不好。反正那本《双城记》不见了。”

“真可惜。不过，我敢打赌这些书很值钱！”

阿尔菲点了点头：“是的。但我估计，少了一本，价值可能要减半。不管怎样，我能不能……”他轻轻地收回我们拿着的书，放回箱子里，盖上盖子，“我能不能暂时把书放在这儿？”

“没问题。”罗克茜说。我们一起把箱子拖到了破沙发的下面。

“阿尔菲，”我说，“你现在打算怎么办？你有什么地方可去吗？”

他没说话，罗克茜给了我一个警告的眼神。她试着用比较温和的方法和他沟通。

“你妈妈不在了，阿尔菲。还有没有别人，你可以去投靠的？”

“只有我们两个。还有比法。”他那茫然的表情又回来了。仿佛去了一趟被烧毁的房子，又抢救出那箱书，暂时分散了他的注意力，但现在他又恢复了原状。他走到门口，又用嘴发出亲吻的声音，喊道：“嘿，比法！嘿，比法！”他看见我们瞧着他，便说："比法是一只猫。"

"你得去找警察。"我说，"你不能永远躲在这里。"

他用冰蓝色的眼睛牢牢地盯着我："不。暂时还不行。有件事我必须去做。"

"什么？"

他摇摇头，好像要像甩掉一只讨厌的苍蝇似的把这个问题甩掉："我必须待在这儿。你们答应过帮我的。"

"是的，但是……"

"你们说的难道不是真的？"

"我们当然是真心的，但是……"

"那么我就待在这里，你们千万不要对任何人说。"

我看了看罗克茜，她耸了耸肩。

"但是你妈妈，阿尔菲……"我说。

他气得鼻孔都张大了："我妈妈死了。这一点已经无法改变了。这对你有区别吗？你不过认为她住在树林里，是个怪女人。那个奇怪的女人是我的母亲，现在因为我，她死掉了！"

"因为你？怎么……？"

"那场火灾是我引起的！"他喊道，"我没进监狱，都算我走运！"

"阿尔菲，十一岁的孩子是不会进监狱的。"我对他说，试图让他平静下来，但无济于事。

"谁说我是十一岁？"

"我只是猜你和我差不多大，阿尔菲。看……"

“不！你看起来像十一岁。你看起来也像。”他转向罗克茜补充道，罗克茜不禁有些退缩，“我必须在这里住一段时间。你们得帮帮我。等我做了该做的事，一切就都会好起来的，我保证。我真的保证。求求你们了，不要把我的事告诉任何人。”

接下来是一段很长时间的沉默。我说很长时间并没有夸张。我们三个就这样看着彼此，注视着对方的眼睛。我本来想说点儿什么，但罗克茜先开口了。我能看出她多少起了疑心。我想她又想到了女巫什么的。

“好吧。但你不能把我们扯进去。我们会有麻烦的。如果有人问起，你只能说是你自己找到了这里。”

“好吧。但我需要吃的。”

“没问题。”

“还有水。”

“也没问题。”

“这还是把我们牵涉进来了，而且是很深的牵涉。”我说。

阿尔菲轻轻地耸了耸肩：“你们说过会帮助我的。我需要毛毯。得给我的胳膊换新敷料。我还需要退烧药，再来一罐蟹肉。”他停顿了一下，意识到自己提出了一长串要求，“可以吗？”

“蟹肉？”

“我的猫最爱吃蟹肉。它闻到味儿，也许就回来了。有这个可能。”

我叹了口气，已经开始后悔轻易许诺帮他了。

第三十五章

是我引起了火灾。是我。我不是故意的，但那是我的错。

现在我必须面对后果。

二十一世纪的人爱说怪话，比如“人必须学会心安理得”，或是“人必须原谅自己”。

这全是废话，细想一下，说了等于白说。

我别无选择，只能心安理得。我无法原谅自己。我甚至不确定有没有这个可能。

火是怎么烧起来的？

肯定是那些新木柴。那些木头是新收集的，还没干，会爆出火花。我那时候只顾着看罗克茜·明托头上缠着绷带，沿小路离开，我想向她挥手告别，希望她还能回来。

我实在是太懒了，没去山下的柴棚，取放了很久、适合烧火的木柴，而是用了刚砍下来的新柴。

所以，这一切，都是我的错。

第三十六章

我回家的时候已经很晚了。妈妈和爱丽丝姨妈都上床睡觉了。爸爸很生气，他和妈妈吵架后总是非常暴躁。

“担心得要命……不负责任……自私……你觉得你妈妈是什么感觉？”

这些都是他常说的话。然后他停下来，上下打量着我。

“你身上太脏了。”他说，“这已经是第二次了！你到底在搞什么鬼？你去哪儿了？”

我撒了个谎，说我一直在和斯派奇踢足球。爸爸不会去确认的。但看事情的发展，我更不可能告诉他阿尔菲的事了。我装出最难过的样子。

“对不起，爸爸。我忘记了时间。不会有下一次了。”

就在这时，贾斯帕姨父从客厅走了进来。“啊！流浪汉回来了！”他说，“早告诉过你他一定会全须全尾地回来，是不是，本？玩得很开心吧？”他咧嘴一笑，上唇向后缩到了牙龈线上。贾斯帕每次笑的时候，看起来总好像他必须阅读指南才知道怎么笑。真叫人不寒而栗。

贾斯帕一阵打趣，爸爸也不好继续责备我。我应该很高兴，但我没有。我瞥了爸爸一眼，甚至觉得有点儿对不起他。他愤怒地瞪着贾斯帕，而贾斯帕根本没有注意到。

“别忘了。”贾斯帕搓着瘦骨嶙峋的双手说，“明天我们得早点儿动身，去船上好好玩玩，做个快乐水手！”

哎呀！我竟然忘了这件事。贾斯帕明天要带我和爸爸上“海盗旗”号。我看了爸爸一眼。他和我一样担心。

“我都等不及了，贾斯帕。”我说，还夸张地打了个哈欠。我越早上床，他们就会越早上床，我就能越早把答应给阿尔菲的东西送去给他。

到了楼上，我打开床边的收音机。

……这里是北方电台新闻。诺森比亚警方称正在寻找一名与昨晚惠特利湾树林房屋火灾有关的男孩。一名女子在火灾中丧生，早前报道过该遇难者名叫希尔达·蒙克太太。

据信她和儿子阿尔弗雷德一起生活。阿尔弗雷德今年十一岁，目前下落不明。玛克辛·福特探长昨晚发布了一条呼吁：

“阿尔弗雷德，我们希望你能露面，告诉我们你很安全。你没有受到任何怀疑，也不会有麻烦。无论你在哪里，都可以去附近的警察局，或找到街上的警察，告诉他们你是谁。知道他下落的人也可以联系我们。我们非常关心这个男孩的安全。”

现在有关方面很担心这名男孩可能受伤，或是留下心理创伤，大火把他的家烧为了废墟，火势一度大到了失控的程度。

警方正在挨家挨户进行调查，以查明他是否在邻居家里。

现在来看其他新闻，首相表示……

我关掉收音机，盯着天花板，担心极了。

第三十七章

好吧，现在停一停。请站在我的立场上想想，不然你准会认为我不是疯了，就是傻了，还可能觉得我又疯又傻。

——有一个和我年龄相仿的孩子住在我家后院篱笆另一边的旧工棚里，除了我，只有一个女孩知道这件事，她是罗克茜·明托，而我认识她才几天。

——那个孩子亲眼看到自己家被烧成了灰烬，还在大火中失去了母亲，据罗克茜说（她说得头头是道），他好像得了什么应激障碍，目前精神状态很脆弱。

——他的手臂严重烧伤，应该去医院治疗，但他说什么也不肯去。

——他说话很怪，带着我分辨不出的奇怪口音。

——他刚刚求我（又像是在威胁我）保守秘密。

而我同意了。

“求求你们了，我求求你们了。”他是这么说的。

我还能保守这个秘密多久？这样做对吗？警察正在找他，我什么都不说，会不会自找麻烦？

当我半夜偷摸在屋里给阿尔菲找东西的时候，这些想法，还有其他很多念头，都在我的脑海里闪过。几天前我刚从纸箱里拿出一堆露营装备，所以很容易就在楼梯平台的橱柜里找到了一个睡袋。我想他可能也想要个气垫床，便拿着这两样东西下楼。这时候，我房间的门开了，贾斯帕穿着睡衣走了出来，站在昏暗的灯光下。

“啊，孩子。”他迷迷糊糊地低声说，“我要上厕所。老人的膀胱不顶用了。”

谢谢你提供的信息，我心想，盼着他从我身边走过，注意不到我正站在两级台阶下，手里拿着睡袋和气垫床。

奈何希望渺茫。

“你拿那些东西干什么？”他搔着胡子说。

快想想，艾登。反应快点儿。

“啊……我睡不着，我想……我想去楼下睡试试看。新房子。我还不习惯。”更多很难叫人相信的谎言从我嘴里说了出来。

他什么也没说，只是上下打量了我一下，便慢吞吞地走去厕所了。

他不相信我。我在睡衣外面穿了连帽衫，还穿着只在户外穿的鞋。

不明所以是最煎熬的了。他为什么不多问问？他是不是睡迷糊了？他是不是不在乎？我认为最后一个可能性最大：他从来没有对我表现出多大的兴趣，现在又怎么会有？反正我就是这么对自己说的。我飞快地跑过后院，穿过篱笆上的洞，把东西交给了阿尔菲，他一个劲儿地感谢我。我甚至找到了一罐金枪鱼，我认为这完全可以替代蟹肉。

罗克茜已经送了些食物来，还答应早上带些新鲜的敷料，所以这会儿只有我和阿尔菲在。

他看着我，眼睛无神，眼圈是红的。“谢谢你。”他说，“真的很感谢你。”然后他又加了一句，“伙计。”

就是这样。“伙计”。他好像从未这么说过。他不像一般人，很随便就说出这个词，比如人们会说“嘿，伙计”，虽然在这附近并不常听到人们这样说。这就好像他第一次学会了这个词，练习用清晰的发音说出来，仿佛很多词他都是这样学会的。

他笑了，尽管他的牙齿很难看，但我感到一股暖意在我的全身蔓延。他的笑容慢慢消失，取而代之的是严肃的目光，他说：“我现在只能依靠你们了。”

我转身要走。“艾登。”他轻声说。

“怎么了？”

“我有件事要告诉你。但你可能不会相信。”

现在又多了一件事会让你觉得我很蠢，很疯狂，或者又蠢又疯。

他说他活了一千年。

第三十八章

我觉得我心里有一个洞。然而，那个洞虽然在我心里，却比我更大。

洞会把我囫囵吞下去。如果我往里面看，说不定会掉下去，坠入那片甚至不是黑色的空间里。

那里没有颜色。没有声音。没有气味。什么都没有。

我坐在罗克茜·明托称之为车库的小屋里，盯着墙壁、天花板和地板。现在她已经关掉了外面粉红色的招牌，四周黑漆漆的，我的眼睛也可以休息一下。没有太阳镜，外面的一切看起来都太亮了。（我和妈妈都有很严重的“光敏感障碍”，明亮的阳光会让我们感觉非常难受。我们刚一把自己的血液和长命珠里的液体混合起来，这种情况就出现了。这一定就是现在所说的“副作用”。）

我周围弥漫着火灾的气味。我洗了澡，换了衣服，但我的旧衣服堆在角落里，还散发着烟味。那股气味仿佛已经渗入了我的皮肤，钻进了我的鼻子。和罗克茜是朋友的那个男孩很善良。他叫艾登，他帮我洗了澡，对我身上的伤疤和文身只字未提，不过他一定很想问我。

如果他问了，我该怎么跟他说呢？

“这个文身是我大约五百年前文的，经过了几个世纪，褪色也不足为奇了。”

也许我应该这么说。我应该讲真话。然而，妈妈是不会同意的。我们中的一个死了，剩下的那个该怎么办，对此我们早就做好了计划，但公布真相不在计划之中。

妈妈。

不管我做什么，总会想起她。每一个想法，每一个行动，都会把她带回来。我已经记不清我有多少次开口对她说话，回头看她是否在附近，或是想感受她有力的双臂把我抱在怀里。

妈妈会轻抚我的背，用只有我们听得懂的语言唱那首古老的歌。

在这间脏兮兮的小屋里，坐在破沙发上，我拥着自己，试图想象自己在妈妈的怀抱里。我唱着妈妈唱过的歌，悲伤的音符卡在我的喉咙里，但不知怎的，我感觉好多了。

看月亮的位置，艾登回来时已经是凌晨一点了。我一直在打瞌睡，却没有真正睡着，因为我很怕内心的空洞在我睡着时把我吞噬掉。

他给我带来一个带垫子的长袋，让我睡在里面。他问我感觉怎么样。他用的是“ok”这个词，他说:“你还 ok 吗，阿尔菲？”

“谢谢你。”我说，“我很 ok。”我也说了 ok，感觉很不寻常。我以前不怎么用这个词的。

他陪我坐了一会儿，什么也没说，这很好，甚至可以说叫人愉快。然后他问:“你的胳膊怎么样了？”

“没事了。”我说，但事实并非如此。我吃了止痛药，可伤口还是很疼。

然后，当他起身要离开时，我突然开了口。

“艾登。”我说，“我有件事要告诉你……”

“好吧。”他说，“来吧。”

“什么？”

“我说，你想说什么都可以对我说。”

我深吸了一口气，闭上了眼睛。我想到了妈妈，想到了我们的计划。但我还是说了出来。

“我活了一千年了。实际上不止一千年。我妈妈也是。”

“你再说一遍？”他说。我照做了。

我以为他会指责我说谎，起码也会嘲笑我一番。但他没有。他仔细地看着我，说：“你在这片树林里住了多久了？”

“断断续续的，也有一百五十来年了。”

“在那之前呢？”

“我们住在赫克瑟姆附近的一个小农庄里。我们以缝纫为生，做衣服，缝缝补补什么的。在那之前，我们在威尔士住过一段时间，还有——”

“缝纫？”他打断了我，“你妈妈是‘服饰制作人’？”

“这有点儿夸张，不过是的，有时妈妈会这么说。”

艾登盯着我，他的眉头皱成了一个疙瘩。他坐回桌子上，我看得出他正在努力思考。

“对了……你们拍过照片吗，阿尔菲？你们两个在小屋外，拍过照片吗？”

“啊，是的。我怎么能忘记呢？那是我们第一次看到相机。《希尔兹公报》的一个人来到我家，我们站在前门边上，然后……等一下，你为什么问我这个？”

我们一直聊到天边出现了鱼肚白。我跟他说了爸爸、妈妈、比法，以及长命珠的事。长命珠。我感觉没那么空虚了。我甚至觉得他会相信我。

我把我和妈妈的计划告诉了他。我开始觉得计划可以成功，如果不是因为接下来发生的事，我的计划或许会奏效。

当他终于离开之后，我睡着了，没有做梦。

第三十九章

我天亮了才上床，翻来覆去想着刚刚了解到的事睡不着。在这样的时候，我最不希望的事就是才过了一个小时，便被“叫醒”（虽然我已经醒了），乘贾斯帕的船出海。

我和爸爸与贾斯帕一起上船，妈妈和爱丽丝姨妈则去小女童军露营地接莉比。

两年前，我在从爱丽丝姨妈婚礼回来的路上无意中听到了爸妈的话，从那之后，我就知道他们其实不喜欢贾斯帕。但他们不知道我知道了。

（你一定注意到了，成年人就是这样：他们假装大家都是好朋友，每个人都很好，尤其是家人。我想这是为了给我们孩子树立榜样：爱呀，信任呀，不要评头论足呀，成人的世界很美好呀。只是我们都清楚他们什么时候是在假装。）

他们现在这么做，可能是因为爱丽丝姨妈喜欢贾斯帕，而他们不想惹她不开心。甚至可以说爱丽丝姨妈爱他。所以当贾斯帕对我说“明天跟我一起去船上玩吗，小伙子？”的时候，我瞥了爸爸一眼。

贾斯帕说这话的语气更像是在陈述，而不是在问问题。爸爸回答说：“谢谢你，贾斯帕，我们很乐意去。”

我们。

我松了一口气。我不知道在爸爸的想象中我会有什么遭遇，也许他认为贾斯帕的船会遇上风暴，或是贾斯帕会逼我走跳板。我不知道。但我知道我很高兴不用一个人去。

有些人害怕坐飞机。我敢说有些人连坐汽车都怕。而妈妈从来不骑摩托车。

我呢？我怕坐船。有一次，我把这事告诉了贾斯帕，他嘲笑我，说我必须“像个男子汉”，爸爸竟然还同意他的看法，说我总不能一辈子都害怕坐船。这就是成年人？你根本不可能猜到他们的想法。

老实说，这不是船的问题，是我晕船。我一上船就吐。（有一次在马略卡岛度假时，我居然在脚踏船上吐了，不过这事太丢脸，我没告诉过任何人。）

贾斯帕之前把船停泊在一个长混凝土码头边，这样的码头有两个，弯弯曲曲地伸向卡尔弗科特湾，就像拥抱时伸出的双臂。

虽然我对船一窍不通，但我想贾斯帕的船是艘游艇。白色的，有一根高大的桅杆，船帆卷着，罩在蓝色的罩子里，随着一个东西左右摇摆着，我碰巧知道那东西叫帆桁，所以……嘿！我对船终究还是有些了解的。

船上有一个舵轮，人们一般叫它船舵。

这条船大约十米长，我知道这一点，因为我听贾斯帕说过船长“三十英尺”，我知道三十英尺大约是十米，啊，应该比十米少一点儿。

船身上用活泼的字体写着“海盗旗”三个字，船尾甚至还挂着一面小海盗旗。还有船头。船头与什么词押韵呢？我说过了，我对船不在行。

我们下到卡尔弗科特湾码头时，看到一群孩子跳上了贾斯帕的船，正在开舱门。

我们三个是同时看到的，但贾斯帕第一个做出了反应。就像有一颗小炸弹在他的脑袋里爆炸了，他上一秒还优哉游哉的，下一秒就勃然大怒。

“喂！嘿！”他以惊人的速度跑过码头，大叫着，咒骂着，“你们这些小混蛋！滚出我的船！马上给我滚开！”

啊，不。是伊尼戈·德隆布拉。那三个男孩没有被吓倒，只是抬头看着贾斯帕。尽管有密码锁，舱门还是被打开了，但他们并没有进去。伊尼戈·德隆布拉说话了。

“这是你的船吗？”

“当然是！给我滚下去！”贾斯帕伸手抓住了一个男孩的夹克，但他挣脱了。

“喂，你敢动粗，老头儿！”伊尼戈又说，“我爸爸是港务长，他说四月到九月期间不允许在这里停船，所以严格来说，你违反了海事规定。我们只想看看你在不在里面。”

这时，三个男孩已经爬了出来，面对着我们站在码头上。

“港……务长？”贾斯帕结结巴巴地说道。

“是呀。我老爸做什么都讲规矩。”另外两个男孩已经开始慢悠悠地走开了，但伊尼戈站在原地，临走前还撂了狠话，“我可以帮你一个忙。我不会把你在这里袭击琼斯的事说出去，但你知道，你不能随便把船停在那儿，还指望当局不会调查。”

另外两个男孩在码头远处哈哈大笑，伊尼戈把手插进口袋，悠然走开了。他转过身来又加了一句：

“还有一件事，你的舱门密码，挺不错的。”他说完看着我，露出了得意的笑容，“林克莱特，你步行来这里，得走很长一段路吧？你知道的，从邓普斯维尔过来的话。你现在住哪儿？”

爸爸这会儿已经走下码头的台阶，没听见他的话，这正合我意。和伊尼戈·德隆布拉这样的人打交道，最不需要的就是你爸爸冲他们发火了，这样事情只会更糟。

第四十章

沿着海岸驶向圣玛丽灯塔再回来的航程，可以说是一波三折。

自从在码头上遇到了那几个孩子，贾斯帕的心情一直很糟，他专心致志地驾着船，大声下着命令，比如："把帆脚索收起来！"见我一脸茫然，他很懊恼，"帆脚索，孩子！就是那边的绳子……拉一下！"

由于风向的缘故，船不得不弯弯曲曲地航行，爸爸对他说了好几次："别着急，贾斯帕。这是他第一次来。"

当我们掉头回来，过了灯塔之后，他的情绪才像海风变向一样改变了。看到他的性格这么善变，我觉得很奇怪，也有点儿害怕。他把手伸进一个柜子，拿出一顶带有金色辫子的白色船长帽，戴在了头上。接着，他转动船舵旁边控制台上的一个旋钮，音乐响了起来。都是老歌，歌手像是在教堂之类的地方演唱，音乐声很大。

"我太喜欢格列高利圣咏了。"贾斯帕说，不过这话不是专门对谁说的，"可以让灵魂得到真正的升华！"有那么几秒钟，他闭上眼睛，仰起脸迎着风，神情有些恍惚。

然后，他装出一副深沉而优雅的声音说："带她去海上吧，默多克先生。让她伸展一下双腿！"

我微微一笑。这是电影《泰坦尼克号》中的一句台词，我在莫家看过这部电影。

我们拉起前帆，那是船头的一面小帆，船随即向前倾斜，力量之大，我不禁大吃一惊。爸爸摇摇晃晃地往后退开，抓住扶手。

那天海上并没有大浪，但我们的船在闪闪发光的灰色水面上行驶，起伏的海浪还是以很大的力道拍打着船身。在前半段航程中，我有一点儿恶心，但这并没有多大帮助。

“过来，你扶着船舵。”贾斯帕说着往旁边一靠。船舵自己转了起来，看起来很吓人。“快呀！”他厉声道，“抓住船舵！”我照做了，他把音乐开得更大声了。

“贾斯帕，你确定吗……”爸爸在吟唱的歌声中喊道，但贾斯帕根本没听他说话。

“正前方有冰山！”他尖叫道，“右转舵，默多克先生！”我不知道他这话是什么意思，“右满舵，向右！”

他的声音是那么急切，我差一点儿就相信真有一座巨大的冰山在我们面前若隐若现，离惠特利湾海岸只有一公里，于是我用尽全力转动船舵。几秒钟后，船就有了反应，船身向右倾斜，非常可怕。爸爸毫无准备，又踉跄了一下，头重重地撞在低矮的门口上，疼得大叫起来。

“海盗要登船了！左满舵！”

泰坦尼克号上没有海盗，但我不在乎，又把船转了个弯。一个浪头拍打在船舷上。

“够了！”爸爸喊道，我们都扭头看着他，“太危险了！”

贾斯帕却不买账。他好像忘记了我们只是游艇上的普通人。“船是我的，危不危险由我决定。看到这个了吗？”他指了指他的船长帽，“这表示现在我说了算！”他说这话时面带微笑，没有喊叫，好像他和爸爸并没有在吵架。但他们的确在争吵。

爸爸把我从船舵边拉开。“那样的话，最好由你来开船。”他冷冷地笑着说。他伸手去摸旋钮，啪的一声关掉了音乐，巨大的差别立刻显现了出来。一瞬间，四周只有海浪声和风声。但他仍然没有放弃“大人不应该在孩子面前争吵”的原则，便说：“没关系，艾登。没什么好害怕的。我只是有点儿担心，仅此而已。你说我胆小也行。”他揉了揉脑袋撞到的地方。

于是我们沿着卡尔弗科特湾的海岸往回行驶，没人说话，直到贾斯帕转头看着爸爸，说：“来点儿喝的吗？”

“喝的？”听爸爸的口气，你准会以为贾斯帕是在建议他去裸泳。

贾斯帕抓了抓胡子，道：“是的。喝一杯。”他打开另一个橱柜，里面有几瓶我不认识的酒。

“是朗姆酒。”他解释道，显然看出了我的心思，“这可是水手最好的朋友！”我用眼角余光看到爸爸翻了个白眼。

“啊……现在喝酒对我来说太早了，贾斯帕。”他说，“你自己喝吧。”

如果瓶子上有软木塞，贾斯帕肯定会用牙齿咬住软木塞把它拔出来，就像电影里的人物一样。只是瓶子上装的是螺旋盖，他按平常的方式把瓶盖取下来，喝了一大口朗姆酒，啊了一声，还咂了咂嘴。连我都能看出来他是在装样子。

除此之外，返航途中我们一直沉默不语。我看得出来，爸爸很生气。又喝了几大口朗姆酒之后，贾斯帕恢复了平时的样子，不再像杰克·斯派洛船长。我悄悄跑到船尾呕吐，免得被人看见。

我们沿着码头往回走的时候，我觉得身体左摇右晃，脑袋昏昏沉沉的。爸爸的手机响了。他的声音听起来有些惊慌。

“她怎么了？警察？后院篱笆另一边？但是……啊。好的。”爸爸转向我们，说，“莉比找到了那个失踪的孩子。”

我一下子彻底清醒了过来，我的脚步有些趔趄。贾斯帕一把抓住我的胳膊，扶我站稳。

“不过他又跑掉了。”爸爸又道。

现实如此大起大落，就好像我还在海上。

第四十一章

我后来才知道，小女童军营布置了一项任务，名为“探索你的世界”，包括到家附近以前从未去过的地方看看。我觉得这应该是指没去过的公园或商店什么的。

而不是翻过后院篱笆，发现一个男孩躲在一个旧工棚的睡袋里，棚子上还挂着一个坏了的“车库”霓虹灯标志。

但莉比就是这么做的。

这会儿，三天来第二次街上到处都是穿着制服的人，主要是警察，但也有一辆救护车和护理人员。救护车的门是开着的，两名护理员坐在车里，看起来一副漫不经心的样子。

我家里的人更多，我、贾斯帕和爸爸之间的那种气氛已经消失了。一种更紧张的气氛弥漫开来。

爱丽丝姨妈说她正在煮第三壶茶。

“老天，贾斯帕，找件衬衫穿上吧。”她抱怨道。贾斯帕仍然穿着无袖背心，一团胸毛像破垫子一样露在外面。

其中两个陌生人是便衣警察，一男一女。还有一个女人，她的头衔中带有“儿童”和“保护”这两个词。

女警官正在和莉比说话，莉比看起来很害怕。

“没事的，宝贝儿。你没有做错什么，真的没有。”女警官说，但莉比似乎并不相信她，“你都看到了什么，再和我说一遍。”

她一边听莉比说，一边做记录。门铃又响了起来，手机到处响个不停，水壶发出电子汽笛声，表明水烧开了，一架直升机在树林上空轰鸣。真是一团乱。

就在这时，从开着的大门外传来了一声喊叫。

“找到他了！”

消息传开了，人们说了一遍又一遍。到处都是连续急促的喊叫声。

“他们找到他了……找到他了……找到他了……”

“带他从后院过来……”

“手臂受伤了，不过不严重……”

“还没有确认他的名字……”

“推测受到了精神创伤，警官，小心对待……”

我感到后背被戳了一下，连忙转过身，只见是罗克茜。她轻声说:“真是个大惊喜，是不是？”

罗克茜似乎一点儿也不担心我和她可能会因为“协助逃犯”（或者随便你给我们的所作所为安个什么罪名）而惹上大麻烦。我不能像她一样漠不关心，我的胃本来就因为坐船有点儿不舒服，现在更是直翻腾。

一位穿制服的警官钻过篱笆上的洞，向那位“保护儿童”女士招手，她迈着重重的脚步，径直走了过去。

这之后安静了大约二十分钟。便衣男警官轻声跟爸爸、妈妈和爱丽丝姨妈说着什么，女警官则掏出笔记本，在我们周围转来转去，记下我们的名字和地址，以及诸如此类的事。她在爱丽丝姨妈面前停了下来。

“你住在这儿吗，太太？”

“不，警官。”她说了她在海边的沃克沃思的地址。

“你的全名呢？”

“爱丽丝·胡克。”

警官把这些都记了下来。就在这时，花园的尽头出现了一阵骚动。一个警官先从篱笆上的洞里钻出来，浑身又湿又脏的阿尔菲和另一个穿制服的警官也钻了过来。

他们大步走过花园，进入我家的厨房。厨房里的人向两侧散开，为他们让路。

似乎有一件铁一般沉重的悲伤斗篷压着阿尔菲。

他看着我和罗克茜，眼中燃烧着愤怒的火焰，看了叫人震惊。他什么也没说，但我知道他认为是我们出卖了他，把他的事告诉了莉比。

我什么也说不出来。我不能说“我们没有告发你，阿尔菲”。那样一来，在厨房里忙得团团转的大人们就会知道我们欺骗了他们。我们只好保持沉默，阿尔菲看起来气坏了。

有那么一瞬间，也许是十秒钟，他站在那里，赤裸着上身，身上脏兮兮的，大家都盯着阿尔菲，没有人说话。

他身上有很多地方都值得看：沾满泥的头发，带有闪光亮片的牛仔裤，背上褪了色的奇怪文身，以及上臂的伤疤。

莉比上下打量着他，不过谢天谢地，她似乎没认出自己的牛仔裤，可能是因为牛仔裤上沾满了泥巴。

然后，贾斯帕从厨房里的人之间走了过来，他做了一件奇怪的事。他在阿尔菲面前弯下腰，像看博物馆里的标本一样仔细地观察他：他摘下自己那副有色眼镜，左看右看，又让阿尔菲转过身来，盯着他的文身。

阿尔菲似乎并不介意大家的目光。依我看，他是有点儿蒙了，好像他认为被抓住之后就要接受检查。

我注意到贾斯帕眨眨眼睛，直瞪瞪地注视着阿尔菲，他看到我在看他，就突然转过身去。阿尔菲低头看着地板，他什么都没有注意到，但贾斯帕的目光一次又一次地瞟向阿尔菲，我意识到他是在看阿尔菲的伤疤。他什么也没说，但他那原本红润的脸此时失去了所有血色。

他的行为确实很奇怪，但现在一切都不正常。

女警官说话了：

“打扰一下，先生？”

贾斯帕看着她，好像刚从恍惚中回过神来。他正在穿衬衫，就在这时，我注意到他的上臂上有两道水平的伤疤，和阿尔菲那两道疤的位置完全一样。

像是一个小小的等号。

真奇怪，我心想。只是厨房里乱七八糟，我没有多想。

“打扰一下，先生？”女警官又问了一遍。

“啊？”贾斯帕说。

“我们有几个问题要问你……”她拿出了笔记本。

我环顾四周寻找阿尔菲，想看看能不能单独和他说几句，向他解释一下，但他已经被带到等候着的警车上了。

第四十二章

一定只是巧合吧？

像等号一样的两道疤。

不可能是长命珠的疤痕。

我告诉自己，我只看了他的手臂一眼而已。一定是看错了？压力、火灾、妈妈，发生了那么多事……我的脑袋已经不太清醒了。

我坐在警车里，身上裹着一条毯子，人们在我头顶上方对着对讲机和手机说话，后视镜里闪烁着蓝色的灯光，一位喷了太多香水的女士坐在我旁边，拍着我的胳膊（这有点儿烦人）。

但是，当一个人所熟悉和热爱的人和事在一夜之间都被摧毁了，他的判断力就会受到影响。

判断力？你看，我甚至连说话的方式都和你不一样，尽管我努力了。我真的非常努力了。

对吧？

（我和妈妈也听无线电，不过无线电里的人说话的方式通常和现实里的人不一样。我试着像他们那样说话，但还是很别扭，我自己都能听出来，而且，我跟别人说话时——虽然这种时候并不多——我看得出来他们有时会觉得我说话很怪。）

车里传来一个声音，可那声音像是从远处传来的："……阿尔菲？阿尔菲，你还好吗？”

那声音变大了。

“阿尔菲！”

我转过身，那声音其实并不大。说话的是和我一起坐在警车后座的女士，她拍我的手拍得更用力了。我想把胳膊抽离，躲开她的触摸，但那似乎很不礼貌，所以我又忍了一会儿，才说：“请停下。”

她吃惊地看了看自己的手，便把手缩了回去。

是不是很不礼貌？不过我说了“请”。

“我们会带你去一个安全的地方，阿尔菲。”她说，“你可以清理一下，我们给你弄点儿吃的。我敢说你肯定饿了，是不是，亲爱的？”

我什么也没说。我一点儿也不饿。在今天早上背叛我之前，罗克茜给我带来了面包卷、奶酪、两个苹果、一根香蕉和一只用锡箔包着的鸡腿。我全吃光了，就像死刑犯的最后一餐。

然后，那个小女孩（可能是叫莉比）为他们做了肮脏的工作。

我当时独自在小屋里，罗克茜管那儿叫车库，我觉得挺有趣的。她是一个聪明的小姑娘。妈妈会说她 wordsnoterlic，意思是聪明伶俐。

那艾登呢？她会说他是 flarath，也就是叛徒。我求他们两个不要把我的事说出去，他们却告诉了艾登的妹妹。而他妹妹又告诉了所有人。

现在我裹着毯子坐在一辆警车里，身边有个叫桑吉塔的女士，她是一名儿童保护官，管她是谁呢。她说她是警方派来的，确保我的安全。

她就是这么跟我说的，她的声调带着鼻音、抑扬顿挫，好像我才六岁。

“你好，阿尔菲？我叫桑吉塔。我是诺森比亚警察局指定的儿童保护官。我是来保护你的安全的。我能和你有身体接触吗？”

我想她经常这样说话。她就像我和妈妈喜欢的戏剧里的演员一样在背台词。

老实说，我并没有把她的话听进去。我满脑子想的都是艾登家厨房里的那个男人。

两道疤。我对自己说，这肯定是个巧合。我想知道妈妈会怎么说。一个穿着牛仔裤和凉鞋的女士在保护我，我是阿尔韦·埃纳尔森，我曾经为了保护妈妈，对着一头熊大吼，尽管那是很久很久以前的事，那时也和现在不一样。（首先那时候有熊。好吧，至少有一头熊。）

我周围的一切都让我想起妈妈，我感到一颗泪珠从我的脸颊上滚落下来。桑吉塔看到了，又开始拍我的胳膊，但我看了看她的手，她立即停了下来。

我们能走了吗？驾驶座上并没有人。拜托，你们已经找到我了，还耽误什么呢？

事情的经过是这样的。

我在车库里听到有人来了。我以为是罗克茜或是艾登，就没有藏起来。这都是我的错。我早该知道的。门开了，莉比（我现在想起来她就叫这个名字）站在那里，盯着我。

那个小女孩大概七八岁。我立刻知道自己被出卖了：除非知道我的下落，否则不会有人去那里找我。

于是我丢下所有的东西，跑进了树林。我比任何人都了解那片树林。就算有人来找我，我也可以很容易地躲上一阵子，然后我就可以溜回车库，重新开始执行我和妈妈的计划。

这想法太荒唐了，根本行不通，纯属痴心妄想。我很清楚，但我当时绝望极了。

树林的北侧有一个坑洞，就在一棵倒地的树下，四周长满了金雀花和带刺的杜松，仅是从边上走过根本不可能发现。

直升机的轰鸣声在天空中响起的时候，我就应该知道，我不可能这么轻易逃掉，继续我的生活和我们的计划。

我先听到了说话声，随即便有脚步声靠近。我慢慢地往裂缝深处挪动。不过，来的还有别的东西。

是一只狗。

警犬在沟里发现了我。它嗅了一会儿，便开始呜呜叫。我把一件 T 恤衫落在车库里了。他们一定是让狗嗅了 T 恤衫的气味，然后，我想按照你的话说是，“游戏就这样结束了”。我想我早该料到的。

“来吧，孩子。”训犬员说。他是一名警察，穿着明黄色的夹克。他向我伸出手来：“当心别扎到刺。”

我想跑，但又有什么意义呢？

我只能忍受即将到来的一切。事情不可能像我想象的那么糟。

在这一点上，我错得太离谱了。随着司机钻进警车，把车倒出车位，一段比我想象的还要糟糕的旅程开始了。

但首先我得回答一个像蟑螂一样在我脑海里盘旋的问题：

我要讲出真相吗？

第四十三章

我当然没有说实话。我只把真相对艾登说了。

我信任他。可几个小时后，我就坐在了一辆警车的后座上，这向我证明，说出全部真相是非常不明智的举动。

再说了，他们可能已经知道了。既然艾登（还有罗克茜，他肯定已经告诉她了）已经说出了我的行踪，为什么还要隐瞒我的年龄？他们不会的，不是吗？他应该是这么说的：

“我们知道那个失踪的男孩在哪里，有件事你们永远猜不到，他说他活了一千年！”

所以我什么也没说，一个字都没说。多年来，正是这种策略拯救了我和妈妈无数次。只要什么都不说，别人就没什么可拿来对你不利。

幸运的是，桑吉塔女士并没有问我很多问题。事实上，她没怎么说话，只陈述了一些事实和指示，比如：

“没事了，阿尔菲。我们先去北希尔兹的警察局，不过没什么好担心的。你又没做错什么。那里有家诊所，我们让医生检查一下你的胳膊，好吗？”

我点点头。我头疼得厉害。我的太阳镜在火灾中丢了，阳光刺痛了我的眼睛。

更奇怪的还在后面，警车引擎刚一启动，那个男人就从艾登家走了出来，就是我进厨房时见到的大胡子男人。他是艾登的亲戚，还是他们家的朋友？

两道疤。

他穿过人群，敲了敲车窗。我缩进汽车座椅里。一个警察把胳膊伸到他和玻璃之间。

“什么事，先生？”

“我要和阿尔菲说几句话。”他说。他转过身来对着我，俯身向窗口：“阿尔菲！阿尔菲！”

“先生，先生。对不起，但是……你不能这样……”

“把你的手拿开，警官！”

“先生，我必须阻止你。你是他的亲戚吗？”

“不。不是。我就是想和他……”

“先生，如果你继续挣扎，恐怕我将只能——”

“贾斯帕！到底发生了什么事？”一个女人出现在门口，冲着这个叫贾斯帕的人大声道。我想她是艾登的母亲。

现在，警车正在倒出车道。转弯的时候，我伸长脖子回头看。一个警察和那个女人正在同贾斯帕说话，他似乎非常激动。

“那人是谁？”桑吉塔问道。我摇了摇头。

“我不知道。”我说，这是实话。

然而，茫然之间，我一直在想那个人说过的话：“把你的手拿开，警官！”

现代人不会那样说话，不是吗？

不过不止如此。我说不出他这个人哪里奇怪，因为怪异的不是什么东西，而是一种感觉。当他透过车窗凝视着我的脸，我们的目光相遇时，那种感觉持续了片刻，也就一秒钟。我试图回忆那种感觉时，它却溜掉了，就像我试图用手在桶里抓鱼一样。

我感觉自己以前见过他，而这种感觉并不好。

第四十四章

那天剩下的时间是这样过的：不断有人来对我温言细语，假装他们是我的朋友，好打探出所有关于我的事。

在警察局，我被带到了一个挂着“家庭服务”牌子的房间，里面有沙发，一台电视机正对着空房间播放一条小鱼的卡通电影。一辆塑料警车摆在一个书架旁边，书架上放的大都是图画书和一两本破旧的平装童书，还有一盒毛绒玩具。

桑吉塔指着那些书，问：“阿尔菲，你识字吗？会写字吗？”

要说真相吗？真相是这样的：

“谢谢你，普拉萨德小姐。我精通古斯堪的纳维亚语、古英语、中古英语和现代英语，此外还精通法语、拉丁语、希腊语（古代和现代希腊语我都会，不过这二者没有多大区别），我还会一点儿威尔士语和苏格兰盖尔语。”

当然，我没有这么说。我只是点点头。我不觉得受到了侮辱。我知道她只是在做她的工作而已。

她带我去了浴室，给我留下了肥皂和一条毛巾。一堆从玛莎百货买来的衣服，就像变魔术一样出现在更衣区，都是崭新的，标签还在上面。他们一定有满满一橱这样的衣服。我以前从来没有穿过男孩牛仔裤。那种裤子又厚又硬，是机器缝制的，做工很好。白色的鞋子很漂亮。是叫运动鞋，还是帆布鞋？我想应该是运动鞋。

午餐装在一个盒子里，是麦当劳的开心乐园餐，我当然听说过，但从来没吃过。不知道为什么，里面还有个塑料玩具。食物很好，但饮料太甜了，我只好从水龙头接了点儿自来水喝。

医生很好，但她问的问题比桑吉塔还多。她取下罗克茜缠在我胳膊上的绷带，说："嗯。处理得还不错，阿尔菲。是谁帮你包扎的？"

我什么也没说，她开始清理烧伤。伤口疼得火烧火燎，但我咬紧牙关，没有大呼小叫。

"你是个坚强的孩子，阿尔菲。"

我希望他们不要老叫我的名字。我知道他们这么做是想表现友好，但这很烦人。

"你怎么受的伤？"

我沉默不语。

他们总不能强迫我说话。

她给我做了全身检查：头虱、血压、唾液样本、身高、体重，所有的一切。

"阿尔菲，你刚才说你多大了？"她问，她的笔停在一张打印的纸上，她正在填写上面的表格。

我没说话。我本可以说自己一千零十一岁了。

如果我这么说，会怎么样？事情会有所不同吗？

"我十一岁了。"我说。

"嗯。好的。那你的出生日期呢？"

这个问题就比较棘手了，但我早就想到了解决办法。我告诉她能推出我十一岁的那个年份，又加了一句："九月一日。"一切都是计划的一部分。

新绷带绑好了，我的肚子吃饱了，真正的问题也来了。果然不出我所料。

桑吉塔和另一个女人走进房间，那个女人自称是北泰恩赛德社会服务中心的韦里卡。她年纪大一些，留着一头白色短发，脖子上挂着一副眼镜，看上去总是有点儿烦躁。

她们都拿着很厚的记事本和一摞摞的表格。我心想，看来要在这里待上一段时间了。

"好吧，阿尔菲。我们得问你几个问题，你明白吗？"

我点了点头，这就开始了。起初的问题还算简单，像什么姓名、年龄，然后——

"宝贝儿，我们能问问你妈妈的事吗？"

我点了点头，按照计划里的设定，说了她的名字和年龄。

她们在记事本上记录了下来。

"阿尔菲，你在哪儿上学？"

"我不上学。我在家自学。家庭教育。"

家庭教育，是这么说的吧？

"我明白了。"桑吉塔说，"不过家庭教育登记簿上没有你的名字。"

我耸了耸肩，好像在说："那是你们的问题，不是我的。"桑吉塔和韦里卡交换了一个眼神。

“你的家庭医生是谁，阿尔菲？”

我又耸耸肩。

“你看过医生吗？”

我摇了摇头。

“你没生过病吗？”韦里卡问，我觉得她有点儿不高兴了。

我又摇了摇头，不过这一次我的回答多少有一些真实的成分。咳嗽，感冒，偶尔肚子疼，但我不会去找医生。妈妈能治很多病。

“阿尔菲，你有家人吗？有没有你可以投靠的人？”

我摇了摇头。这是事实。只有我和妈妈。

桑吉塔追问：“一个也没有吗？姨妈，叔叔，都没有吗？也许他们住在别的地方呢。你家有没有什么朋友？”她绝望了，“什么人都没有？”

我耸耸肩。桑吉塔和韦里卡又看了彼此一眼。

就这样又过了一个小时，我仍然坚持着我们的计划。

在那之后，我独自待了一小会儿，然后桑吉塔带着另一个女人进来了，现在我开始忘记他们的名字了。她是一位“儿童丧亲顾问”，名字的首字母是L。她问我是否想谈谈妈妈，我说不想，她还是问起了妈妈，逼着我回忆，我哭了，我讨厌这样。

她说她另找时间来见我，还说我可以随时打电话给她或要求见她（这是不可能的），她还会通知我妈妈的葬礼什么时候举办。

她走后，进来了一个男人。他算是今天和我说话的第一个男人。我真的不知道自己为什么为此感到高兴，但我确实高兴。

他叫罗比，是一名消防调查员。他想知道火灾的事。我把我知道的一切都告诉了他。

好吧，不是一切，我隐瞒了一些。

第四十五章

着火的那天晚上，因为罗克茜·明托那天下午出现在我们的后院，妈妈一直都很紧张。

正如我所预料的，夜晚很冷，我们用木柴在屋里生了一堆火。

“阿尔韦，你还记得第一次见到黑人的情景吗？”妈妈说。她提起此事，想必是因为罗克茜。这个故事有趣极了，多年来，我们讲了很多遍，现在仍然不时提起。

很快，我们就开始讲故事了。那是亨利一世统治的第六或第七年，也就是现在所说的1107年。那时，我和妈妈住在贾罗，当地有一座大修道院，但那时修道院几乎是一片废墟。

修道院有一个老院长，他是一位修为很高的修道士，还有几个年纪大一些的男孩和年轻男子，我就是其中之一。我们学习、阅读，受训成为修道士。

那儿冷清、空旷，没有人缠着我或妈妈问问题。妈妈经常去找院长保罗，和他相伴。

修道士自然不可以娶妻，也不能有女朋友，不过他们有的会偷偷这么做。每个人都知道妈妈和保罗的事，但没有人真的介意。即使他们介意，也没说什么。有一次我问她是否爱上了保罗。她笑了笑，道：“可以这么说。”

保罗也知道我们的秘密。那时，关于永生人的传说仍在流传。

他保守着我们的秘密，我们也为他保守秘密。

那个时候，我们见过很多来自不同国家的人。其中就有留在这里的丹麦人。还有很多苏格兰人，他们在我们这个地区不太受欢迎，尽管这取决于他们说哪种方言。很多年里，我们听到越来越多的人说法兰克语，他们是在征服者威廉的带领下从现在的法国来到这里的，威廉后来对英格兰北部的许多人都很残忍，但他没有来我们所在的极北之地。

不过贾罗那个地方非常僻静。在约翰内斯来到我们的修道院之前，已经有好几年没有外国人出现了。

他很年轻，皮肤的颜色和光泽就像我们海岸上的煤粉一样，我们谁也没见过像他这样的人。

他和我们一起学习，一起祈祷，还加入了我们的社区。他是从芒克威尔茅斯沿着海岸一路走过来的，他来到村子里，人们都盯着他看。毫不夸张地说，人们都停下来，目瞪口呆地注视着他。一位老太太大吃一惊，还尖叫了一声。他没穿修道士的长袍，身上只穿着普通的束腰外衣和马裤，还扎着一条羊毛围巾，用皮带固定着。

我想这正是人们吃惊的原因：他居然穿得和我们一模一样。

保罗一直在等他，还出门迎接他，约翰内斯咧开嘴笑了，他们握手，一起走进修道院。我之前在修道院从未听说过这个年轻人要加入我们。

我当然知道黑人。众所周知，在那个我们现在称为非洲的遥远地方，居住着男人、女人和孩子，他们有闪亮的黑皮肤，但他们的血液和我一样是红的。我还从行游者那里听到过各种各样的事。

我怎么确定约翰内斯真是黑人？圣托马斯曾怀疑耶稣死在十字架上后还能不能复活，和他的故事一样，我也需要证据。我伸手揉搓约翰内斯的脸，想把他脸上的颜色擦掉。我看着自己的手指，却没看到半点儿污渍。我揉了揉他的胳膊，他哈哈大笑起来，那是善意的笑，不夹杂恶意。他后来告诉我，这样的事他遇到过很多次。

“Scholasticus bonus es, o amice!”[①] 他用拉丁语对我说。“你是个好学生，我的朋友！”他告诉我，“学者必须提出问题并找到答案！”

所有有学问的人（当时有学问的几乎都是男人）都说拉丁语。来自不同国家的受过教育的人都用这种语言交流。

当然，我们也说自己的语言。我和妈妈在家里时，仍然说古斯堪的纳维亚语的一个分支语言，与贾罗的很多修道士在一起时，我们说盎格鲁－撒克逊语的一种方言，现在这种语言名为老诺森布里亚语。

我们也听得懂其他盎格鲁－撒克逊语方言。当时我在学法兰克语，我已经掌握了希腊语，因为《圣经》中有很多文字都是用这种语言写成的，我当抄书员的时候抄过很多遍了。

---

① 这是拉丁语，意为“你是个好学生，我的朋友！”。——译者注

我和妈妈一想起约翰内斯就会大笑。他一直是我们的好朋友。他在贾罗住了几年后，便跟所有修道士一样，带着他的学识和上帝之道离开了。

大约三十年后，约翰内斯在去达勒姆大教堂的路上从贾罗路过。

他已是一个中年人了，身材不再修长，头发也花白了，但他的微笑还是像以前一样温暖。他坐在我家的壁炉边，看着我们两个，犹豫了一会儿，说："你们是永生人？"

他知道我们的底细。我们信任他，便点了点头。他笑笑，慢慢地摇着头："一切神圣的奇迹都归于上帝。"

我们也笑了，虽然我们知道这不是神的奇迹，而是科学。我们当时叫它 al-kimiya，也就是炼金术。

在橡树屋的炉边，我为妈妈模仿约翰内斯的声音，她觉得这很有趣，她喜欢忆起他。

"一切神圣的奇迹都归于上帝。"我说。妈妈笑了，这可能是她第二百次被逗笑了。

我又往火里添了块木头。这种木头不适合烧火。那天我犯懒，从离房子最近的柴堆里捡了些木头。而这些木头还没有晒干。

在树或树枝枯死后自然掉落的木头通常都可以直接使用。然而，这些木头来自一棵在早春的风暴中被刮倒的树。妈妈轻轻地啧啧两声："阿尔韦！你拿来的是新木头吧？"

罗比很清楚火灾的经过，所以我没有告诉他这个部分，也没有和他提起约翰内斯。但我把其余的情况都和他说了。

第四十六章

妈妈上床睡觉了，我这么告诉火灾调查员罗比。我像往常一样出去打兔子。

我不是为了好玩儿才去打兔子的。我打兔子是为了有肉吃。我知道二十一世纪有些人对这类事很敏感，尤其是那些住在城里的人：所以我才会指出这一点。

（我用弹弓射兔子。人们现在不用弹弓了，但弹弓是一种非常有效的武器。弹弓的长皮绳中间有一个小兜袋。弹弓是我多年前做的，我打得很准。我还有爸爸的刀，钢刃因年代久远而有些发黑，磨了几个世纪，刀刃已经很薄了。）

然而，我没有把这些事告诉罗比。我只是说我出去走走。

“晚上还出去？”他问，尽量不带出惊讶的语气。

树林的北边有一大片田野，到了凉爽的春夜，兔子遍地跑。直到近些年，我都没见过有人晚上去那里。不过后来新的住宅区建成，就有人去田野里遛狗。那之后我就不常去了。我可不想不小心打到别人的狗，甚至是人。

我把一盏大灯挂在头上，但一轮满月高挂空中，我不需要开灯也能看清方向。我到了田野才把灯打开，用光束扫过地面。这样，兔子的眼睛就会反光，你也就找到了目标。

我立刻发现了一只，便慢慢地取出弹弓，在小兜袋里装上一颗直径约半英寸的滚珠。我牢牢盯着兔子的眼睛，保持脑袋一动不动，开始“上发条”，也就是旋转长绳上的小袋。这时我注意到了一丝异样。南边有一道异常的光芒，非常微弱，颜色也很特别，略带橙色，还有些发灰。

那是火的颜色。

恕我直言，想必你并不常见到建筑物、城镇或船只着火。

可我对这样的事已经司空见惯。

我马上就明白了那是怎么回事。恐惧袭来，我飞快地跑回树林，一路上拂开树枝，脚踩在苔藓上直打滑，呼吸变得十分急促。比法从林子里突然冲出来，我差点儿被它绊倒。我当时就知道事情不妙了。

“比法！比法！喵喵，喵喵！”我叫道，但它连头都没回。它吓坏了，跑过田野，就像是有狗在追它。

即使在那时，我仍能听到我以前的格斗老师拉斐尔的声音在我的脑海中响起：“冷静，阿尔韦。你的心，需要空气！”我试着让自己的呼吸放缓、变深，但这并不容易。

在茂密的树林里，我看不见橙色的火光，也闻不到烟味，但到了近处，我就确定了。在几码远的地方，我听到了尖锐的呼呼声和噼啪声。

我站在树木繁茂的山坡上喘着粗气，可以看到我的房子……我们的房子在下面呼呼燃烧着，犹如可怕的地狱，橘黄色的火焰吞噬了树木，而一棵棵大树面对炽热的烈焰，似乎都退缩了。

我只有一个想法，我的肺里吸满了烟雾，但我还是扯着嗓子喊道：

“妈妈！妈妈！妈妈！”

我甚至不能靠近房子。有几只鸡跑了出来，其中一只在我脚边扑腾。其他的鸡仍被困在笼子里。山羊艾米的牲口棚门被撞开了。

我无能为力，只是惊恐地看着一扇玻璃窗被热浪震碎。我能再靠近点儿吗？妈妈呢？我跳进院子里，那天罗克茜·明托就是掉在那里摔伤了脑袋。我知道去救妈妈是很危险的，但我当时无法思考，我冲向着火的房子的角落，在跑过去的途中拎起了一桶水。

我把桶里的水泼向后楼梯，想着也许我可以上楼，这会儿，二楼也烧了起来。水浇到火上嘶嘶作响，有那么一瞬间我以为有机会，但几秒钟后，水蒸发了，火焰再度冒了起来。

然后，一扇倒塌的门上面的木门楣毫无征兆地掉了下来，正好砸在我的胳膊上，烧着了我的肉，我疼得尖叫起来。

我后退两步，又大喊起来：“妈妈！你在哪里？”滚滚浓烟把我包围，我不停地咳嗽，瘫倒在地。

在我内心深处，一个可怕丑陋的想法正在形成。现在回想起来，我觉得很奇怪，但在那个恐怖的时刻，我的内心至少有一部分仍在冷静而超然地思考。

我认为这可能有点儿像有人说的那样，在一个戏剧性的时刻，“一切似乎都慢了下来”。对我来说，事情并没有慢下来，但有些东西变得更加清晰了，就像相机的镜头聚焦在了一张模糊照片的一部分上。

我是这样想的:

“是时候实施计划了吗？”

在我周围的烟雾、灼人的热浪和毁灭的噪声之间，那个念头……只有那个念头……就像冬日夜晚修道院的钟声一样尖锐而清晰。

热浪和火焰迫使我一再后退。我的胳膊很疼，眼睛刺痛，眼泪哗哗向外流。我又呼喊妈妈。她逃出来了吗？她一定会来找我的吧？

然后我听到了警笛声，我跑上山，爬上斜坡。我跑啊跑啊，又害怕又惊慌。我一直跑到了那个建了好几个月的小屋，我见过小女孩把钥匙放在石头下面，于是我拿出钥匙开门进了屋。

就是这样。我母亲死的那晚，事情的经过就是这样的。

我抬头看着罗比。他不再记录，他的眼里充满了泪水，我不禁有点儿害怕。

他大声地吸了吸鼻子，看着他自己的鞋子，摇了摇头:“我非常非常抱歉，阿尔菲。真的，孩子，我很抱歉。”

他似乎非常震惊。沉默让我很不舒服，所以我说:“我妈妈……”

他抬起头来:“什么？”

“她……她有没有……”我无法说出这个问题，但我真的很想知道答案。罗比帮了我:“你想问她有没有受苦吗？”

我点了点头。

他似乎在斟酌如何回答。“没有。”他最后说，“没有。我想没有。”

我艰难地吞咽了一口唾沫：“谢谢你。”然后，我又问，“你有没有见过一只猫，黑白相间的？”

他摇了摇头：“对不起，孩子。”

我都忘了桑吉塔一直坐在角落里，直到她站起来，说：“谢谢你，罗比。我想阿尔菲已经受够了。”这一次，我没有因为她自以为知道什么对我好而生气。

我的确受够了。

第四十七章

桑吉塔开车把我送到卡尔弗科特海滨，那里有很多沿着斜坡建造的房子，她带我去了一幢白色的大别墅，上面写着“格雷伯爵公馆”。前门两边都有方柱。里面天花板很高，弥漫着食物和廉价的空气清新剂的味道。

儿童之家。我的家。

我活了一千多年，现在居然住在儿童之家里。

我想念妈妈。我想念比法。抚摸着猫咪，你会觉得再大的事都不算事。

然而，几个小时以来，我满脑子都在想那个留着胡子、有伤疤的男人，他的疤痕和我的一样。这只是我的想象。

对吗?

我现在肯定我认得他。我在什么地方见过他。然而，记忆再次挣脱我的手，逃开了。

第四十八章

好吧，这很奇怪。

我指的是贾斯帕跑到我家外面，妈妈去追他，几乎是把他从警车边拖开，免得他被警察抓起来。

爸爸一直在屋里看着:“他真是个疯子。真的，玛丽。我就知道他这人不对劲。”

“别说了，本。”妈妈说，爱丽丝姨妈这时走了过来，莉比在她后面。爱丽丝姨妈并没有看到刚才那一幕。

“可怜的孩子！”贾斯帕回到屋里时说。他咧嘴一笑，露出一口很长的牙齿。然后，他举起一只手，向仍在外面转来转去的警察挥了挥。“谢谢，伙计们！”他说，好像他们帮了他一个忙似的。我想，他们没有逮捕他，确实是帮了他一个大忙。

贾斯帕看上去很放松，也很自信，但我敢肯定他是装的。也许只有不擅长说谎的人才能识破拙劣的谎言。

“啊，那个可怜的孩子。我只是想祝他一切顺利。”

“是吗？”爸爸说。他的语气带着几分挑衅，但贾斯帕要么没有注意到，要么就是他不得不继续假装。

“是的。发生在他身上的事真是糟透了！我想告诉他一切都会好起来的。”

爱丽丝姨妈并没有看到刚才的情形。她一直在厨房里和一个与她同窗过的女警官聊天儿。“出了什么事吗？”她不明就里地说。

贾斯帕首先开口：“啊，没什么。我只是想安慰一下那孩子。他看起来很迷茫，你知道吗？警方说我选的时间和地点都不对，现在看来他们可能是对的。”他转身上楼去了，“不管怎样，看看现在几点了！我们该上路了，爱丽丝，我是个老派人。”

我不骗你，他就是那样说话的。短短半个小时，他们就离开了我们的家，返回了他们在卡尔弗科特的船上。爸爸提出开车送他们，贾斯帕拒绝了，他打电话叫了一辆出租车。

气氛怪极了。每个人都表现正常，但没有人感觉正常。莉比上楼去了，没有下楼来和他们道别。

出租车刚一转过巷子，爸爸就咕哝道：“天哪！我再也不想见到他了。”

妈妈开玩笑地拍了拍他的胳膊：“本！他是我的姐夫。”

爸爸啧啧两声：“他更像个痞子。”

第四十九章

我每天夜里都睡不好。如果你像我一样活了这么多年，有很多回忆会变成噩梦。

那个男人探到车窗前的脸不断地浮现在我的脑海里，每次我探寻那段回忆，它却总是躲开我，我就会在炎热的夜里醒来，满头大汗。我的床上盖着羽绒被，而我睡惯了床单和毯子。

我吃得很少。我和妈妈习惯了吃简单的食物。我不知道为什么，但在格雷伯爵公馆，我们吃的都是咖喱、意大利面和辣味鸡肉等外国菜，吃了这些东西，我的嘴唇感觉火烧火燎的。

比萨还好。我不介意吃比萨。

我在格雷伯爵公馆待了一周，从我每天都见到的桑吉塔到儿童之家的工作人员（管事的是一位有点儿吓人的女士，别人介绍她是瑞特阿姨），每个人都非常温柔、亲切。那里还有八个不同年龄的孩子。两个女孩朝我笑了笑，但我不想说话。上一个我如实相告的人向警察出卖了我。现在我得学会在谎言中生活。

我想，那个带着永生人伤疤的男人一定不知道我现在在什么地方，我还对自己说，这一切可能都是我的幻觉。

那样日子还能好过点儿。至少目前是这样。

接着，我们谈到了妈妈的葬礼。我知道这一天迟早会来。桑吉塔问我是不是想去。我说是的。包括老年人在内，我参加过的葬礼比我见过的任何人都多。

两天前，我在当地报纸上看到了一个标题：

森林大火受害者：为悲剧母亲举行“简单”葬礼

桑吉塔还问我是否想帮忙安排葬礼，我说不想。

就这样，在一个周六的早晨，我和瑞特阿姨站在格雷伯爵公馆外，等桑吉塔载我们去惠特利火葬场，在那里，死人会被焚烧，而不是被埋葬在坟墓里。

我想妈妈会同意的。我们曾经看过一个维京贵族的葬礼。我说他是维京人，但他其实是丹麦人，他喜欢维京人的古老生活方式，这是他的家族传统。那时，他的家族已经在泰恩河畔平静地生活了四五代。

人们在卡尔弗科特的海滩上建造了一个浮动平台，不过那时海滩附近还没有村庄。那个贵族的尸体被放在平台上，周围是木头和煤块，平台在点燃后会被推入大海。

我们聚在一起，唱着老歌，吃着贵族家提供的肉。事实上，每个人都知道只有大人物才能葬在燃烧的船上。首先，你得有钱买一艘船。那位死去的贵族埃尔多·斯维恩当然算不上多大的人物，也没有那么富有。不过，他就是你现在所说的那种“自命不凡的人”。他以为自己很了不起，但实际上并非如此。我们并不介意，毕竟可以在葬礼上吃到免费的食物。

于是，人们点燃了平台，把它推到海湾里，平台漂出了礁石的范围，很快在烟雾中倒塌了。第二天早上，埃尔多·斯维恩烧焦的尸体被冲上了海岸。他的孙子抬走尸体，找个地方掩埋了。

当我站在格雷伯爵公馆外眺望海湾时，这一切都在我的脑海中闪过。天气很暖和，但有微风从海上吹来。

我能看到那个地方，就在海湾里，埃尔多·斯维恩的平台塌了，带着他那烧焦了的尸体沉了下去。我几乎能听到岸上的人齐声唱着的圣歌和悲伤的歌曲。我记得其中一首歌是比德写的。

"你还好吗？"桑吉塔的声音响起，我转过身。她又问了一遍："你还好吗？你出神了，阿尔菲！"

"我很抱歉。你说什么？"

"没什么。但是你……你……在唱歌！你唱的是什么？"

"没什么，桑吉塔。对不起。"

她眯起眼睛看了我一会儿。在过去的几天里，她经常这样做："好吧。我刚才问你以前有没有参加过葬礼。"

我的精神一定还很恍惚。我说："我参加过太多次了。"

"阿尔菲，你好像说过你没有亲戚，对吗？是因为他们都死了吗？"她说这话时并没有咄咄逼人。她是想抓住我的把柄吗？感觉她的确想。

我正琢磨如何回答，瑞特阿姨走下格雷伯爵公馆的台阶，把我们领进了等候着的汽车。

我不会长篇大论地描述葬礼，因为直到葬礼结束，都没发生什么特别的事。

来的人不是很多。

当然有我、瑞特阿姨和桑吉塔。我穿着一条桑吉塔给我买的裤子（不是牛仔裤），还有一件黑色套头衫。

有韦里卡，还有火灾调查员罗比。他向我眨了眨眼睛，给了我一个紧张的微笑。他真好。但我希望这里有我真正认识的人。也就是朋友。当然，这是不可能的。我甚至把猫都弄丢了。

还来了一个带着相机的记者，桑吉塔和她轻声聊了几句后，她便把相机收了起来。我不知道记者期待看到什么。想必她以为能来很多人吧。

显然要有个牧师在场。

所有该说的话都说完了之后，桑吉塔捏了捏我的肩膀，我差一点儿就开口要她停下。然后，棺材消失在一道红色的帘子后面，就像一个特别邪恶的魔术，事实的确如此。就在我们转身离开的时候，我看见了他们。

罗克茜·明托和艾登·林克莱特站在小教堂的后面。

第五十章

“他们是谁？”桑吉塔缓缓地低声道。

我能说什么呢？说“我不知道”，这是撒谎。也不能说“是朋友”，我当然不会把他们当朋友。他们出卖了我，而朋友是不会这么做的。如果不是他们，我可能已经按照我和妈妈的计划去做了。

我们正沿着教堂的通道走着，很快就会走到他们旁边。

“我……给我点儿时间，好吗，桑吉塔？”

教堂里只剩下我、艾登和罗克茜三个人。

“嗨。”他们两人一起说，语气平淡，很适合这种场合。

“你们好。”

“我……”艾登说，“我想……我们……我和罗克茜……我们觉得我们一起来，呃……”

我应该帮艾登的。我应该意识到他是想表现友好，只是不知道说什么。我应该这样说：“没关系。谢谢你们能来。”

我却昂起头，等着他磕磕巴巴地说下去。

“那个……你妈妈，你妈妈……嗯……她是你的全部，而且……”

罗克茜喘了口气，刚想开口，但我率先转向艾登：“听着。我知道你们是好意，但坦白说，我不是——”

他打断了我："阿尔菲。我们相信你。"

"你说什么？"

罗克茜说："我们相信你，阿尔菲。就是活了一千年的事。至少我们没有不信你。"

"有区别吗？"

"有很多东西都说不通，但是，如果仔细寻找，就会发现至少在几百年前就有证据了。如果你活了几百年是真的，那再多几百年又有什么不可以呢？"

我盯着他们两个。我感到有点儿喘不过气。我瞥了一眼桑吉塔，她正轻声和牧师说话，但我看得出，她一直在用余光留意我。

"谢谢你们。"我终于说。沉默了很长一段时间后，我说："那你们为什么把我的行踪告诉警察？"

艾登的脸上掠过一丝震惊的表情："你是这么想的吗？阿尔菲，我没有。老实说，是我妹妹发现你的。她只是个……她只有七岁而已。我从来没有告诉过任何人！"

罗克茜看起来也很惊讶："你是我们的朋友，阿尔菲。朋友是不会——"

但她没能把话说完，桑吉塔走了过来，脸上带着微笑，神情温柔。

"嗨。"她对罗克茜和艾登说，"我是儿童保护官桑吉塔。你们认识吗？"

"算是吧。"艾登说。

“真好。你们是怎么认识阿尔菲的？”

“呃……呃……学校。”

他为什么这么说？我慢慢挪到桑吉塔的身后，用力朝艾登摇头，与此同时，我一直想着罗克茜刚才说我是他们的“朋友”。

我要相信她吗？她是真心的吗？

“这就怪了。”桑吉塔转向我说，“你好像说过你是在家里自学的，是不是，阿尔菲？”

“不是学校！”艾登明白了我的信号，喊道，“不，不是学校。不是的。是……呃……”

艾登不是个善于撒谎的人，也不是好演员。他的声音里透着恐慌。事实上，他全身上下都慌里慌张的，几乎可以闻到惊惶的味道。

我想桑吉塔是真的很好奇，她说：“是什么？”谢天谢地，还有罗克茜·明托。

“你是说学校的作业，是不是，艾登？”她拖长声音说，好像在对一个迟钝的儿童说话，“你偶尔帮阿尔菲做功课。但你只去找过他一两次。主要是数学作业，是不是？”艾登没有回答。“不是吗，艾登？”

“啊。是的。就是数学。是的。”艾登慢吞吞地说，每说一个字就点一次头。要么桑吉塔很好骗，要么就是她当时决定不深究。

“你真好。”她说，“谢谢你们今天能来。真贴心。”

我和桑吉塔走回车上，艾登和罗克茜落后我们几步走着。

“阿尔菲，你为什么说你没有朋友？”她轻声问。

我正要说“因为我本来就是这么认为的”，她口袋里的手机突然响了起来，她停下脚步。就在这时，我看到了一个很瘦的男人，留着浓密的黑胡子，眉毛很浓，穿着一件黑色的长大衣。他走到大约三十英尺开外，突然转过身，迅速朝相反的方向走去。

肯定是他。

桑吉塔正低头看电话，没瞧见那个人。

我回过头，只见罗克茜和艾登刚走出教堂，互相交谈着。我马上就明白那个男人是想走过来找我，却突然见到了他们，便立即转身，穿过杂草丛生的坟墓和长满苔藓的墓碑，匆匆走远了。几秒钟后，他就消失在一排长长的黑色灵车后面。那些车停在那儿，是在等下一场葬礼。

一个东西在我内心搅动起来。那是一段很久很久以前的记忆，它浮了出来，卷走了我周围的空气。

一个男人把脸凑到我的脸前，咆哮着说：“Holl munnen!”

闭上嘴。

奶酪、海豹皮、船上的柏油……这些东西的味道一下子扑了过来。

在我为父亲的死而哭泣时，他龇着长牙，吼叫着让我安静下来。

他就是驶往英格兰的那艘船上的男人。

他就是艾登的姨父贾斯帕。

第五十一章

你知道鲨鱼能闻到五英里外水里的血吗？遇到危险之际，我有时也有这种感觉：我能注意到最微弱的痕迹。比如一种气味。一种来自过去的味道，就在我对桑吉塔说“现在可以走了吗？”的时候，那股气味钻进了我的鼻子。

“可以了，阿尔菲。”她说，“那你的朋友们呢？”

“走吧。现在就走。”我低着头，快步朝桑吉塔的车走去，桑吉塔在我身后小跑着追赶我。我回过头，只见罗克茜和艾登看起来困惑不解，还很受伤。我想回去解释，但我做不到，因为连我自己都还没完全弄懂是怎么回事。

我确信桑吉塔认为我是因为迟来的悲伤才想马上离开，因此，在驱车离开的路上，她没有打扰我，任由我沉浸在自己的思绪中。但不是因为悲伤。不只是因为悲伤。

还因为贾斯帕。

因为恐惧。

还因为，我意识到艾登和罗克茜对桑吉塔撒了谎。而且是为了我。他们是为了我才撒谎。

桑吉塔把车停在格雷伯爵公馆外，还说了什么。我一直都没留意听，直到她从手提包里拿出一个黑色的东西放到我手里。

“……你知道，只是为了安全起见。我已经输入了我的电话号码，还有瑞特阿姨的号码。”

是一部手机。我从未拥有过手机，甚至都没用过。我把手机在手里翻来倒去，仔细地查看。

她一定认为我不喜欢，因为她说：“是的，我知道。很遗憾不是智能手机，但打电话还是可以的。”

我没有问她怎么使用，毕竟那会听起来很奇怪，我想我应该自己解决。

后来，我躺在我在格雷伯爵公馆房间的床上。我盯着天花板。一周以来，我第一次想到妈妈，却没有感到内心的那个大洞。只有一种冰冷、令人恶心的恐惧将我包围。

贾斯帕。

我现在全想明白了。他不知道我住在哪里，只好等妈妈的葬礼，他知道……或者说他希望……到时候我会出现。然后，他就可以接近我了。

他这么做的动机是什么，我还不能确定，但肯定不是好事。多年前在吱嘎作响的货船上，他那长满胡子的脸探到我面前的记忆不断地浮现，我害怕极了。

恐惧取代了悲伤，情况一定会越来越糟。

第五十二章

我和妈妈能活下来，是因为我们在一起。

我们过着奇怪的生活，但我们还拥有彼此。我们谁也不愿让对方独自留在这个世界上。你看，现在只剩下一颗长命珠了。我们中的任何一个人用了，就可以正常地生活和死亡，衰老的过程将重新开始。但是，这样做意味着放弃了对方。这就是我们之间可怕的现实。

妈妈不肯使用，让我看着她变老、死去。我也不会那样对她。没有对方，我们谁也活不下去。

然而，我们都清楚我们不是不会死。不老和不死完全是两个不同的概念。我们在活着的每一天都明白，某一天我们中的一个人可能发生意外，只剩下另一个独活于世。

我们都不乐意一个人活着，我们都认为自杀这种事不光可怕，还叫人厌恶。

所以，剩下的人会立即实施这个计划：

1. 找到世间仅存的一颗长命珠。

2. 找到后立即使用……

3. 重新开始衰老的过程，然后……

4. 重新开始成长。

这听起来很简单，实际上却很难。首先，我必须找到那颗长命珠，这可不是一件容易的事，因为我和妈妈很久以前就把它藏在了一个难以接近的秘密地点。但我必须去找。

我渴望长大，盼望着成为一个男人。我渴望赶在时间耗尽之前做好一件事。我渴望体会“生命可贵”的感觉，每一个阳光明媚的白天，每一个霜冻的夜晚，我都要尽可能地让生命充实起来，我渴望因为童年不会永在而珍惜儿时光阴。我渴望结交朋友，比如艾登和罗克茜，那时候他们不会奇怪地看着我，见我没有像他们那样长大，就转身离我而去。

简而言之，我渴望长大，而如果这意味着有一天我将死去，那我将保证不会浪费生命中的一分一秒。

这就是我的计划。

只要我能拿到长命珠。

不过，要找长命珠，我得有一条船才行。

第五十三章
公元1250年

我们几十年前就离开了贾罗修道院。保罗上了年纪便退休了。他赚了足够的钱，我们也说不清他是怎么做到的，反正他在离海岸不远的考克特岛上买了一个小农场。

在那个年代，修道院非常富有，至少有些修道院是这样的。其中一些钱最终会用来为退休的修道士购买土地和房屋。

保罗请我和妈妈同他一起去，她给他当管家，我则做他的书记员。他的视力变得非常差，我可以替他写东西。他还很喜欢比法，它可能是世界上唯一的永生猫。岛上有很多螃蟹，保罗答应由着它吃。他还会把螃蟹捣碎了喂比法，它的牙齿像我和妈妈的一样都磨损了，很难像以前那样咬碎蟹壳。

这个时候，我和妈妈已经活了两百多年了。在这段时间里，妈妈一直把仅剩的一颗长命珠带在身边。

长命珠搁在一个现代香烟盒大小的小陶土盒子里，用羊毛和细沙包着，起额外的保护作用。陶土盒上没有记号。盖子很紧，用牛油、蜂蜡和松脂的混合物密封着。

那个盒子一直和我们在一起，就好像它是我们这个小家庭的一员。妈妈总是知道它在哪里。我们很少旅行，但如果我们出门，妈妈会小心翼翼地拆掉密封，把小珠子拿出来，吞到肚子里，以求万全。大约一天后，它会以自然的方式排出妈妈体外，再次出现。

现在我来解释一下，以防你不知道。几乎所有形式的化学反应都无法对玻璃产生影响，因此，胃酸和其他体内消化过程都没有对长命珠造成损坏。旅程结束后，妈妈会把玻璃珠清理干净，用沙子包好放回盒子里，重新密封，埋在一个只有我和妈妈知道的地方。

就这样，装着长命珠的陶土盒子随我们来到了考克特岛上保罗的农庄。

选择埋藏陶土盒子的地点向来都是至关重要的。那块地方不能太潮湿，也不可以把盒子埋得太深：遇到紧急情况，必须能够迅速把盒子挖出来。如果我们不能去取，如果我们不得不匆忙离开，盒子就得一直埋在那里，不可以叫别人发现，直到我们返回。

是保罗提议把盒子藏在小岛东侧的那个洞穴里的。海滩上有两个洞穴，常年干燥。他知道长命珠的事，也知道我们要保护好长命珠，不让它被垂涎它的人抢走。山洞又深又黑。山洞深处的一块大石头后面有一道裂缝，我可以把我的胳膊伸到裂缝里。在裂缝里面看不见的地方是一块沙质的岩壁。以前人们就把财宝藏在那里躲避维京人。

那个地点十分完美。任何放在那里的东西都很安全，不知道的人永远也找不到。只有我、妈妈和保罗知道这个秘密。

我们用更多的牛油、树脂和蜂蜡把陶土盒子包裹起来，作为额外的保护。混合物变硬之后，我们又用粗布裹住了盒子。黄昏时分，我们站在山洞里，妈妈从她的披肩里取出了布包。

风在我们周围咆哮着，岛上的海雀在我们上方的天空中滑行、俯冲。这种鸟通体黝黑，又矮又肥，长着十分古怪的喙。保罗现在几乎完全失明了，他吟诵着他为这个场合编的祈祷词。

“主啊，通过它我们都能得享永生……”他说道。他的声音颤抖而苍老，祈祷就这样一直持续着。最后，我们开始在冷风中冻得瑟瑟发抖，他仍在说着，我当时半睁半闭着眼睛，突然注意到妈妈抬起了头。她发现我在偷看。

“主啊。”保罗说，“请怜悯选择将生死大权掌握在自己手中的人。如果延长寿命是一种罪过，请不要生气地看着这样做的人。”

你听明白了吗？保罗是在求上帝不要因为我和妈妈是永生人而惩罚我们。

妈妈将布包递给我，我把它塞进巨石和洞壁之间的空隙。

它藏在这里，保准安全。

“你这样想有多久了？你认为上帝会惩罚我们……变成现在这个样子，有多久了？”当我们迎着风走回农庄时，妈妈问保罗。保罗则拉着我的手，由我给他带路。

“这件事困扰我有段时间了。”他说，“我向主教寻求解释，他以他的智慧指引着我。”

妈妈停下了脚步，风在呼啸，有那么一刻，没人说话。

“你告诉了主教？”妈妈以为保罗破坏了我们的保密协议，

感到十分震惊。

“别担心。”保罗说，试图安抚她，“我没说关于你和阿尔韦的事。我们的讨论仅限于如果有人拥有这样的能力会发生什么。”

“不过，”我说，“他也许会认为这是个奇怪的问题。他可能会起疑心……”

“不要害怕，小阿尔韦。”保罗坚定地说道，“主教没有怀疑。你的秘密永远都是秘密。”

我不太确定。

第五十四章

不久之后，保罗去世了，被葬在岛上小教堂的花园里，他的尸骨至今还掩埋在那里。我和妈妈，还有比法，留在了农庄里。

过了一段时间，一位教会官员来让我们搬走，说是有一位新的牧师将住进来。就在那时，我们决定把长命珠留在原地。

“这里很安全。”当我们沿着岩石峭壁上陡峭的小路向洞穴走去时，妈妈说，“不会有人发现的。”

自从那个风大的夜晚，海雀在我们头顶掠过，我们举行埋藏陶土盒的小仪式，已经过去十年了。什么也没有改变。

“是不是应该查看一下？”我问妈妈，“看看还在不在那儿？”

她露出了睿智的微笑：“怎么会不在呢？”

“因为……”但我不知道该说什么。长命珠不可能不在那里。

“所以我才认为应该把它留在这里，阿尔韦。我们都知道它的位置。只有我们两个知道。这不会有什么坏处。这东西不在我们家时，我心里反倒觉得轻松。这个岛哪儿也去不了。那块石头……”她指着那块大石头说，“……也哪儿也去不了。”

“如果我们当中有一个人蒙主召唤……”妈妈过去常这样说，她不说“死”，而是说“蒙主召唤”，“那么另一个人就立即到这里来，把长命珠里的东西取出来，开始变老的过程。如果剩下的那个人想这么做的话。”她又说。

这是一个让我充满敬畏的想法。这个巨大的力量，这个可以创造和终结永生的力量，就装在一个小陶土盒里，埋藏在诺森比亚一个多风小岛上的干燥砂岩洞穴里。

长命珠就这样安然无恙地存放了几个世纪。

第五十五章

在儿童之家，无数的问题在我的脑海里盘旋，要求我给出我无法给出的答案。

贾斯帕这一千年是怎么过的？

他为什么现在出现？

他想从我这里得到什么？

长命珠？

肯定是。他一定想要长命珠。他不会变老，他手臂上的伤疤就说明了这一点。和我一样，他也想结束这一切。

不过，他不可能知道长命珠在哪里。但还有一种更可怕的可能性。也许他知道我知道长命珠的位置，并计划利用我得到它。

我盯着挂在卧室门后的新校服。桑吉塔说她明天送我去学校，那之后，我就得走自己的路了。

走我自己的路。

交朋友。和他们一起长大。做个正常人。

只是我不能。除非我抢在别人之前拿到长命珠。

第三部分

第五十六章

今天是开学的第一天，这个夏季学期的开始已经够糟糕了，到了周末，情况可能还会变得更坏。

我一直很想跟斯派奇和莫聊聊，但气氛变了。

想必这样的情况已经持续了一段时间，只是我没注意到而已。但现在我知道了。他们一起去斯派奇在那不勒斯的祖父母家里度假，所以他们两个现在更要好，比和我亲近得多。

斯派奇的皮肤晒得比莫还黑，但他说他们没能去海滩，因为在假期中途，海滩周围污水满溢，没法儿去海滩上玩。

“所以你才这么黑！”我说着轻轻地捶了一下他的胳膊。

他一开始没明白我的意思，便假装被我打得很疼（这根本不可能）：“哎！你什么意思？”

“你这么黑，全是在污水里游泳游的！”

现在我知道这算不得“高级”笑话，但我认为很有趣，说完就大笑起来。他们没有和我一起笑，斯派奇还朝莫翻了翻白眼。

“你真无聊，林克莱特。”

那时我才知道，虽然我们不是敌人，但我们三个已经分裂，他们两个成了好朋友，而出局的那个人就是我。

再说了，对于复活节假期我是怎么过的，我又能说什么呢？

“猜猜假期里我遇到了什么事？我和罗克茜·明托成了朋

友。她是我隔壁的邻居。”

“哇，酷。”

“是的，你们看电视上火灾的报道了吗？有个孩子逃了出来，他叫阿尔菲，他说他活了一千多年。”

“真有意思。我想见见他。”

他们不光会嘲笑我爱上了罗克茜，还会嘲笑我竟然相信（即使只是暂时的）有人一千岁了。

事实上，我只能讲讲火灾和消防车的事。他们还算感兴趣。至于其余的，我一个字都没说。

自从几天前的葬礼之后，我就没见过阿尔菲了。说实话，他有点儿奇怪，突然就走了，连个招呼都没打。依我看，做他的朋友可能很难。（例如，我想象不出他因为污水笑话而发笑的样子。）

要我说，他不太明白我们是想讨好他，让他相信我们没有把他的事告诉警察。

然后，在开学的第一天，他竟然出现在下午的学校大会上，他坐在那一排的末尾，旁边是斯普林汉姆老师班上其他吵闹的同学。他在前面两排，没看见我，但我看他看得很清楚。

崭新的校服，剪短的头发，还有一副贾斯帕姨父戴的那种眼镜，在阳光下会变成墨镜，没有阳光的时候则是半彩色的。

看起来没人跟他说话，但对于新来的学生而言，这也很正常。

到午餐时间，消息已经传开了。

1. 来了一个叫阿尔菲·蒙克的新学生。

2. 森林大火之后，他成了孤儿。

3. 他非常安静。

4. 他说话很奇怪，好像英语不是他的母语。

5. 他牙齿很丑，像是从没看过牙医。

我在课间休息和午餐时间都没见到他，尽管我一直在找他。直到第二天，我们才遇见。

学期的第一周是当地历史周。根据家长信上写的，校长“一生钟爱”当地历史，他决心与他人分享，换句话说，就是把自己的爱好强加于人。有些人对此非常兴奋。家长信上说，今年我们要“体验撒克逊文化”。

> 生动地再现了盎格鲁－撒克逊时代的生活，里面居住的人穿着还原的服饰，扮演具有传奇色彩的人物。这是一个独特的机会，让我们过上一千多年前祖先的生活。

有件事很奇怪：在读到家长信上的介绍之前，我对阿尔菲说的那些事真是一头雾水。

一千年？倒不如说一百万年呢。但现在我有了校长兰德雷斯先生所说的“参照标准”。阿尔菲就是来自盎格鲁－撒克逊时代。光是想想，都觉得这很奇怪。

我私下里希望趁这次旅行重建与莫、斯派奇的关系，但才上了一天课，莫请了病假。（我敢肯定他是装的。他只要咳嗽两声，他妈妈就会让他待在家里。）更糟糕的是，斯派奇因为“一直没有完成家庭作业”而被禁止参加活动。他那天要待在斯特罗太太的办公室，完成他上学期的生物作业。

学校操场上大约有一百个学生，差不多都是七年级的，等着上大巴车去参加“撒克逊体验”活动，操场上乱糟糟的。

我感到背后被人戳了一下。是罗克茜，她旁边是阿尔菲，他脸上带着紧张的笑容，可以看到他那口残缺的牙齿。

“看看我找到谁了。”她说。

我还没来得及说话，斯普林汉姆先生就突然出现在我们旁边，毫无必要地大声说道：

“你们三个，1 号车，18、19、20 号座位，赶快上车！”

竟然是分配座位？太棒了。

大巴车开了一个小时，载我们去参加“撒克逊体验”活动。在一个小时里，我发现了这些情况：

1. 阿尔菲住在卡尔弗科特的儿童之家。

2. 那里非常严格，规定他晚上九点前必须回家。

3. 桑吉塔和社区委员会想给他找个寄养家庭，但显然这需要时间。

另外，他一直问起贾斯帕的事。我是说，他问了不止一次。起初这看似没什么奇怪的。他只是问：“你的贾斯帕姨父好吗？”这让我有点儿吃惊，即使我提到过他，也只是一语带过而已。

“我想……他……很好吧。怎么了？”

“没什么。就是问问而已。”

阿尔菲的语气很随意，只是难以令人信服，于是我问：“你以前见过他吗？”

“不。从来没有。我没见过他。一次也没有。”

我心想，他没必要否认这么多遍。蹩脚的说谎者再次发现了离谱的谎言。这和阿尔菲被发现那天贾斯帕的奇怪行为有关吗？但我觉得自己不该多管闲事。

几分钟后，他问：“他是怎么认识你姨妈的？”

“谁？贾斯帕？啊呀，阿尔菲，他们好像是在网上认识的吧。怎么了？这跟你有什么关系？”

“没什么，艾登。随便聊聊。”

随即便发生了眼镜事件，我们的对话就此告一段落。

伊尼戈·德隆布拉就坐在我们后面，他是那种你能躲就躲的人。他不是恶霸，正如莫在小学时发现的那样，如果你反抗他，他立刻就会退缩。问题在于他已经与一般的女老师和格林先生差不多高了，体重大概有八十公斤。换句话说，他是个大块头，和他对抗需要勇气。

所以当伊尼戈把头探过我们的椅背说“你好，新学生”的时候，我不禁感觉麻烦找上门来了。

罗克茜和阿尔菲坐在一起。我在过道对面。我可以看到伊尼戈·德隆布拉的手下（一共两个）正在哈哈大笑，一副看好戏的模样。

“吃哈瑞宝[①]吗？”伊尼戈直视着阿尔菲说。

---

① 哈瑞宝：一种果味软糖。——译者注

“什么？”阿尔菲说。

“哈瑞宝。”

“哈瑞宝是什么？”

不。

两个跟班嘲笑阿尔菲，伊尼戈冲他们咧嘴一笑：“新来的学生竟然不知道哈瑞宝！”他又扭过头来对阿尔菲说，“喂！给你看。”他拿出一包糖果让阿尔菲看。阿尔菲露出了半信半疑的神色。

“吃呀！吃一块！两块也行！我还有一包。你从哪里来？”

“我……我父亲来自哥得兰岛，但后来他住在……呃……他……他算是丹麦人吧。”阿尔菲的脸上写满了恐惧。

“啊！这么看来，你来自……呃……丹麦。那儿有很多糕点，是吗？我最喜欢吃了！所以你说话才这么古怪，是不是？让我看看你的眼镜吧？”

“我的眼镜？”

“是啊！你的眼镜，眼镜，给我吧！”他伸手，一把从阿尔菲的鼻子上摘下了眼镜。罗克茜之前一直很安静，但现在她开口了：“嘿。安静会儿吧。”

“哇，小姑娘说话了，是吗？”伊尼戈凑了过来，“闭嘴，小不点儿，否则你这学期剩下的时间可就惨了。还是看看眼镜吧。真酷。看看镜片颜色会不会变深。”

他戴上眼镜，看向窗外。

“哇！真变了。给你，琼斯，你来看看。”他把眼镜递给他的朋友，他的朋友把眼镜举到阳光下戴好，然后递给另一个人，另一个人又递给了别人。

一个男孩说："这东西是哪儿来的？结不结实？"

我瞥了一眼阿尔菲，他脸上痛苦的表情看了让人心疼。

我从座位上站起来，向车厢后面走去。这会儿，眼镜正在学生们手里传来传去。后面一半的人根本不知道眼镜是从哪里传来的，也不知道是从阿尔菲那里偷走的。对我而言，说出下面的话还算容易：

"给我！让我试试！"我说了几遍，眼镜终于到了我手里。我戴上眼镜，摆了个姿势，笑了笑，径直回到座位上。

"喂！把眼镜还给我！"伊尼戈喊道，"林克莱特，你死定了！还有你，丹麦小子！"

这只是一个小小的胜利，但我的心怦怦直跳。

我刚回到座位上，斯普林汉姆先生就从他的座位上起来，对着车里的人吼道：

"安静！我说安静！德隆布拉，你离开座位干什么？马上回去！你们真丢人，你们这群人！坐下来，拿出手机看点儿东西，要不就玩一些消耗脑力的游戏！不管怎样，反正到达目的地之前，我希望你们保持安静。听明白了吗？"

学生们喃喃地说着"好的，老师"，我隔着过道把眼镜还给了阿尔菲。如果这都不能让他相信我们的友谊是真诚的，那就没有什么能说服他了。

"谢谢你。"他低声说，但他很清楚刚才发生了什么。他活了那么久，不可能不知道和伊尼戈·德隆布拉为敌是个坏主意。

他马上就会发现情况有多糟。

第五十七章

现在来说说“撒克逊文化体验”吧。他们尽了最大努力让“体验”变得有趣。

问题在于那些他们认为来自珀西学院的一群孩子会感兴趣的东西。所有的东西都是针对六岁孩子的，颜色鲜艳的标志上印着卡通人物和对话框，上面写着：

你能认出最大的房子吗？

图里有多少只动物？

以及诸如此类的内容。

我、阿尔菲和罗克茜被分在了一个小组。这里有一个游客中心、一个咖啡厅和一个教育室，一个穿着撒克逊服装的人给我们做了欢迎演讲。斯普林汉姆先生只对我们大吼了一声，就让我们安静了下来！

“二十一世纪的孩子们，你们好，向你们致敬！”穿着老式衣服的人说，“我叫埃克弗里思，我在泰恩河畔拥有一个小农场……”

一路上，阿尔菲一直小声啧啧，还轻轻地摇着头。我以为除了我之外没有人注意到，但讲解员显然也看到了，便突然停了下来。

“啊哈！看来我们中间有个人不信！”他和蔼地说，“告诉我，年轻人，怎么了？你为什么认为我不是真正的盎格鲁－撒克逊农夫？”

阿尔菲立即说：“你太干净了。”全班哄堂大笑。那个人似乎并不介意。

“嗯，年轻人，你可能是对的。那时候肥皂很贵！”

“应该说，那时候就没有肥皂。”阿尔菲说，“而且也没有人说‘salutations’①，这本来是个法语词，1066年以后才普遍使用。”

“嗯，这个……”那人支吾起来。

“还有，你的外衣不该是红色。”

那人低头看着他那件样式简单的棉质外套。他显然有点儿吃惊。

“啊，真的吗？”

“是的。除非你是一个非常富有的农夫，否则你是买不起红色束腰外衣的。红色染料是非常昂贵的。”

“啊，好吧。”那人咧嘴笑着说，“那就当我是一个非常富有的农夫吧！”

“那你为什么穿穷人的靴子？”

学生们笑声不断，直到斯普林汉姆先生大喊一声“够了！”，并恶狠狠地瞪了阿尔菲一眼，阿尔菲连忙闭上了嘴。

我听见伊尼戈·德隆布拉在我们身后压低声音说：“你以为你很聪明，是不是？”

---

① 意为致敬。——译者注

同学们还在你推我我推你，咯咯笑着，只是安静多了。阿尔菲引起了人们的注意，这是肯定的。这究竟是好事还是坏事，我说不上来。

但与接下来发生的事相比，这算不了什么。

第五十八章

接下来是“盎格鲁－撒克逊村庄实景复制”，整个布景中分布着几栋带有茅草屋顶的圆形小屋，阿尔菲甚至开始嘲笑标志上的那几个字。和他在一起，就像守着一个脾气暴躁的成年人。

“怎么可能既是实景又是复制？”他说，“只能是其中一个。”

罗克茜好言相劝：“别说了，阿尔菲。你会喜欢的。这里就像你……小时候……一样。”

我环顾四周，发现我们和同组的其他人走散了。

“好家伙。”阿尔菲说，“是谁盖的这些房子？矮人军队吗？”我们都猫着腰穿过门口。

“我想当时的人比我们现在矮。”罗克茜解释道。

“只矮一点儿。”阿尔菲说。他看了看小屋里的火炉，又看了看屋顶，“烟从哪儿排出去呢？都没有烟洞。屋里的人会呛死的。”

“好吧。”我说，他那无所不知的态度让我有点儿不爽，“也许是他们弄错了。看。”我指了指狭长窗口外的另一间小屋，“那个小屋有烟洞。有烟从里面冒出来了。”

他看了看，勉强表示同意，然后，他的注意力又到了炉灶上，说是炉灶，其实就是一圈石头。“连个像样的炉灶也没有。

大多数家庭都有炉灶，至少这么高。”他把手放在膝盖的高度。

“有什么意义吗？”

“不知道。”他气哼哼地说，“但确实是这样的。只有最穷的人才建不起炉灶，他们买不起石头。而最穷的人也不住在这样的房子里。”

“石头也要买？石头是不要钱的。”

“当然不是普通的石头。要是用从海滩或河里捡来的石头，高温下它们可能会裂开并爆炸。冬天蜷缩在火堆旁取暖，你肯定不希望发生这种事。得用花岗岩或石灰岩才行，这意味着如果你住的地方附近没有花岗岩或石灰岩，就得花钱买。至于那个……”我们现在到了屋外，他指着小屋旁边的另一个炉灶，“离得太近了。”他指着稻草和树枝搭成的屋顶，“火随时都可能烧到屋顶。没有人会在那里生火的。我要去告诉他们。”

他大步朝那个穿着撒克逊服装、和我们说过话的人走去。

“不，阿尔菲。不要！”罗克茜说。我尴尬极了，恨不得找个地缝钻进去。他转过身来，直勾勾地盯着我们。

“为什么？历史上不是这样的，再说了，现在他们这么弄，还有很大的安全隐患。”

我看不下去了。他就像那些爱管闲事的老太太一样，哪怕年轻警察的鞋子不够亮，也要责备一通。我和罗克茜站在后面，看向窗外一辆在我看来非常真实的手推车，阿尔菲则大步走到讲解员面前，拍了拍他的肩膀。这会儿，那位讲解员正在和一群游客交谈。

阿尔菲指出有问题的地方。讲解员看了看阿尔菲指的方向，又低头看了看阿尔菲，摇了摇头，做了个“走开”的手势，便把注意力转回到了那群人身上。于是阿尔菲拽了拽他的袖子。那个人很生气，我看得出来，但阿尔菲不在乎，我还真有点儿佩服他。那群游客走开了，讲解员这下更加恼火，怒气冲冲地跟着阿尔菲来到炉灶边上，我听到了他们的部分谈话。

“……这里有很大的火灾隐患……熄灭……”

“……我会去和我的上司谈谈……”

穿撒克逊束腰外衣的人朝游客中心的方向走去。就在这时，伊尼戈·德隆布拉和他的一个跟班从拐角处走了出来，每人拿着一捆树枝。

“来吧，伙计们。”伊尼戈说，“哟嗬！”我们还没来得及阻止，他们就把各自怀里的树枝都扔到了火上，大火立刻燃烧起来。“嘿，那是薄荷！我喜欢大火，我！哇！”

火苗蹿得老高，危险极了。烟雾散开之后，伊尼戈·德隆布拉和他的跟班却不见了踪影。

“看那个。”阿尔菲说，“只要有一点儿火花，整个屋顶就会烧着。屋顶很干……就像……”

“干稻草屋顶？”罗克茜板着脸说。

“是。还会把其他小屋引燃。我想你们都见过整个村子起火的情形吧？”

“没有，阿尔菲。”我说，“也许听起来很不可思议，可我确实没见过。那你见过吗？”

话一出口，我才意识到自己说了什么。就在几周前，阿尔菲才亲眼看到他家在大火中化为灰烬，他比任何人都清楚火灾的真正恐怖之处，我马上向他道歉。

“嘿，我刚才说错了……”

但他已经走开，过了一会儿，他拿着一个木桶回来了。

“有没有看到哪里有水龙头？”他问，声音里的急迫清晰可闻。

“游客中心可能有，咖啡厅也可能有。”

“太远了。现在只有一个办法了。”

此时火焰已经很高了。阿尔菲背对着我，但我能看到他在拉开裤子前面的开口。他转过头，对我喊了起来：“来呀！你还在等什么？我们得把火扑灭！”

“阿尔菲，你这个神经病！这里是博物馆。你不能……在展品上撒尿。”

“如果他们想保住展品，那我就得这么做。还有你，艾登，来吧。罗克茜，你还是走开为好。”

他已经开始了。嗞嗞啦啦的声音响起，一大片黄灰色的烟雾开始从炉灶里冒出来。

“快点儿！”他的喊声盖过了炉火的嘶嘶声，“我一个人的尿不够。我吃完午饭后去过一趟厕所。”

我午饭后还没小便。事实上，我找厕所已经有一段时间了，所以，当我终于开始的时候，我一下子就把膀胱里的东西都释放了出来。

烟变得更浓，蒸汽变得更多，高高飘过了屋顶。

阿尔菲小解完，拉上了裤子的开口，我们听到那个穿束腰外衣的家伙大叫道：“喂！你们在干什么？”

“快跑！”阿尔菲说。

我憋了很久，此时才尿了一半，根本停不下来。

“我做不到！”我哀号道，但他已经跑远了，讲解员却离我越来越近。

“你这个小混蛋！”他低吼。

那群游客绕了回来，至少有两个人拍下了我站在壁炉前的样子，一团被尿浇起的烟雾升起，不断地有烟冒出来，我大骂自己不该喝超大杯的可乐。

现在只有一个办法了。我用尽全力放慢了小便的流速，把所有东西塞回裤子里，拔腿就跑，可尿液仍在顺着裤腿往下淌。唯一能摆脱那个撒克逊人的方法就是从游客中间挤过去，但我一靠近，他们就分开给我让路，可能是不想弄一身尿。我绊了一跤。

我跌跌撞撞地向前跨了几步，侧着身子仰面摔在了一个水坑里。我的裤子开口是开着的，所有东西都露在了外面（如果你明白我的意思的话），尿液还在往外流，游客惊讶地看着我。几秒钟后，一个穿着羊毛束腰外衣和假锁子甲的男人走了过来。

“喂，你。”他说着扔下塑料斧头，抓住我的胳膊，“跟我来。”

有相机的闪光灯闪了一下，我这次真是丢脸丢大了。

第五十九章

我和阿尔菲这次本来麻烦大了，不过好在阿尔菲是新来的，最近又遇到了那样的事，老师们都没有太过苛责他。我也算幸运，我想他们也明白，不和阿尔菲计较，却对我强硬，会很不公平。就这样，我们都很轻松地逃脱了。

自然没人相信我们那么做是为了防止屋顶着火，我也没说伊尼戈和他的跟班往火里扔树枝的事，毕竟在学校里，告密可不是什么光彩的事。阿尔菲似乎很清楚这一点，他对这件事也守口如瓶。罗克茜这个小机灵鬼，假装什么都没看见。

我们乖乖挨了一通训诫，便按照吩咐去大巴车里坐着，等其他同学参观完毕。他们说要去找校长，还要写信到我家，告诉负责阿尔菲的社工，但很明显他们只是在吓唬人。

“我实在不明白你们在说什么。”斯普林汉姆先生说，这一次他异常平静（他的声音听来更可怕了），“你们是在炫耀吗？是不是觉得很有意思？”

我低下头，表示我很歉疚，虽然我并不觉得惭愧：“不是的，先生。”

“不是的，先生。”阿尔菲重复道。

“我看就是。”斯普林汉姆先生道。

“不过我们确实阻止了一场可能对财产和人员造成重大损失

的火灾。”阿尔菲说。

斯普林汉姆先生一声不吭，这肯定不容易，不然他的脸也不会憋成了奇怪的紫色。

第六十章

上学是件让人筋疲力尽的事。这也是我漫长人生中最令人兴奋的经历之一。

我以前从没上过学，反正没去过二十一世纪的学校。

我去过很多"学校"，学到了很多东西。

但是，我有没有去过一座容纳了一千多名学生的巨大建筑，在这里所有学生都在学习同样的东西，还不需要付费？没有。

在送孩子上学成为法律时（我查过了：那是在 1880 年），我已经接连阅读和写作好几个世纪了。

一开始，义务教育只针对十岁以下的孩子，所以，作为一个十一岁的男孩，我不必去上学。后来，这个年龄线提高到了十一岁，然后是十二岁。但是，只要你能证明你识字、会写字，你仍然可以不必上学。

到了 1918 年，也就是第一次世界大战结束的那一年，受教育年龄线再次提高，是十四岁。从那时起，蒙混过关愈发难了，我和妈妈不得不开始在我的年龄和我为什么不上学的问题上欺瞒官方。我们在这方面做得很好，因为我显然受过良好的教育。

现在我来到了亨利·珀西爵士学院。包括老师在内，每个人都称之为珀西学院。

其他的学生又吵闹又活泼。他们面对老师时嬉皮笑脸，老师们似乎并不介意，只有一个老师经常大喊大叫。学生们经常带着怀疑的眼神看着我，但实际上没有人对我有恶意，反正当着我的面没有。除了一个叫伊尼戈·德隆布拉的男孩，他似乎一直在吃糖。他把我的眼镜传来传去，还模仿我说话的方式。他假装这是他所谓的“玩笑”，但事实并非如此。

还有艾登·林克莱特和罗克茜·明托，他们是我的朋友。能这么说感觉真好。

有了这些事，我不会老想着艾登的贾斯帕姨父。我再也没有见过他，我开始认为这一切都是我的幻觉。倒是有这个可能。毕竟我的精神状态一直很怪。在学校，书本都是免费发放给我们的。你能相信吗？那里有一个图书馆，你可以在那里借到任何书籍，有些故事很精彩。每个人中午都能领到一餐饭。一些孩子去“早餐俱乐部”，在那里能得到免费的食物。想想吧！

我没去早餐俱乐部，都是在格雷伯爵公馆吃早餐。其他孩子都从不同颜色的盒子里把“早餐麦片”倒进碗里，拿牛奶泡好，用勺子舀着吃。

（你可能知道麦片什么的，但我还是说一说，以防你不知道。）

早餐麦片对我来说太甜了，瑞特阿姨通常给我做鸡蛋。

在开学的第一个周一，桑吉塔送我去上学。她把车停在学校对面，其他孩子都走在人行道上，她仔细地看着我。

“上学可以吗，阿尔菲？”她说，“发生了这么多事，现在就上学是有点儿快。”

我一时非常害怕她会说不让我上学，说我还没准备好。那么多年来，我始终看着孩子们穿着校服去上学，笑着，喊着。她肯定不会阻止我吧？

“法律就是这么规定的，不是吗？我必须按时上学。”我说。

她微微一笑：“嗯，是的。但是你知道……我们不是……是这样的，可以等一等再去上学。可以等一段时间。”

“我还能做什么？”

她从鼻子里叹了口气，把一绺头发塞到耳后：“我知道。听着，阿尔菲……”

“怎么了，桑吉塔？”

“你有什么瞒着我的吗？我只是担心……”

“没有，桑吉塔。我不会有事的。谢谢你开车送我。”

“我们说这是搭便车，阿尔菲。搭便车。”

“搭便车。”

我回过头，只见她咬着下唇，目送我离开。她知道事情不太对劲。

但那是以后的问题了。我马上就要遇到一个更糟糕、更紧急的情况。

再不实施我的计划，就要来不及了。

第六十一章

我不确定我以前是否见过有人的脸色变得刷白。人们常这样说，不是吗？比如，“我差点儿死了”，或者“我笑尿了”（不过四年级的瓦莱丽·金有一次真的笑尿了）。

但通常没有人的脸色会真的变得刷白。除了阿尔菲·蒙克，那是在当地历史周的一次学校演讲上。

阿尔菲的脸色本来就有些苍白，最近阳光充足，他都有点儿晒伤了，但那是另外一回事。

演讲的女士说了些什么，阿尔菲听到后，倒抽了一口冷气。当我看着他时，他的脸颊已经没有血色了。那太可怕了。他面色灰白，嘴巴动了起来，好像在说什么，但没有发出任何声音。

事情是这样的。

那是一个温暖的下午，学校的礼堂热得像火炉一样，里面还弥漫着学校午餐的味道。每个人都有点儿浮躁，没人有心情听别人做“东北考古：从昨天到明天！”的演讲。

（是感叹号起了作用：带着悲哀的心情去尝试欢乐。）

斯普林汉姆先生宣布演讲者是苏珊娜·海因茨博士，我立刻转过头去找罗克茜。她认出这个人了吗？罗克茜咧嘴一笑。

演讲者竟是住在我们那条街上的苏。就是养猫女士苏和普鲁中的苏！她没有穿肥大的毛衣和牛仔裤，而是穿了一套得体的长裤套装。

演讲尚未开始，斯普林汉姆先生就已经不得不两次大喊“安静”，还叫伊尼戈·德隆布拉换位置，他好亲自盯着他。更糟的是，海因茨博士要展示幻灯片，百叶窗都拉了下来，而她的声音又轻又尖，带着浓重的外国口音。

我真的为她感到难过。她看上去像是一位可爱的老阿姨。

对她来说，最糟糕的是她很紧张，这显而易见。就好像七年级的学生是一条野狗，能嗅到恐惧。

“你们好，同学们。”她开口说。我心想，这个开头真糟糕。

“谁能告诉我考古学家是什么样的人？”她问。

“无聊的老东西。”伊尼戈·德隆布拉说，他的声音并不小。我发誓海因茨博士听到了，我真替她难过。没有人举手。

“好吧，嗯……嗯……考古学是……是通过发掘人类遗留的东西，来研究人类的历史。有时候，需要把东西挖掘出来，有时也要研究毁坏的建筑物和历史遗迹。事实上，我经常对我的朋友普鲁登斯说，我永远不会富有，因为我的事业是建立在废墟之中的！”

她咧嘴一笑，等着学生们大笑，却什么也没等来。只有一百二十张毫无表情的脸回望着她。五秒钟后，阿尔菲说：“废墟！哈！”大家都转过头看着他。

一时间尴尬至极。

阿尔菲绝对是整个礼堂里唯一感兴趣的人。他坐在座位上，身体前倾，全神贯注地听着海因茨博士讲述挖掘的故事。

她给我们看一把铲子。哇。还有一把油漆刷，她说是用来刷掉灰尘的。

然后是看幻灯片。一张又一张，没完没了。阿尔菲一直都不觉得无聊。

“这是我在 1990 年参与挖掘的一处遗址，是陶顿附近的一处撒克逊村庄，离这里大约九十英里，其实算不上本地。”

在我看来，那不过也是一个地洞，年轻的海因茨博士站在洞边，戴着厚眼镜，咧嘴笑着。

“谁能告诉我在陶顿发生了什么？”

只有阿尔菲一个人举起了手。“陶顿战役！”他喊道。

“说对了，谢谢。就是陶顿战役。这场战役常被称为英国历史上死亡人数最多的一场战役，据说一天之内就有超过两万五千人丧生，尽管我个人认为这有些夸张了……”

“对不起。”阿尔菲又举起了手。

“怎么了？”

“当时死了大概四到五万人。这是非常庞大的数量。”

人们转过头看着这个敢于反驳专家的孩子。

但他已经从昨天的撒克逊体验中学到了教训，现在他开始退缩：“那个，嗯……我也是听说的。”

“嗯，的确有不同的记录，但我的看法是肯定的。”海因茨博士斩钉截铁地说。

“我知道我看到了什么。”阿尔菲说。大家咯咯地笑了起来，于是他又说：“我是在电视上看到的。”斯普林汉姆先生站了起来。

“够了，阿尔菲·蒙克！别说话了，尊重点儿！”

阿尔菲的脸涨得通红，这与两分钟后他的脸色形成了鲜明的对比。

演讲快结束时，海因茨博士说：“最后……”一些同学看到终于要解脱了，纷纷大呼“太棒了”。她一定听到了。

“听完了这节，大家可能想知道东北考古的下次演讲是什么主题。好吧，我来简单介绍一下我们在离这儿很近的科凯特岛上的项目。”

阿尔菲受了斯普林汉姆先生的训斥，本来一直缩在座位上，听了这话，他突然坐得笔直，好像他的椅子被电击了一样。幻灯片上突然出现了另一张图片，上面有一座方形的小灯塔，周围有一些漆成白色的建筑，墙壁上建有雉堞，就像一个卡通城堡。

“同学们，这是科凯特岛上的灯塔，但据信它所在的位置原本是一座中世纪的小教堂。当时，这座岛名叫考克特岛……”

我打了个哈欠。虽然阿尔菲感兴趣，我却兴致寥寥。她又讲了大约一分钟。

“我们今年夏天就要开始挖掘了，从这里挖到这里……”她现在指着一张地图，“我们希望能从岛上发掘出早期居民使用过的一些手工艺品，甚至……”为了增加效果，她停顿了一下，以令人毛骨悚然的声音补充道，“……一两副骷髅！”

大家都没反应。我们早过了害怕骷髅的年纪了。我瞥了一眼阿尔菲，只见他的脸色变得非常苍白。是因为博士提到了骷髅吗？我的意思是，他仍在为母亲的死而伤心，还可能想到了他家。

她接下来说的话激起了阿尔菲最大的反应。

“不过，在此之前，我将亲自在主遗址下面挖掘一些洞穴。众所周知，人们会把财宝藏在洞穴里，毕竟单词 digging 和 cave 都来源于拉丁语的 cavare①。”

随着一声响亮的椅子刮擦声，阿尔菲站起来，跌跌撞撞地走向门口。大家又都扭头看他。我看见斯普林汉姆先生吸了一口气，想冲他大喊，但阿尔菲先开口了：“对不起，先生。我有点儿不舒服。”

他不等回答，就推开礼堂的门走了出去。斯普林汉姆先生让我“去看看他怎么样了”，我便跟了出去。

他不太好。一点儿也不好。

---

①digging 意为挖掘，cave 意为洞穴，拉丁语 cavare 意为挖。——译者注

第六十二章

那天我在学校礼堂里听到的消息让我措手不及。

我一直在认真听考古学家海因茨博士讲话，其他学生则坐立不安、窃窃私语。我能理解人们为什么不感兴趣，我确实能理解。但是这个可怜的女人没有得到应有的重视。

我想我突然插嘴，发表对陶顿战役的意见，并没有什么帮助。我想告诉她："我是亲眼看到的！一片片田野上都是未加掩埋的尸体，雪地都被鲜血染红了，直到现在，当时的情形还会在我的梦中浮现……"

但我当然不能这么说，我阻止了自己。

然后她展示了考克特岛（现在叫科凯特岛）的图片，我只觉得吃了一惊，心跳开始加速。

二十一世纪没有秘密。海因茨博士说过，科凯特岛是鸟类保护区，通常情况下人类不可以上岛，以免打扰到海雀和其他海鸟。

但现在会有很多人去岛上进行挖掘。

保罗的骸骨可能被发现，挖出它的人会说："……据信是一位七十多岁的男子……骨头样本将被送去做 DNA 检测……很可能是个农夫……"

我会大喊："不！他是保罗，是修道院的院长！他就像我的父亲一样！他去世的时候八十二岁，相当于现在的一百二十岁！”

然而，我最担心的并不是保罗的骸骨将重见天日。

深埋在那个干燥洞穴里的，是我从永生的牢笼中逃脱的唯一可能。

我可以想象无线电里这样报道：“一个神秘的玻璃制品……似乎是有人有意将其埋藏起来……进行放射性碳年代测定……专家分析……”

等艾登出来看我好不好的时候，我已经浑身发抖，满头大汗，但我很清楚自己必须做什么。学生们涌出礼堂，我从他们中间挤了过去。

“阿尔菲！到底怎么了？”艾登喊道，但他没有跟上我。

考古学家还在前面的讲台上，正在收拾着泥铲等东西，以及她的小电脑。

“海因茨博士！我有事问你！

她惊讶地抬起头，轻轻一笑：“啊，你好，年轻人。我们的陶顿战役专家。”她对我很友好，这让我很高兴。

“是的，你们要挖掘考克特岛，什么时候开始？”我的话听起来太急切，太绝望了，但我控制不了自己。

“让我想想。”她说着拿出手机点了几下，“主挖掘工作还要过一个月才启动，不过我已经去过现场，进行了一些初步的准备工作……”

“是的，是的，那山洞呢？”

“天哪，年轻人！你是个考古迷吧？很高兴能遇到对考古有浓厚兴趣的人。我记得——”

“什么时候挖山洞？”我知道我很粗鲁，但我当时慌了神儿，“我的意思是……你们在找什么？”

海因茨博士不再收拾东西，她走到桌边坐下，把眼镜往鼻梁上推了推，向前探过身子。她目不转睛地注视着我，我不由自主地往后退缩。

“欧洲各地都流传着一个传说，不过很少有人一探究竟。传说存在着永生人。他们有不同的名字。其中一个名字是‘逾死族’，意思是‘战胜了死亡’，明白了吗？”

我点了点头，只觉得嘴巴发干，心怦怦直跳。

“有人说吸血鬼的故事就是从这个传说衍生出来的。吸血鬼是一种夜行生物，永远都不会死。传说中至少有两次提到一个叫‘卡帕提’的地方，意思是罗马尼亚的喀尔巴阡山脉，德古拉伯爵的故事就是从那里起源的。啊，对不起，你似乎害怕了！”

“不，没事的……继续讲！”

“中世纪诺森伯兰郡的主教沃尔特在一份古老的文件中提到过永生人。这份文件现藏于大英博物馆，但我的解释是，与那个传说有关的文物可能就埋藏在科凯特岛。也许这是一种宗教崇拜。沃尔特主教也不太清楚。还有可能是……”她说到这里停顿了一下，朝我眨了眨眼睛，“也许这一切都是真的！你怎么了，年轻人？”

我说不出话来。一个字都说不出来。我结结巴巴地说了声“谢谢”，便像做梦一样走出礼堂。来到阳光下，我戴上眼镜，等着镜片变暗。

她说“一个月”。这段时间足够解决问题了，我这么告诉自己。

我怎么能错得这么离谱呢？

第六十三章

那天晚上我看见他了。

在格雷伯爵公馆前，海滨大道对面有几张长凳，坐在那里可以俯瞰海湾，贾斯帕就在那里。

当时很晚了，大约十点，天色漆黑。街灯投下一小束光，却照不到长凳。他坐着那儿，弓着腰，偶尔瞥一眼我房间的窗户。

看起来是这样的，但他不可能知道哪个是我的房间，我的百叶窗拉着，他也看不到我。我很害怕，却什么都做不了。

我想我可以告诉艾登："艾登，你姨父贾斯帕在跟踪我。"想必他不会信我这话。

我可以告诉瑞特阿姨或桑吉塔："外面有个人坐在长凳上。"

晚上坐在长凳上也算不上犯罪，对吧？

我关着灯，小心翼翼地撑开百叶窗，一直盯着他。我看见他站起来穿过马路，我以为他会来敲门，但他没有。他只是沿街走到他的汽车边上，开着车走了。

我感到非常难受，翻来覆去睡不着。但至少这说明了一个问题。我现在知道这不是我的想象了。贾斯帕在监视我，跟踪我。

有时候知道最坏的情况，也是一种解脱。

第六十四章

阿尔菲的行为很奇怪。考古讲座时是怎么了？如果他打算保持低调，这么做可就错了。我得找他说清楚。

至于我，我回到家，便看到爱丽丝姨妈和贾斯帕的车停在我家外面，我的心里翻腾了一下。

见到爱丽丝姨妈，我总是很开心，要是她没有每次都带自制的煎饼就更好了。我不太喜欢见贾斯帕，尤其是在那次奇怪的乘船旅行之后。

然而，我一走进家门，就感觉到有些不对劲。爱丽丝姨妈坐在厨房里，像往常一样拥抱了我。和平时一样，她身上散发出一股洗好的衣物和黄箭口香糖的味道，但她的眼睛红红的，她还别开脸，不让我看见。

我讨厌看到成年人哭泣。这通常不是什么好事。

我还没脱下外套，妈妈就把我从厨房领了出来。在走廊上，她说："你去隔壁吃下午茶吧。"

"罗克茜家？但是她妈妈……"

"她妈妈很好。莉比已经去了。你爱丽丝姨妈，她……"

"怎么了？"我真的很担心。

"是贾斯帕。他把她赶出来了。"

"赶出来？你是说……她从他们家里搬出来了？"

“嗯，是的……但她不是自愿的。他把门锁换了，还说他不想再和她生活在一起了。”

我不由得大吃一惊：“但是……但是他们结婚了。”

“这并不重要。爱丽丝姨妈暂时和我们在一起。但现在，我们需要单独待一会儿，所以你得去隔壁。明托太太在等你。”

我进门的时候，普雷舍丝·明托正站在炉灶边煎鱼条，还用颤抖的假声低声唱着一首赞美诗。我们吃着东西，很少交谈，只是偶尔说句“请把番茄酱递给我”。

罗克茜妈妈去休息，我、罗克茜和莉比负责洗碗。罗克茜解释说，她妈妈目前“处于缓解期”，意思是暂时没有犯病，但并不是治好了。

“不过，她唱歌的次数倒是多了。”她又说，还滑稽地翻白眼。

我们以前从未谈过爱丽丝姨妈和贾斯帕，但此时我们说到了他们。

“我恨他。”莉比说。这一次，我不想提醒她每当我们提起“恨”这个字时，妈妈是怎么说的——“这是一个很强烈的字眼，会伤害你的心”。

她说：“他骂我。他让我‘X蛋’，还说‘你个小X蛋’。”（莉比有时过分规矩。即使在我面前，她也不说脏话。现在想来，她在我面前尤为如此。）

贾斯帕对莉比说过这样的话？我和罗克茜交换了一下眼色。“什么时候？这是什么时候的事？”我问她。她正在做一件很招人讨厌的事：把我已经装进洗碗机的碗碟重新放好，整理成她喜欢的样子。看她这样，你肯定不会以为她只有七岁。

她抬起头来，显然对这个问题感到惊讶。

“就是我从小女童军露营回来的那天。就在那天，我发现了那个男孩……”

“阿尔菲。”

“是啊，每个人都在厨房，贾斯帕不在。”

我都忘了那件事了，大概是因为我认为这并不重要，但是，既然她现在提起了，如果我不询问一下，想必会显得有古怪。

“爱丽丝姨妈看起来有点儿失落，我就去找他。他在你的房间里。”

“我的房间？对了，当时他和爱丽丝姨妈住在我的房间里。”

“我知道，但你听我把话说完。他没有听见我进来。他坐在窗边，一边看着警车开走，一边嘟囔着。”

我和罗克茜停下手里的活儿。罗克茜说：“嘟囔？”

“就是嘟囔，一会儿哼着不成调的歌，一会儿小声嘀咕。我听不懂他在说什么。听起来像拉丁语。他说的好像是‘Ackoom Tay-am’。然后他从窗户上看到了我的倒影，吓了一跳。就在那时，他让我……走开。”

罗克茜喃喃地说：“你再说一遍他说的话。”

“Ackoom Tay-am。我不知道那是什么意思。”

“我知道。”罗克茜微微耸了耸肩，“他说的应该是‘Acum te am’。这是一首罗马尼亚民歌，我们去年在戏剧社学过。”她说得很随意，好像每个人都应该至少了解一些东欧传统音乐。

“这是什么意思？”

“意思是‘总算找到你了’。”

我细细打量莉比，想分析一下她的表情。我有些怀疑：“你没和别人说过吗？”她摇了摇头，我看见她的下巴开始颤抖。

“我很害怕，艾登。”

我们最不需要的就是一个七岁小孩哭鼻子了。让我惊讶的是，罗克茜伸出了援手，她用她那细弱的胳膊搂住了比她还高的莉比，说：“没关系。是我也会害怕。”

罗克茜轻轻的拥抱打开了莉比的心扉，她继续说道：“他说完拥抱了我一下，他是这样做的。”莉比用罗克茜做示范，她弯下身子抱住罗克茜，在她耳边低声说：

“不许对别人说。一个字都不许说，明白吗？”

“他这样说的？”我惊讶地问。莉比点了点头，下巴又开始哆嗦。

我们待在罗克茜家看电视，不过我并没注意电视里演了什么。我想罗克茜也没有。每次我看向她，都发现她没有看屏幕。我和莉比回家时，爱丽丝姨妈已经上床睡觉了。

Acum te am。

总算找到你了。

贾斯帕这么说，到底是什么意思？

第六十五章

第二天是学校历史展览，这显然是当地历史周的重头戏之一。我心烦意乱，老想着贾斯帕和马上就要开始的考古挖掘。我怎么才能赶在他们之前拿到长命珠呢?

但很快发生了一件事，让我忘记了这一切。

在活动中，小组成员要从家里找一些老物件，研究它来自哪里，以及对当地历史有什么意义。

在操场上，每个小组都有一张桌子，他们把找来的物件和一张海报摆在桌上展示。整个学校的人都被邀请参加展览。有的学生带来了旧相册，还有一个女孩带来了她曾祖母的洗礼襁褓。

此时天气炎热，学校允许男生不系领带。有一两个男生还趁机把衬衫的扣子解开到腰间。

“老天！”罗克茜说，她已经把操场上的展览快速看了一遍，“等着看伊尼戈·德隆布拉吧！“

我们没等多久。他和他的两个朋友分在一组，他们的展位离我们很近，我从不远处看到了他。他不光没系领带，甚至还在赤裸的胸膛上戴着一条粗链子，上面挂着一枚闪闪发光的大十字架。此外，他戴着一副墨镜，更像个小骗子了。

他挤过人群去他的展位，看起来心情不错。

“啊，看看这是谁呀！”他咧开嘴，露出狼一样的笑容，

“千真万确是你呀，五班的小子，油腔滑调，还瞎讲究！”

“你说错了，伊尼戈。”我反驳道，“你说一个人瞎讲究，是指他们喜欢花哨的服饰。爱炫耀珠宝，也是瞎讲究。”我指了指他的十字架项链。

他的两个朋友觉得这很好笑。“噢！德隆布拉，你被看穿了！”琼斯操着美国口音说着，还打了个响指。伊尼戈噘起嘴唇，作为回应。

（我想这就是大家所说的“没有恶意的玩笑”，顺便说一下，我很擅长逗人笑，至少在这种场合是的。）

在此之前，我都没有见过他的展品，但我低头一看，立即感到一阵恶心，同时也有些喘不过气。

也可能是他的朋友分散了他的注意力，否则一定会有人听到我倒抽气的声音。艾登说：“哇！看这个，阿尔菲。”他说完从桌子上拿起一本书。

“喂！别碰！这东西可值钱了！”伊尼戈·德隆布拉说。

我盯着那本查尔斯·狄更斯的《双城记》，嘴巴直发干。我很清楚伊尼戈·德隆布拉会说出他接下来要说的话，我不知道是怎么回事，但我就是知道。

“上面有签名！看！”他打开书的封面，上面写着优美的花体字母。

致亲爱的读者阿尔韦，请接受我的问候。

查尔斯·狄更斯敬上。

罗克茜指着上面的字，说："嘿，上面写着'阿尔韦'，那不就是——"

"是的。"我插嘴说，"这是个很不寻常的名字。"

"我从没看过这本书。"伊尼戈说，"要是你问我，我觉得很无聊。但查尔斯·狄更斯写了很多书。我很喜欢这个书名。一不小心说错了，准会说成是——"

我打断了他的话："你……这本书是哪儿来的？"我试着让自己的声音听起来很放松，很感兴趣，但我想我没能做到，因为罗克茜和艾登都扭过头看着我。伊尼戈的注意力被他的一个朋友分散了，他在讲笑话，逗得他朋友咯咯直笑。我只顾着惊讶，并没有听见笑话，于是我又说了一遍，只是声音有点儿太大了。

"这本书是哪儿来的？"

"好了，好了，别激动。这书是我家祖辈相传的。我是从我的叔外祖父约翰那里借来的。"

"他叫什么名字？"

"我已经告诉过你了，伙计。他叫约翰，是我叔外祖父。老天。他从他爸爸那儿得到这本书的，至于他爸爸是从哪儿弄来的，我就不知道了。那是很多年前的事了。你还好吧？"

我振作起来："是的，很好，极好。谢谢你。"我迷迷糊糊地走开了，艾登和罗克茜跟在我后面。伊尼戈·德隆布拉模仿我说话的声音在我耳边响起："极好。现在还有谁说'极好'？"

我转向罗克茜："你相信我吗？"

她眯起眼睛："发生什么事了？"

我们周围都是人。"什么都别问。回答我的问题就好。你相信我吗？"

"是的，阿尔菲。我相信你。"

艾登也说："我也是。怎么了？"

"晕倒。"我对罗克茜说，"马上晕倒。就倒在地上，能装多久就装多久。我向你保证这很重要。只管照我说的做"。

"晕倒？"

"是的。你就把自己当成一出戏的女主角，剧本要求你晕倒在炎热的……丛林之类的地方。"

她被说动了："这里，现在？"

"是的。我保证，你会很出色的。"

"可为什么？"

"我问你是不是信任我……？"

她不需要我继续劝说。她呻吟了一声，就这么在人群中间倒在了艾登的怀里。艾登的表现也很棒。

"她晕倒了！"他喊道，"大家让开，罗克茜·明托晕倒了！"

每个人都停下来看，在她周围围成一个圈。当我悄悄离开时，我听到有人说："天太热了，她晕倒了！"斯普林汉姆先生洪亮的声音不可避免地响了起来。

"让开一点儿！让她透透气！"

伊尼戈·德隆布拉的桌边空无一人，他们全都直瞪瞪地望着昏倒的罗克茜，书也无人看管。

那是我的书。十秒钟后，我把它放进了书包里，三十秒钟后，我已经走出了学校的后门，尽量走得快而自然，我呼吸急促，像是刚跑了一英里。

第六十六章

情况越来越糟。我们给自己制造了太多的麻烦。

我是说，我和罗克茜守着一个秘密：有个奇怪的孩子自称活了一千多年。这没什么。在某种程度上，这还很有意思，你知道的，感觉好像我们在对抗全世界。

我跟学校里新来的怪孩子和声音尖细的小女孩做了朋友，这甚至是一件很酷的事。我没有太多选择，毕竟最近斯派奇和莫两个人形影不离。

但现在我们成了小偷。但我们其实并不是小偷，因为我什么都没偷，罗克茜也没偷。而且，从这件事情上来说，阿尔菲也没有。

我们三个人坐在罗克茜的车库里。那本《双城记》放在桌上，我们默默地盯着它看了很久。另外那些狄更斯的书依然放在破沙发下面的金属箱子里。最后，阿尔菲开口了：

“书是我的。你们相信我吗？”

“我相信你，阿尔菲。上面有你的名字。”罗克茜盯着地板说。

“是的，我也是。”

“再告诉我一遍罗克茜假装晕倒之后发生了什么。”阿尔菲说。

等到斯普林汉姆先生走到聚集的人群边上时，罗克茜还没有恢复过来。再久一点儿，我真怕他们会叫救护车什么的。没过多久，她就“醒来了”，我和纽顿小姐陪她进了室内，让她坐在图书馆，还给了她一杯水。

纽顿小姐开始填写一些关于罗克茜晕倒的表格，她问了一些问题，比如：“头痛吗？跌倒时有没有受伤？”

反正那天是不能继续上学了。纽顿小姐人很好，提出开车送罗克茜回家，因为我住在隔壁，我也搭了她的车。不过，当我们坐在纽顿小姐的车里时，罗克茜的手机开始疯狂地响个不停。

“你很受欢迎呀！”纽顿小姐笑着说。

罗克茜的脸上却毫无表情。

“我的天哪！”她边看短信边说，“学校里发生了一起盗窃案。有本书不见了。”

我真佩服罗克茜。我要不是知道她在演戏，肯定猜不到她是装的。她的语气非常完美，透着惊讶，还不会让人觉得她和这事有关。我知道我不可能演得像她一样好，所以我只把我的反应控制在我认为我能做到的最低限度。

“天哪！有贼！啊呀！”

罗克茜斜睨了我一眼，微笑着翻了翻白眼。

纽顿小姐说：“肯定是有人放错了地方。都是常有的事。这里是你家吗，罗克茜？”

现在，一个小时过去了，我们三个人都在车库里，盯着阿尔菲的书。

“这不是偷盗。”我们把情况告诉他后，他说，“书本来就是我的。拿走本就属于你的东西，不算偷。”

“可是，这本书怎么会到伊尼戈手里呢？”罗克茜问，用《雾都孤儿》戏服里的帽子给自己扇风，“他说这是他家传下来的，找他的约翰叔叔……借的。”

我说：“不是叔叔……”但她已经出门了。

“马上回来！”她道。

我和阿尔菲安静地坐了一会儿。最后我拿起了那本书。“有什么特别的吗？”我说。

“有什么特别的？这是他最好的书！是他亲口告诉我的，说这本书是他的最爱。”

“写的什么？”

“你还记得法国大革命吗？”

“不记得，不过我想你记得。”

“记得一点儿吧。我们并没有受到直接的影响。一开始的确没有。但我认为，到目前为止，世界上就没有不受它影响的人。不管怎么说，书名中的两个城市是伦敦和巴黎，有一个角色叫西德尼·卡顿，是个杰出的律师……”

罗克茜带着笔记本电脑回来了，打断了他。我们站在她身后，看着她登录了几周前给我看过的那几个家谱网站。

“幸好人们爱起奇怪的名字。”罗克茜喃喃说着，手指在键盘上敲来敲去，“来看看伊尼戈·德隆布拉。这是他的生日，他在北泰恩赛德综合医院出生……父亲阿方索·佩雷拉·德隆布拉，出生在西班牙……母亲安妮·珍妮特·麦格……麦格纳格尔……”

“等等。”阿尔菲说，“你是说麦格纳格尔？”

“是呀，你看。怎么了？”

他没有马上回答，只是说：“能帮我查查她的父母吗？”

罗克茜又敲了几下键盘：“来了。安妮·珍妮特·麦格纳格尔，詹姆斯·麦格纳格尔和卡罗尔·唐尼·亚当斯的二女儿，他们结婚的年份是……等一下……”

“不，别管詹姆斯。”阿尔菲厉声说，“这个约翰·麦格纳格尔是谁？叔外祖父约翰是谁？”

罗克茜看了他一眼，好像在说“命令还挺多”。但她看得出他很激动，便继续搜索。

过了一会儿，一份旧人口普查的扫描页面出现在屏幕上。

“有了！约翰·麦格纳格尔，1951 年出生于南希尔兹。他是詹姆斯的哥哥。”

“是了。”阿尔菲说，“叔外祖父约翰！”他喊道。

“你查这个做什么？”罗克茜喃喃地说，见阿尔菲这么激动，她显然是糊涂了。

“我认识他！”

我们两个都盯着阿尔菲。

“你认识这些人？”我倒抽了一口气。

他慢慢地点了点头：“我认识约翰的父亲杰克，是他从我这里偷走了书。我一直这么怀疑，只是没有证据。现在我可以肯定了。”

我们还在消化这个消息，罗克茜的手机响了。

“是妈妈。她叫我回家。”

她话音未落，从她家后门就传来了普雷舍丝·明托震耳欲聋的尖叫声：“罗克茜！马上回来！带上你的朋友们！”

听起来不太妙。

第六十七章

普雷舍丝·明托的平板电脑上显示了校长的邮件，我们互相传阅。

收件人：七年级全体家长

发件人：D. J. 兰德雷斯先生，校长

主题：展览失窃

亲爱的家长 / 监护人：

我怀着悲伤的心情告知各位，今天学校发生了一起严重的盗窃事件，同样悲伤的是，盗窃者很可能是亨利·珀西爵士学院的学生。

如你所知，今日学校举办了“本地历史周”课后展览，让学生展示家中与本地历史有关的物品。

下午 4 点 10 分左右，七年级学生伊尼戈·德隆布拉的展位上有一件珍贵的展品，即一本查尔斯·狄更斯亲笔签名的小说失窃了。

明天上午举办全校大会，我将亲自向学生们讲话。与此同时，烦请各位问问孩子是否知道任何可能有助于追查这件物品的信息，我将不胜感激。

已就此事报警，警方正与我和校方密切合作。

当然，我更希望不要牵涉到警方，并借此机会向各位保证，盗窃者如将书归还，校方将按照校内惩戒程序处理此事。

感谢！

校长 D. J. 兰德雷斯先生

第六十八章

“全校大会”通常只在每学年九月开学的第一天举行，因为礼堂里容不下所有学生。

初夏天气闷热，情况就更糟了。大家身上的气味混合在一起，人一多，那股味道更难闻了。

我就不费事重复兰德雷斯先生的全部讲话内容了，你大概可以猜到他都说了什么。

“严重盗窃……让学校失望……让自己失望……轻率的犯罪……警方通知……匿名提供信息……”

诸如此类的。

罗克茜、阿尔菲和我直直地望着兰德雷斯先生讲话的讲台。我们甚至不敢看对方一眼，生怕泄露了什么秘密。

然后，兰德雷斯先生说：“当然，你们都知道，我们学校操场上有闭路电视摄像头，我们会仔细检查的。相信我，如果我们发现罪犯没有主动站出来，那么后果将会更糟。”

我们瞥了彼此一眼。

闭路电视摄像头？我们谁也没想到这一点。会不会有人发现是阿尔菲偷的？当然不会。

但那是不可能的。

第六十九章

几十年前，那个被我视为朋友的男孩偷走了我的书，当我自以为聪明，略施小计取回我的书时，我压根儿没想到监控摄像头这种东西。

谁又能想到呢？谁会想到，学校竟然会在大门、走廊和楼梯间安装摄像头呢？

在去科学区上生物课的路上，我抬头看了看墙上，想看看有没有摄像头可以拍到操场，或者说“犯罪现场”。

并没有，我放松了一点儿，至少可以专心上课了。在所有的课程中，我最喜欢的便是生物课了。在大多数其他科目上，我都遥遥领先于其他学生，我唯一要做的就是不要显得太聪明，或者在老师说蠢话时不去反驳他们，比如“莎士比亚的观众觉得这些笑话很搞笑”。我记得可不是这样。我和妈妈都喜欢戏剧，但威廉·莎士比亚的笑话常常效果平平。在很多年里，女性不被允许参与戏剧表演（我不记得为什么了，可能是另一个国王下了这样的命令），所以女性的角色是由年轻的（以及不那么年轻的）男性扮演的。这通常很有趣，但我认为莎士比亚先生并不乐意见到这样的情况。

然而，我没怎么学过现代科学。

我跟着墨菲太太学生物学，我上课很专心，还决定长大后当一名医生。我的意思是，等我年龄大一些。

有人敲教室门，行政主任法罗太太走了进来。从同学们你瞧我、我瞧你的样子来判断，事态非常严重。

她看着我，说："阿尔菲·蒙克，跟我来一趟，好吗？"班上其他同学都轻轻地"啊"了起来。

兰德雷斯先生、桑吉塔（我好几天没见到她了）和一名穿短袖衣服的警察待在校长办公室。

我必须冷静以对。

第七十章

我走进兰德雷斯先生的办公室时，他站了起来。桑吉塔向我点点头，紧张地笑了笑。女警官摆弄着她的笔记本。

“蒙克先生。”兰德雷斯先生说，“坐吧。”他指着一张面对桌子的椅子，这明显是审问的架势。他们可能是有意为之。

兰德雷斯先生脚跟着地，晃了晃身体。他的双手紧握在一起。

“桑吉塔·普拉萨德你已经认识了。这位是盖尔警官。你知道为什么叫你来吗？”

很明显我知道。同样明显的是，除非弄清楚他们知道了多少，否则我什么都不会承认，于是我答：“不知道，先生。”

“我希望你看看这个。”他把手伸到办公桌前，调整了一下电脑屏幕，让我也能看到。画面有些模糊，但很明显里面的人是我：时长十秒钟的监控录像显示我快步走向学校的后门。下面角落里的数字显示了时间是16点12分30秒。

只是如此。并没有看到那本书（我没有偷书，只是拿回了属于我的东西），因为书在我背上的书包里。我先是把它带到了罗克茜的车库，又带回了格雷伯爵公馆，因为我真的想再看一遍。

“阿尔菲，在你开口之前，我希望你说实话。”桑吉塔说。

“当然。”我严肃地说。

“好了。”兰德雷斯先生说。

我看着他们三个人，保持镇静：“什么？”

“这段视频显示，你离开学校的时间和伊尼戈·德隆布拉的书被偷的时间差不多。”

我看得出他们很着急，但我必须保持冷静。

“你说得对，的确如此。”不好！太无礼了。于是我又说，“我……我的意思是，是的，先生。”

“你为什么这么早离开展览会？”

“很抱歉，先生，我不感兴趣。”

“为什么选择走后门？你住在相反的方向。”

老天。我必须迅速思考。

“我……呃……”快想啊，阿尔菲，“我想避开几个威胁我的男孩。他们是另一所学校的学生，蒙克西顿中学。”

我认为这么回答相当聪明。我来这所学校的时间虽然不长，却注意到每个教职员工都很怕遇到和“霸凌”有关的事，害怕有人指责他们“霸凌”学生，尤其担心有人指责他们不重视“霸凌”事件。学校接待处的墙上甚至还有一块牌子，上面写着学校“坚决支持反霸凌学校论坛，并以此为傲”。

“你受欺负了吗，阿尔菲？”桑吉塔问。

“不完全是。但我想躲开他们。”我垂下头，但可以看到三个大人正在交换眼神。我这么一说，他们的调查便偏离了轨道。把另一所学校扯进来真是神来之笔，我对自己感到相当满意。

可惜我得意得太早了。

警官终于开口了。她把笔记本往回翻了几页。

“阿尔菲，你的名字的全称是什么？”她说。她拿好了笔，准备记录下来。我还以为她只是在核实细节。

“阿尔韦。是妈妈给我起的。”

（对不起，妈妈。我只是觉得提醒一下我的孤儿身份会有帮助。可一点儿用处也没有）。

警官对兰德雷斯先生说：“先生，书内的题词是什么？”

她很清楚，根本不需要问。兰德雷斯先生还是回答了：“上面写着，‘致亲爱的读者阿尔韦，请接受我的问候。查尔斯·狄更斯敬上。’”

“真是太巧了，你说呢，阿尔菲？”警官说。

我什么也没说。找不到书，他们就什么都证明不了。没有证据。巧合又不是证据。

“你有什么要说的吗，蒙克先生？”兰德雷斯先生的语气变得强硬起来。他眯起眼睛，噘起嘴唇。

“没有，先生。”我看着他，希望自己的表情中透着困惑和难过。

他转向桑吉塔：“很好。普拉萨德小姐？”

桑吉塔悲伤地看了我一眼，弯下腰从她的包里拿出了《双城记》。

“是在你在格雷伯爵公馆的房间里找到的，阿尔菲。我没有费力就找到了。”

很多事情都因此改变了。

第七十一章

我坐在兰德雷斯先生办公室外面，能听到里面有说话声，却听不清他们在说什么。

爸爸坐在我旁边。他旁边是罗克茜和她妈妈。斯普林汉姆先生面无表情地坐在对面。

这件事非常严重，我害怕极了。

十五分钟前，我和罗克茜都被法罗太太叫出了教室，她一句话也没说，径直带我们去了校长办公室，爸爸和普雷舍丝·明托与斯普林汉姆先生已经在那里了。

斯普林汉姆先生转过身去时，爸爸用口型对我说："出什么事了？"

我耸了耸肩，装出一副搞不清状况的样子，但我心里很清楚是怎么回事。然后，阿尔菲从校长办公室走了出来，后面跟着他的社工桑吉塔和一名女警官。阿尔菲一直盯着地面。

我瞥了一眼罗克茜。她的皮肤看起来很暗淡，甚至有点儿苍白，她盯着前方，没有和我对视。

然后，我们几个人进了办公室。

至于接下来的情况，我就简要介绍一下吧。长版本太可怕了，我记不住。

我们露馅了。

如果你想让别人相信你晕倒了，显然不能像罗克茜那样。

1. 不要往后倒。她就是这么做的，而我接住了她。斯普林汉姆先生没看到那部分，但他听到了描述。真正的晕倒者一般都是向前或向侧面倒下的。

2. 当心“手下垂”测试。护理人员（在这个例子中是斯普林汉姆先生）会把晕倒者的手举过他们的脸，然后放开。如果是真正失去意识的人，他们的手会掉下来，砸在自己的脸上。像罗克茜这样装晕倒的，则会有意控制手臂，不让手砸到脸上。

在斯普林汉姆先生指出这些之前，我一点儿都不知道。

“我还以为是这个傻姑娘想引人关注呢。我以前也碰到过这种事。”他说，“但是，后来我意识到这件事与盗窃发生在同一时间，所以很明显，你们和阿尔菲·蒙克是一伙的。”

“帮助别人犯罪本身就是犯罪，你们知道吗？”兰德雷斯先生说。

“我们不知道他要拿走那本书。”我抗议道。真相的确如此。

“那你为什么要这样做？”爸爸厉声道。

我们没有站得住脚的答案。要把事情说清楚，就得说出事实：“这本书是阿尔菲的，只是1940年的时候被伊尼戈·德隆布拉的叔外祖父偷走了。”那是事实，但此刻事实对我们没有帮助。

是罗克茜救了我们。我们沉默了很久，其间斯普林汉姆先生说了三次“怎么样”，一次比一次大声。过了一会儿，她看着她的鞋子，说：

“我想这是报复。”

接下来，她讲了伊尼戈·德隆布拉在去撒克逊体验活动的车上抢走了阿尔菲的眼镜，还戏弄了他一番。她巧妙地做了一些夸大。她说，伊尼戈叫他“四眼怪”和“僵尸嘴”（指的是他那口坏牙）。她说，阿尔菲还偷偷地哭了。

房间里的四个成年人都默不作声，最后，兰德雷斯先生说：“我明白了。阿尔菲之所以没有告诉我们这些，大概是因为他害怕被贴上‘告密者’的标签，对吗？”

我们都点了点头。我的目光直直地盯着地板，但我清楚看到兰德雷斯先生和斯普林汉姆先生深深地交换了一个眼神。

这一招管用了。我再一次对罗克茜在危机中的急智感到佩服不已。

第七十二章

爸爸和明托太太没多久就离开了。

我和罗克茜又被迫在兰德雷斯先生的办公室外面等着，而伊尼戈·德隆布拉和阿尔菲则走了进去。我把耳朵贴在门上，想听里面说了什么，但法罗太太一直走来走去。我想她知道我在做什么，便让我坐下。

最后我们都被叫了进去。

1. 在兰德雷斯先生的催促下，我和罗克茜为假装晕倒道歉。

2. 阿尔菲为拿了书而道歉。

3. 最后，伊尼戈·德隆布拉为拿走了阿尔菲的眼镜向他道歉。

（顺便说一句，我从没听过比这三次更缺乏诚意的道歉了。尤其是伊尼戈念经般地轻声说："对不起，我拿了你的眼镜，我不会再这么做了。现在我可以走了吗，怪胎？"他实际上并没有说出最后一句话，但他就是这个意思。）

就在我们转身离开时，伊尼戈用口型对着阿尔菲骂了一句，还得意扬扬地挥舞着《双城记》。阿尔菲咬紧牙关，没有说话。

我和阿尔菲正要返回教室，社工桑吉塔说："阿尔菲？"

我们都扭过头。"我想和阿尔菲单独谈谈。"她说。我继续往前走，但走到拐角处停了下来，好听听他们在说什么。

“你的书桌和储物柜里有没有什么私人物品？”她问阿尔菲。

他一定是摇了摇头，因为我听到她说：“好吧，那就跟我来吧。你先不要回去上课了。”

几小时后我又见到了他，之后一切都变了。

第七十三章

“阿尔菲，想坐车兜风吗？”桑吉塔在兰德雷斯先生的办公室外问道。

我越来越喜欢桑吉塔了。她坦率地谈论妈妈，并鼓励我也这样做。她不再压低声音，也不会把头歪向一边，像是面对着“一个可怜的小男孩”。那总是让我感觉更糟。

我们开着她的车去兜风，一路上闲聊着：我的胳膊怎么样了。（差不多好了，谢谢。）住在格雷伯爵公馆，感觉如何。（还好，但我不太喜欢那里的食物。）

路上的车并不多。黎明时下了一场小雨，半小时后又下了猛烈的骤雨，干渴的大地像一块干海绵一样吸收了雨水，只在阴凉处留有几个水坑。太阳很快就会把水坑晒干。

我们开车去了泰恩茅斯。桑吉塔答应买炸鱼和薯条。我知道出事了，比因书而起的争议更严重。一看就知道。毕竟一般情况下不会有人带你出学校吃午饭。

我们吃着装在袋子里的炸鱼和薯条，并排坐在科林伍德勋爵纪念碑的巨大石座上。潮水退了，在我们下方的小海湾里，平坦的棕色岩石、小池塘和海草都露了出来。

桑吉塔抬头望着万里无云的天空，啧啧两声。“多下点儿雨就好了。”她喃喃地说。我知道接下来她将提出一个很棘手的问题。我留意到这是桑吉塔惯用的方式：在讨论重要问题之前，她总是说起天气，就像在热身。

果然被我料中了。“阿尔菲？”

“怎么了？”我边嚼鳕鱼边说。

“你知道，自从我遇见你以来，我一直试图对你坦诚相待，是不是？”

我不喜欢对话的发展方向。

她接着说：“不过，我认为你并没有把你知道的一切都告诉我。”

我看着她，皱起眉头，表示我不明白她的意思，或我对她的话很感兴趣，同时暗自思忖道：桑吉塔，就算我把我知道的一切都告诉你，你也不会相信我。

“阿尔菲，我们已经四处打听过了。我们相信你有家人。我是说，我知道你和你妈妈过着相当私密的生活，这没什么好羞愧的。但有人说，在你还没出生之前，就有像你一样的男孩住在你家里，和你妈妈住在一起。”

“什么人说的？”

“好了，阿尔菲。没有人能完全与社会里的其他人隔绝开。首先是伊尔弗勒科姆花园区圣玛丽教堂的牧师。他参加了你妈妈的葬礼。他说，二十年前他刚搬到这里时去拜访过你的母亲，当时你家里有个小男孩，和你年龄相仿。他是你的表哥吗，还是你有一个亲哥哥？”

我什么也没说，又吃了一些薯条。

“来吧，阿尔菲。别对我一言不发。”

我保持沉默。

“阿尔菲，我们查阅了当地的记录。我们可以做到的。家庭税单，人口普查，选举名单。你的家人在那里住了很多年了。电话簿里甚至还有你们的名字。H. 蒙克，惠特利湾橡树屋。那是二十世纪五十年代的电话簿。那是谁，你的祖母，还是曾祖母？你家的其他人呢，阿尔菲？为什么要这么保密？你得帮助我们。”

她拿出手机点了几下，找出了一张照片。我一忍再忍，才没有倒抽凉气。这是艾登和我说过的《希尔兹公报》上登载的那张照片。我和妈妈站在橡树屋前，我抱着比法，咧嘴笑着。

在我盯着照片看的时候，桑吉塔温柔地问：“阿尔菲，这两个人是谁？他长得真像你，是不是？看……那副墨镜，还有……露着坏牙的微笑。他甚至还养了一只猫！你不是说你的猫丢了吗？”

“对不起，桑吉塔。我不知道。”

桑吉塔关掉手机，把它放好。

“我也为我不相信你向你道歉，阿尔菲。”她的声音变得更加尖锐了。我们都沉默了一会儿。在我们下方潮湿的沙滩上，一只柯利牧羊犬追着一根棍子跑进了海里，一只海鸥在尖叫。

“阿尔菲，跟我说说吧！”

我什么也没说。

“阿尔菲，我还有一个想法。我想知道，你的年纪，是不是比你说的要大得多。”

我凝望着大海，用力地咽了口唾沫。

第七十四章

炸鱼和薯条吃完了，但我们一直坐在纪念碑的底部，眺望着大海。

“我查过了，阿尔菲。”桑吉塔说，“一开始，我以为你在出生时甲状腺就有问题。这是一种会妨碍你正常成长的疾病。以前收音机里说有个喜剧演员也是……”

我不知道我为什么脱口而出，但我就是说了：“他叫吉米·克利瑟罗。”

啊，不。我为什么这么说？

“没错，阿尔菲。但是……”她挪了挪身子，更仔细地看着我，“一个十一岁的男孩怎么会知道一个六十年前的喜剧演员呢？”

我又耸耸肩：“我妈妈很喜欢他。她说她年轻的时候很喜欢他。”

“她年轻的时候？阿尔菲，你妈妈是二十世纪八十年代出生的。吉米·克利瑟罗在二十世纪五十年代很受欢迎。还有，你怎么知道我要说的是吉米·克利瑟罗？”

“我猜的。他有发育障碍症，仅此而已。”

（我说的是实话。我和妈妈都很喜欢吉米·克利瑟罗。他是一个永远长不大的大男孩，因为他一出生就出了问题。我们觉得他很搞笑。遇到了什么不对劲的地方，他会说“哎呀，糟了”，这话从他嘴里说出来好笑极了。我们能在无线电里听到他，在只有黑白电视的时候，也能在电视上看到他。)

桑吉塔眯起眼睛。“不管怎么说，”她慢慢地继续说，“事实证明你的甲状腺没有问题。但会不会是别的原因呢？”

“我说过了，桑吉塔，我不知道。”

“除非你不是十一岁，而是比十一岁大得多，那情况就大不相同了。”

这会儿，我真的很紧张。

我只想正常成长，结交和我同龄的朋友，去上学。她的怀疑可能毁掉一切。

就在这时，我看到了他。他不知道我看见他了，但他就在那儿，坐在靠近岬角的一条长凳上。他一直在监视我吗？

是贾斯帕。

他在跟踪我？

“桑吉塔，可以走了吗？”我说。

他一定是在跟踪我。

“你不能一直回避这些问题，阿尔菲。”

他为什么跟踪我？

“你听见了吗，阿尔菲？”

我不能告诉任何人。不然，我的一切秘密都将大白于世。

“阿尔菲？阿尔菲，回神啦！”

但如果他想伤害我呢？

“那边，桑吉塔。有一个人……”但是他已经走了，“对不起，桑吉塔。我的脑袋有点儿不太清醒。”

我们回到车里，我系好安全带，桑吉塔把整个身体转过来，严肃地看着我。

“阿尔菲。有件事我得告诉你。我已经向儿童服务中心主任提交了一份 DNA 年龄测试申请，这应该能消除一切疑虑。”

“DNA 测试？为什么？”

“DNA 分析可以显示你近几年内的年龄，甚至几个月内的年龄。这是一项新技术，他们需要新鲜的细胞样本。你知道 DNA 是什么吗，阿尔菲？”

“是的，当然。它是指细胞核内的分子，携带着每个生物体的所有遗传信息。”我发现自己听起来既博学又老气横秋，尽管这是才在学校里学的知识，于是我补充道，“好像是这样的。”

桑吉塔笑着摇了摇头：“‘好像是这样’，阿尔菲？你知道牙医是怎么和我说的吗？他认为你的牙齿与一个十一岁的孩子很不相称。我想我只要听听你说话，就知道你不止十一岁。”

“如果我不想做这个细胞测试呢？”

她已经发动了汽车，但为了强调她的观点，又把引擎关掉了。

“奇怪就奇怪在这里了。如果你超过十八岁，大可以拒绝，我们要是非要你做，就得上法庭。坦白说，这是一个由来已久的棘手问题了，如果你承认自己是成年人，可能就不值得做什么测试了。但是，既然你说自己是未成年人，也就是说不满十八岁，那么，就目前来说，我们是你的法定监护人。”

“所以呢？”

“我们已经为你预约了下周的细胞取样。与此同时，你暂时不用去上学了，等待确认你的真实年龄。”

我的心沉了下去。仿佛我能看到我想要的一切都在地平线上翻转了过来。“但是，桑吉塔……”

“没有但是，阿尔菲。想想看，如果有人发现我把一个成年人送进了一个全是孩子的班级，我会有多大的麻烦。”

第七十五章

很不幸，我能想象桑吉塔可能惹上什么麻烦。在回格雷伯爵公馆的路上，我一言不发，我那古老的心灵在跃动，在搏斗，为了摆在我面前的 DNA 测试而挣扎不已。

我需要帮助，这是肯定的。

我必须迅速采取行动，对此我同样确定。

我原以为可以等上一两周，或者一个月，把一切都计划好，赶在考古学家之前到达科凯特岛。

现在情况不同了。

我知道，再次使用长命珠，衰老的过程就将重新开始。从我使用它的那一刻起，我将再次开始长大。而这一切都基于一个假设：长命珠埋了几个世纪后依然有效。

我不知道长命珠是否会“重置”我的年龄。如果我用了长命珠，而桑吉塔坚持要做细胞 DNA 测试，那结果是会显示我的真实年龄，还是会显示我是十一岁？

我还知道，如果我没能在测试前采取行动，那一切都玩完了。

我唯一的希望就是尽快采取行动。

得快点儿，明天就得行动起来。

我凝视着车窗外，看着后视镜。我们后面有一辆黑色的宝马车。阳光反射在挡风玻璃上，我看不见车内的人，但我知道是他。

我看到他的汽车指示灯开始闪烁。他在海滩路左转，而我们继续向卡尔弗科特驶去。他只是想确认我们是不是回去。

好像是这样的。

我需要帮助，我需要朋友们。我现在就需要他们。

第七十六章

四点半的时候，我到了罗克茜的车库里，外面的粉红牌子仍在闪烁。

罗克茜害羞地笑着，打开她的笔记本电脑，示意我过去看。我以为又会看到她热衷的家谱网站，但这次不一样。

宠物丢了？我们来帮你找……保证找到！

“我们在找你的猫比法。”艾登说，“我们以为——”

但我抢先开口了。

“是的。太棒了，谢谢你们。只是……”

我想说：“只是现在不是找猫的时候。我爱比法，不过还有更重要的事情做。”然而，他们的关心让我非常感动，再说了，他们还这么热情。我说：“这要多少钱？”

“不便宜。”罗克茜轻声说，“他们提供全套服务：张贴海报、挨家挨户寻找、网络支持……”她犹豫了，咳嗽了一声，“两千英镑。”

我感到我的肩膀塌了下去：“我去哪儿弄两千英镑呢？”

罗克茜和艾登什么也没说，但他们的目光都飘向了破沙发下面的箱子，里面装着查尔斯·狄更斯的全集（少了一本）。

啊。

当然，这些书值两千英镑是毫无疑问的。可能更多。但我要怎么卖呢？多快能把书卖出去？比法对我来说比任何一本书都重要，但火灾已经过去很长时间了。它还活着吗？它吃什么呢？它的牙齿都烂了，以前我们得把食物捣碎喂它。它还能抓猎物吗？

今晚的天气依然十分炎热，空气却很潮湿。已经好几周没下过大雨了，地面干燥，都开裂了。就连树林里的鸟儿也安静下来了，好像它们平时要花很大力气才能叽叽喳喳叫。

“要下雨了。”为了打破沉默，我说。罗克茜拿出她的手机点了点。

“这上面说不是。”她说着，给我看了屏幕上的一张天气预报图表。但预报不准，我这么告诉她，也许这么说有点儿唐突。

“哇，阿尔菲。你有点儿坐立不安。有什么事吗？”艾登问。

于是我把桑吉塔怀疑我年龄的事告诉了他们，还说我下周要做细胞测试。

罗克茜和艾登沉默了下来。最后，艾登说：“阿尔菲，我真的很抱歉。这意味着……”

“那意味着一切都结束了。我不能去上学了。我只想正常地长大。你们得帮帮我。”

罗克茜从破烂沙发上站了起来，她的腿在塑料沙发面上留下了两块汗渍：“问题是，阿尔菲，说真的，我们能做什么？”她打开小冰箱的门，一股凉风吹了出来，但很快就消失了。

我们一会儿坐，一会儿站，不时走来走去，讨论着怎么去科凯特岛，还否定了很多可能。

明天。

即使我们能沿着海岸到达位于大陆的安布尔镇，又要怎么在海上行驶一英里，去科凯特岛呢？现在岛上是一个自然保护区，有很多稀有鸟类，旅游船只不允许登陆。几百年前，我和妈妈就会找鸟蛋吃。

一想到妈妈，我就感觉自己要崩溃了。还有，比法说不定在某个地方快饿死了。我绝望地用胳膊抱住头，忍不住哽咽起来。罗克茜走过来，拍了拍我的背。

“为什么不等等看呢，阿尔菲？再过几年，谁知道科学家会有什么发现，尤其是他们现在就能给你做测试。也许有一天你可以想到办法去科凯特岛找那颗珠子。是不是？”

我不再哽咽，抬起头来。

“你不明白。现在不能等了！一旦考古学家开始挖掘，长命珠要么被毁，要么被发现并收藏在博物馆，要么被打开送去分析，而这都只是时间问题。那个时候，我还有什么希望呢？我永远都只能处在这个年龄了！”

我大喊大叫，但我停不下来，特别是当艾登说：“但你还有我们，阿尔菲……”

“不，不可能！你们会长大的，会把我抛下，觉得我‘是个怪孩子，说话怪里怪气，有文身，自以为活了一千多年。’你们会和其他人一样，和杰克一样，最终，我都是被抛弃的那个。”我低头看了看自己，我外表是个孩子，内心却已经极为苍老。

我起身离开，一句话也没有说。

第七十七章

我回到了格雷伯爵公馆，不过比预定时间晚了四十分钟，我实在提不起力气快走。每走一步，我都觉得双脚粘在地上。我本以为瑞特阿姨会大发雷霆，而我已经决定不在乎了。

她却说："阿尔菲，有人要见你。"

"谁？"

"显然他们认识你很多年了。"

我差点儿当场就吐了出来。一定是贾斯帕。

我的手哆嗦不停，我把手稳定下来，握住门把手，打开了休息室的门。

第七十八章

一个男人面对着窗户，双手紧握在宽阔的背后，我只能看见一个黑色的剪影。“你好，阿尔菲。”他说完转过身来。我看着他的脸，几秒钟后，我深吸了一口气。

我有将近六十年没见过约翰·麦格纳格尔了。事实上，自从多年前我在巷子里和他打架之后，我们再也没有见过面。他的头发大都已经变白，眼睛里有一种几乎令人心碎的悲伤和空洞，但他就是约翰。他慢慢地点了点头。我什么也没说。

“我猜到了是你。”他操着泰恩赛德口音说，曾经，他用同样的口音威胁过我和妈妈，我立刻紧张起来，回忆如潮水般涌来。

“你是个疯子，疯子！你这个怪胎！该死的疯子！”

拉斐尔的声音响起：“在现实世界里，阿尔菲，你得杀了他们。否则他们还会纠缠你。”

他来纠缠我了？他刚才说什么？那个轮廓分明的身影在说话，他的话在我的脑海里游弋……

“不可能是别人。”约翰说，我的思绪又回到了二十一世纪，“我的侄外孙……你知道的，就是伊尼戈……他把书的事和我说了，我就知道一定是你。”

我站在那里，惊讶地眨着眼睛。

“没关系。”约翰摇着头说，“我很清楚伊尼戈是个什么样的人。在他内心深处一定有一个好小伙儿，只是这个小伙儿隐藏在懒惰、愚蠢、自大下面……”他没有说下去，“嗯，那不重要。重要的是我来了。”

我第一次开口说话：“我看得出来。但是……为什么？”

他又转向窗户，盯着外面，不慌不忙地回答。

“大约六个月前，医生说我还能活六个月。别担心。”他说着笑了一声，“我感觉很好。事实上我好极了。大部分时间吧。但在离开之前，我还有一些事情要处理。”

我点了点头，不过他没有看我。我坐在硬沙发上，但我的目光一直锁定在他身上。他转过身来，用他那忧伤苍老的眼睛看着我。

“你打我，是我活该，阿尔菲。我活该，不过我花了一段时间才明白这一点。应该说很多年。明白之后，我就想……我不知道自己想干什么，也许是想道歉吧。但你和你妈妈已经搬走了。我想，你们搬走，都是因为我。”

“你们没有留下任何痕迹。我打赌你们很擅长这么做，对吧？继续前行，不留痕迹。”

我耸了耸肩，心想：他到底要说什么？听起来他好像知道了，已经掌握了我的秘密。一种不舒服的刺痛感在我的脖子上蔓延开来。

“我只好搁下这件事，继续生活。可后来你搬回来了。人们说有个人叫阿尔菲。如果你准备好倾听，我有很多话要讲。我给你妈妈写了信，但没有得到答复。我想我最好还是忘了这一切。然后，我听说了火灾的事。”

他停顿了一下。我觉得他真的很小心，让自己的声音显得慎重且温和。“对于你妈妈的事，我很抱歉，阿尔菲。还为了……你知道……”他环顾了一下房间，屋里没有什么家具，油漆磨损得很厉害，弥漫着一股教室的气味，“这个……以及一切。”

“你……你知道？我的事，我妈妈的事，你都知道？”

他笑了，他的悲伤似乎第一次减轻了：“啊，是的。我知道。你的秘密很安全。对了，还有一个人知道。事实上，这个秘密是那个人告诉我的。”

“你好，阿尔菲。”另一个声音嘶哑地说，我在沙发上猛地转过身来。有个人一直佝偻着坐在房间角落的阴影里，我进来的时候没有看见他。

他年届耄耋，整个人都是干瘪的，满头乱蓬蓬的白发，下巴一直在哆嗦。但他犀利的眼神告诉我，他的智力还远未衰退。

这个人盯着我，他的脑袋不停地晃动着。我过去一直把他当成我的最后一个朋友，他正是杰克·麦格纳格尔。

第七十九章

“我也很抱歉，阿尔菲。”杰克终于开口了，但他的声音太小了，不仔细听根本听不到。我走近些，拉了一把椅子过来。“我们家对不起你。先是我，然后是约翰，现在又是那个浑小子伊尼戈。”

“关于我的……年龄，”我说，声音里透着惊恐，“你……没有告诉他吧？”我的目光在杰克和约翰之间徘徊。

他们都摇了摇头，我如释重负地长吁出一口气。

“阿尔菲，人到了九十多岁，就会有很多时间来反思有哪些事本可以做得更好。而在这个时候，你已经没有时间去纠正了。有时也许可以。”他停了下来，痛苦地咳嗽了很久，“还有时候，你所能做的，也只是说声对不起。我偷了你的东西，我嘲笑你，我把你的秘密告诉别人。我真心对你感到抱歉。”

有那么几秒钟，我们三个人陷入了一片沉寂，我觉得我几乎可以触摸到那份寂静，然后，过道尽头的办公室里响起了刺耳的电话铃声。

他们等着我说些什么，但我不知道说什么才好。我盯着杰克看了一会儿，就好像中间那八十多年从来没有发生过。

“琼怎么样了？”我问他。

他抽着鼻子笑了一声：“琼·帕尔默？哈。她为了一个波兰水手把我甩了。”

我慢慢地点了点头。他似乎并不难过，还气喘吁吁地笑了起来，但在他的笑声中，我听出了我认识的那个小男孩。突然间，我仿佛看见他穿着一条大短裤，两条瘦腿露在外面。我能看到他伸着蹭有脚踏车油的手，去抓我们一起花三便士买的一包薯条。

然后，那个影像消失了，我回到了格雷伯爵公馆这个潮湿的休息室。

“告诉我，孩子。”他低声说，我又向他靠了靠，“你……你拥有的那个东西……我不知道怎么说……给你带来好处了吗？你喜欢你这个样子吗？”

似乎从来没有人问过我这个问题，我想了很久，才开口回答：

“我想曾经是的。但现在不了。早就不了。”

他点了点头。“孩子，变老可不是在公园里散步那么简单。”他说，“但我每天都感谢上苍让我变老。因为我不想要你的生活，阿尔菲，我的朋友。就算过一千年也不会。”

然而，我想和他一样老吗？那一刻我这么想。如果杰克没有说出他接下来说的话，一切都可能不同。

他停顿了一下，喘着粗气，仿佛说话，即使是轻声细语也很费力。他喘了口气：“看看你自己。听听你说的话，阿尔菲！如果你知道什么方法能扭转你的问题，让你交上真正的朋友，过上真正的生活，那为了你自己好，就去做吧。我曾经是你的朋友，我想我是，也希望是。但现在你需要的是不会……”他顿了顿，喘了口气。他的下巴不再颤抖了，他直直地看着我，“你需要的是不会丢下你的朋友。”

“谢谢你，杰克。”我说。我伸出手去和他握手，他也伸出了瘦削的手。他和我握手，力道很轻，但绝非软弱无力，我能感觉到他像纸一样的皮肤在我的手指下移动。他笑了，似乎不再那么佝偻，好像卸下了肩上的一个重担。

“还有一件事……”他说，但就在这时，桑吉塔从门口探进头来。

“一切都还好吧，阿尔菲？”她不等回答就走进了房间，“要不要介绍我认识？”她大步走向约翰，伸出手来，“我是阿尔菲的社工桑吉塔·普拉萨德。你是？”

“啊，嗯……你好。我是约翰·麦格纳格尔。这位是我的父亲杰克。我们……我们是阿尔菲的母亲希尔达的朋友。我们就是来看看这孩子。”

桑吉塔笑了，我却很担心。她来了多久了？她在门口偷听吗？一定是瑞特阿姨打电话告诉她有两位老人来看我。我不喜欢这样，我心想。

不管我们在那闷热的休息室里有过什么心情，现在都完全被打破了。约翰说：“好了，爸爸。我们该走了。”他把老杰克从椅子上扶起来。“很高兴见到你。”他对桑吉塔说。老杰克说：“再见。”

“我送你们出去。”我说，跟着他们慢慢走到前门，桑吉塔怀疑地看着我。

在走廊上，约翰压低声音说:“一切都好吗，孩子？”

我点了点头。当然不好，但我不能对他这么说。毕竟桑吉塔就在附近。杰克把手伸进夹克口袋，拿出一个用手提袋包着的东西，用颤抖的手递给我。

“是时候还给你了，阿尔菲。”他笑着说。里面是我的那本查尔斯·狄更斯的《双城记》。

“谢谢你！”我说。

“祝你好运，阿尔菲。你是个好朋友。我真希望自己能做一个更好的朋友。”

说完，杰克和约翰小心翼翼地走下破旧的台阶，钻进约翰停在海滨街上的车里。

我转身背对大门，只见桑吉塔双臂交叉，站在走廊里看着我。

第八十章

“阿尔菲·蒙克，你一定有事。”桑吉塔说，设法让自己的声音既听来温柔友好，又很犀利，“我在盯着你呢，年轻人。也许你并不年轻。你最好——”

另外两个住在格雷伯爵公馆的孩子塔莎和梅兰妮打断了她，她们正飞奔下楼，大声笑着，其中一个撞到了她。

“对不起！对不起！嘿，阿尔菲，要不要一起去蹚水？”

其他几个孩子习惯在暖和的夜晚到海湾里玩水，他们管这叫蹚水。这是他们第一次邀请我一起去。我暗自兴奋不已。

“好呀，我马上就去那儿和你们会合。”我回答。她们咯咯笑了笑，跑出了前门。

桑吉塔向我点点头：“小心，阿尔菲。我一直在看着你。”她说完也走了，留下我一个人待在门厅，那里有布告栏、耐磨的地毯和消毒剂的气味。

杰克是正确的。我得逆转这一切。

我低下头，注意到杰克给我的小包，便把书拿了出来。我皱起眉头。里面有什么东西，摸起来感觉书变厚了。我打开书，只见杰克在封面下面塞了一个信封。

信封正面写着“买鸡的钱”，里面是两张五十英镑的钞票。

一个想法开始在我的脑海里形成。

在楼上我的房间里，我拿出桑吉塔给我的手机，开机，开始写我的第一条短信。

亲爱的罗克茜：

对于我们说过的那个地方，我想到了一个主意。明天早上八点，我在地铁站等你和艾登。

你真诚的

阿尔菲

几秒钟后，我的手机响了，我看了那条信息。那上面说“哈哈好吧”。

这听起来有点儿生硬，但我很确定这表示她答应了。

我已经连续三个晚上睡不着觉了，但这一次不是因为害怕或悲伤，而是因为兴奋。

我已经想到了寻回世上仅存的长命珠的办法。

这个计划确实有些“大胆”。但这是我唯一能想到的计划。

我打算贿赂某人，让他不顾法律，带我们去科凯特岛。

第四部分

第八十一章

乘地铁到纽卡斯尔，再从干草市场倒巴士，沿着海岸一路往北。用了将近两个钟头，当我们到达安布尔镇时，早晨已经变得相当寒冷了。教堂的钟敲了十下，一位穿着围裙的胖女士正在卷起海王星咖啡馆的百叶窗。

安布尔是一个海滨小镇，分布着一栋栋沙色的矮楼，房子似乎缩头弓身，背对着北海。空气中总有一股淡淡的咸腥味，我听到一对夫妇说："咦，变天了。""马上要下雨了。"

科凯特岛就在那里，距离海岸不远，岛上的小灯塔是唯一可以看到的地标建筑。

阿尔菲只简要介绍了一下他的计划，还给我们看了两张五十英镑的钞票，说是有这个钱就能实现他的计划，此外，他什么也没说。听完之后，我完全不知道他为什么要我们一起来，但他说这是为了"显得真实"。他要假装成一个成年人，而有两个孩子在场，显然让这个"假象更像真的"。我并不觉得他的办法可行。老实说，我认为他要我们来，只是为了得到"精神支持"。另一方面，罗克茜认为这是她发挥演戏特长的机会，对此我倒是很确定。

她手机上的天气应用显示，今天下午的降水概率为 90%。所以阿尔菲是对的。反正到今天下午，如果计划进行顺利，一切都将结束。

我们顺利地走了这么远，本应该心情很好。

可我们的心情都跟今天的天气差不多：寒冷而阴郁，仿佛马上就要发生更糟糕的事。

我们三个坐在海王星咖啡馆里，凝视着巨大的窗户外面，看着人们穿着短裤和风衣走过。阿尔菲点了一杯茶，我和罗克茜各要了一罐可乐，但我们都没有喝。咖啡馆里的主人怀疑地看着我们，好像她认为我们要偷东西。

罗克茜打破了沉默，她把背包递给阿尔菲，说："好吧。是时候变身了，超人。"他默默地接过包，走进咖啡馆的厕所，换上了老人的行头。

她很轻松，这可真气人。她这样，可能是因为她不怕在家里"拉响警报"。

"小菜一碟。"在巴士上，我问她找了什么借口这么早从家里出来，她说，"戏剧社组织社员去约克郡旅行！"

"你妈妈没想过你为什么周六早上七点就出门了吗？"我问，"她不奇怪为什么不需要签家长信或同意书吗？"

她耸耸肩："我妈妈的问题已经够多了。如果我告诉她我已经签了同意书，省却了她的麻烦，她会很感激我。"

我真羡慕她随随便便就能蒙混过关。如果我这么做，妈妈或爸爸立刻就会看穿我。他们会要求看电子邮件，或者活动的日程安排。妈妈还会唠叨爸爸早点儿起床送我去集合地点。这一招在我这里绝对不可能成功。

不过，我枕头上的字条或许能成。只是我一直提心吊胆的。

我去莫家了。下午茶时间回来。

这么做有一个风险，爸爸说不定会开车去莫家的公寓，载我回家帮他安装浴室的瓷砖，清理雨水槽，把箱子搬进阁楼。这些都是我今天应该做的事。他会以为我又在逃避家务了。

至于阿尔菲，他根本不在乎。格雷伯爵公馆的门是锁着的，还装有警报装置，但他发现从防火梯出去很简单。

“可以走了吗？”

我身后的声音吓了我一跳。我猛地转过身来，看见阿尔菲穿着一件长外套，戴着一顶男士宽边帽，这是罗克茜《雾都孤儿》的戏服。我得承认，这身行头很有说服力。柜台后面的女人向我们投来了狐疑的目光，如果一个男孩走进你的厕所，却打扮成一个老人出来，你也会这样。

当我们离开时，商店的门铃在门上叮当作响。那位女士仍在盯着我们看。我看到她把手伸进口袋，拿出手机，我有种不祥的感觉，事情要出岔子了。

不过，我什么也没说。

第八十二章

自从阿尔菲扮成老人之后，罗克茜就笑个不停。在其他情况下，我也会笑，他扮得像极了。他稍稍佝偻着腰，把脖子向前伸，还把帽檐往下拉遮着眼睛。要是再弯腰，会让他看起来很矮，毕竟他本身也不是特别高。他装作双腿有点儿僵硬，把脚平而轻地落在人行道上，好像弯曲双腿会很不舒服似的。

从海王星咖啡馆到港口前的小木亭只有一百米左右的距离，那里有一个彩色的大牌子，上面写着：

角嘴海雀旅行社

下班船十二点到达

有一个男人在木亭的玻璃门后面抽着一根很大的电子烟斗。我们走到近处，他放下手机，这时，我预见到了事情的结果。我不清楚我是怎么知道的，但我就是知道。

“伙计们！”我说，“这次是凶多吉少了。”

罗克茜用一种令人讨厌的、抑扬顿挫的声调说：“你是个失败主义者！”她说着径直走向木亭，阿尔菲拖着脚跟在她身边。

玻璃门上有一个长方形的洞，用来传递船票和钱，一缕烟正从洞里冒出来。虽然只是电子烟，但烟太多了，就像木亭着火了一样。

阿尔菲低下头，对着玻璃门上的洞，用低沉的声音说：“伙计，你看能不能冒个险，带我们上那座岛？”

有那么一刻，我们等待着回复，我还认为我们成功了。男人深深抽了一口烟，喃喃地说：“你说什么？”他停顿了一下，吐出长长的一缕烟。

阿尔菲从夹克口袋里掏出两张五十英镑的钞票。

“我在想能不能说服你送我们去那座岛上，伙计？在东边，从这里看不到。只是我的孩子们很想近距离看看海雀，你明白我的意思吗？”

男人盯着两张大钞。阿尔菲把钱从玻璃下面推向他：“跑这一趟，是值得的。”

男人伸出两根带着咬痕的指甲的手指，把钞票拉到自己身边，放进了口袋。阿尔菲转向我们，咧嘴一笑。

“滚开。”那人咆哮道，“首先，我会被吊销执照。第二，你以为我是三岁小孩吗？之前在海王星咖啡馆的人就是你们吧？走开。该死的小混蛋。”

“这是拒绝吗？”

“那你听起来是什么？当然是火药味十足的拒绝。滚远点儿！”

阿尔菲的肩膀垮了下去，我从他身上看到了沮丧。他半转过身去，然后直起身来，又扭了过来。

“那么，把我的钱还给我。”

一阵可怕的沉默之后，那人吸了一口烟斗，把烟吐了出来，说：“什么钱？”

阿尔菲的整个身体似乎都塌陷了，他没有回头看我们，只是没精打采地坐在附近的一张长凳上。

他整个早上都很安静，但是，可怜的阿尔菲第一次看起来真有一千多岁了。

第八十三章

我坐在长凳上，凝视着紫灰色的大海。在我的头顶上，海鸥对着白色的天空孤独地啼叫着，它们悬停在风中。海港外的波浪上开始泛起白色的浪花。

在我坐的地方下面，码头上一艘艘游艇的桅杆在海浪中摇摆，船帆的滑轮在风中叮当作响。

这是一个疯狂的想法。

但现在我搞砸了，我等了几百年要做的事再也做不到了。

我不能长大。

不能好好地过十二岁生日。

不能有和我一起长大的朋友。不能谈恋爱，结婚，生孩子，看着孩子们成长、有他们自己的孩子……

不能感受生命的价值，体验生命的可贵。不能因为没有无尽的生命而渴望每天都能更长一点儿……

到目前为止，我比这世上任何人都更明白一件事：没有死亡，生命就只是得过且过。

眼泪顺着我的脸流下来，自从妈妈去世后，我好像已经哭了无数次了。被冷风一吹，泪水在我的脸颊上变得冰凉。起初，我甚至没有注意到艾登和罗克茜坐在我的两边。艾登用手臂搂住我的肩膀，用力按了按，罗克茜把头靠在我的胳膊上，就像我以前靠在妈妈的胳膊上一样。

我们似乎在那里待了很长一段时间。

然后，我听到我们后面有人说："哇！看哪！"我扭过头，他们指着大海，那里有一群鸟反复潜入海里又浮上来。

"是海鸥吗？"小女孩问她妈妈。

"我不知道，宝贝儿。"

女孩咯咯地笑："它们看起来很像……很像飞起来的橄榄球！"

她们的声音就像绞车一样，把我从绝望中拉了出来。

"它们是角嘴海雀。"我对她说，"很少看到它们离陆地这么近。附近一定有鲭鱼群或鲱鱼群。鲱鱼是它们的最爱。"

那位母亲微微一笑："你知道的真多。"我耸耸肩。我希望自己能表现得谦虚一点儿。

这时罗克茜开口了："阿尔菲，你说海水冷不冷？"

艾登嘲笑道："这里是北海，罗克茜，能把人冻死。"

"可是快到六月了。"

"那又怎么样？"

"我有个主意。"

第八十四章

罗克茜的想法是那么离谱和古怪，又太过大胆，根本行不通。

但那也是我唯一和最后的希望。

我们要去偷一艘船。我说“我们”，其实只有我一个人。

在这个繁忙的小码头里，况且还是夏天，周围都是人，我竟然打算偷一艘小游艇（或者什么游艇都成，想必我没有太多选择），并开着它去离海岸大约一英里远的科凯特岛。

我知道这个办法很蠢。

但还有一种选择，那就是不去尝试，而这算不上一个很好的选择。

我还记得以前没人偷东西。我记得有一段时间，不管你多大年纪，哪怕偷一篮子鱼也会被吊死。

那么……偷一艘船呢？

我们三个坐在长椅上观察着码头，并制订计划。即使这个计划行得通，我们肯定也会吃不了兜着走。

如果行不通（很有这个可能），那后果就太可怕了，连想都不敢想，我就是这么对罗克茜说的。

“那就不要去想！”罗克茜说，她太过乐观了，“事情简单得很。”她接着说，“要么我们尝试，但很可能失败。要么不去尝试，那肯定失败。”

在“可能”和“肯定”之间，我的未来就在这微小的机会里。

罗克茜拿出手机，用手指不停地按着。突然间，她成了带头人罗克茜，个子虽小，却叫人钦佩。

“这附近有两支海岸警卫队。”她看着手机说，“一个在安布尔，就在那里。”她指了指港口对面一座面向大海的低矮建筑，“另一个在海岸北边的锡豪西斯。我们只能盼着你能在他们抓到你之前赶到岛上。锡豪西斯那个倒是可以放心，毕竟他们离得太远了。至于这个……我真说不准。”

如果这还不够令人沮丧的话，我正在努力确定哪艘游艇是我可以独自驾驭，还具有我需要的速度。

只有一艘：那是一艘三十英尺长的白色单桅游艇。它停泊在码头的最后一个栈桥边，离开阔的水域最近，这倒是好事。但要从其他船只边上走很长一段路才能到那艘游艇，这可不太妙。肯定会有人注意到我。我不得不从几十个人身边走过却不引起注意，他们互相熟悉，还认识其他水手，我只能盼着自己可以神不知鬼不觉。

“那艘吧。”我指着游艇对艾登说，游艇的船尾有一面小海盗旗在飘动。他什么也没说。“你听见我说的话了吗？”

“我听到了。一定要选那艘吗？”

“怎么了？有什么问题吗？”

“那是我姨父贾斯帕的船。”艾登说。

第八十五章

我们要想把船驶出小码头，就只能在众目睽睽之下。“大隐隐于市。”妈妈常这么说。即便如此，我们也需要转移别人的注意力。

因此，罗克茜才问起水温。

但首先，我们得把海岸警卫队叫来。

我们离开长椅，到了港口里一个安静的地方，那里没有路人，我们也仍然可以看到海岸警卫队大楼和我要偷的游艇。

我们三个面对面。我说不出话来，但我的心怦怦直跳，像铁匠不断砸下来的铁锤，我的喉咙发干，我感觉自己能喝光整个海港里的水。

在我漫长的人生中，我想我从来没有像感谢他们一样感激过任何朋友，但我没法儿将心里的感激轻易说出口。我看着艾登，他的脸色变得非常苍白。

“怎么了，艾登？”我问他，但他摇了摇头。

“没什么。”他说，“就这么做吧。”

“你确定？”

他笑了：“朋友是用来干什么的，阿尔菲？”

我的余生从此开始。

第八十六章

罗克茜关掉了“来电显示”功能，她说这种功能可以让接电话的人知道是谁打来的。

她拨打了紧急电话，还报上了一个假名字和假的电话号码，哭着说：“我爸爸！他有麻烦了！他在帆板上，在几英里外的海上！”

她演得很好，非常令人信服。我看着她的五官因为担心而扭曲，好像她真是为了救她爸爸而打紧急电话。

“他是在下豪克斯利海滩附近下水的。”她说，“你们得去帮他！谢谢你们……是的，我就待在这儿。”

我们不需要等太久。几分钟之后，三个穿着黄色防水服的人就从海岸警卫队大楼里跑出来，顺着港口墙壁的金属梯子向下爬到一艘救援船上：那是一艘巨大的灰色硬壳充气艇。

船开动的时候，我、罗克茜和艾登已经到了码头。我非常紧张，开始喘粗气，头还有点儿晕。

“请你们快点儿好吗？”罗克茜对着电话说，“我的手机没电了。你们来了吗？谢谢，我要挂断了，因为……”她只把话说到一半，就把手机关机了。

“你还好吗？”艾登问，但我只能点头回应。

他转向罗克茜：“好吧，现在轮到你了。”她收紧下巴，走到一个关闭的冰激凌小摊后面，几秒钟后穿着T恤衫和短裤走了回来。

码头上有很多人，大都在游艇上，但似乎没人注意到我们。反正暂时还没有。

“祝你好运，罗克茜。”我说，并伸出手和她握手。她的脸上绽出了笑容。

“你，阿尔菲·蒙克，一定是最奇怪的孩子！”她说，“到这儿来！”她伸出她的细胳膊紧紧地搂着我，“你才是那个需要好运的人。我要做的就是假装溺水。祝你好运。”

说着，她从栈桥下了几级台阶，走进水里，水一定非常冷，她把整个身体滑进去，甚至都没有喘气。她咬紧牙关，脖子上露出了青筋，眼睛瞪得老大，眼白往上翻，我真担心她的眼球会爆出来。

告诉你吧，罗克茜·明托是我见过的最坚强的女孩。

她开始向港口中央游去，甚至没有人注意到她那小小的黑色脑袋在水中上下浮动。

第八十七章

我和艾登必须快点儿行动。

我脱下了那件愚蠢的外套和帽子，看起来又像个孩子了。码头边堆着一些空的捕虾笼和一只蓝色的塑料箱，我们各自抱起几个，便朝码头的尽头走去。

你只要显得有事做，人们就不会多留意你。这是多年来助我安然过关的建议之一。

只是这次不一样。一个女人迎面走过来，她很瘦，穿着厚毛衣，一张脸被风吹得通红。

"哇，小伙子们，你们拿着那些东西，是要去哪儿？"她说，语气倒也没有令人不快。

"我……呃……"艾登说，我瞥了他一眼。他的脸几乎和我们前面的女人一样红。

"我们是要把这些东西送去给他姨父。"我说。

"是吗？他姨父是谁？今天我是港口值班管理员。所以我得事事留意。"

"他……叫贾斯帕。贾斯帕·胡克。"艾登终于说道。

那位女士的脸色和缓了下来："啊，是胡克船长呀。我们最近经常见到他！他在捕龙虾吗？"她抬头看了看天空，天空正从白色变成灰色，深紫色的乌云越来越近，"不过，是我的话，现在可不会去捕龙虾。告诉贾斯帕，娜塔莉这么说过。看，大家都回港了。”

她指着通往港口的路，港口两边各有一个长码头，已经有四艘帆船正驶回港口。开阔水域里还有其他船只。风越来越大，稀稀拉拉地飘下了几滴冷雨。我们沿着码头匆匆走着，一路上看到游艇的主人把他们的船系好，以抵御即将到来的风暴，我只能看到罗克茜的头浮在港口的中央。

就在这时，她喊了起来：“救命！救命呀！”

不过她的声音很小。我惊讶地环顾四周。没人听到她呼救。就连艾登也没听见。

“你听到了吗？”我问他。

“听到什么？”

我们原以为罗克茜会引起一场骚动，吸引其他人的注意，我们则趁机悄悄将船开出港口。

但这个办法并没有奏效。没有人注意到海港外的那个小黑点。风呼呼刮着，海水拍打船身，风帆哗啦哗啦响着……

“救命呀！”她的声音听起来那么真实，罗克茜真是个出色的演员。

我扔下蓝色塑料箱，沿着码头跑向那位红脸女士。

“有人遇到麻烦了！”我喊着，指着再次传来微弱尖叫声的方向。

“救命呀！”罗克茜喊道。

“啊，是有人在游泳吗？港口里不可以游泳。嘿！嘿！”

这会儿，我真的很害怕，已经看不到水中罗克茜的脑袋了。海浪越来越大，连她举起的手臂都看不见了。娜塔莉拿出一副小双筒望远镜，从一边扫到另一边。最后她说："是的！海里有人！"我们两个又听到了喊声：

"救命呀！"

娜塔莉马上展开行动，她跑去求救，她那双长筒橡胶雨靴咚咚咚地踩在码头的木板上。我朝相反的方向跑去，回到艾登身边，他就站在他姨父贾斯帕的船边。

"来吧，我们的时间不多了，艾登！"

游艇系在铁质的系船柱上，艾登已经在解长绳了。他正要解开最后一圈时，突然停了下来，眉头紧锁，脸上露出担忧的表情。他的目光落在游艇的驾驶室里。

"怎么了？"我问。

"钥匙。看。点火装置里插着钥匙。"他低声说。

果然，一把钥匙从船的控制面板伸出来，上面挂着一个大软木浮子。

我说："谁会——"

艾登抢在我前面开了口："……谁会把钥匙留在船上？除非是……"

"船上有人……"

海水汹涌，游艇随之起起落落，最后一两码的绳索已经脱离了系船柱。船已经开始从码头边上漂开了。我把手指放在嘴唇上，尽可能轻地跳到游艇的尾部。艾登紧随其后，轻轻落地。

我们蹑手蹑脚地向驾驶室走去。

船舵旁边有一扇敞开的小门，通向甲板下的一个小厨房，里面有一张桌子和一张床。

有个人躺在床上，正是艾登的姨父贾斯帕，他伸着手臂，闭着眼睛，还戴着耳机，旁边放着一个空朗姆酒瓶。他把音乐声开得很大，乐声都从耳机里飘了出来。我甚至能听到那是一首古老的教会音乐，我们过去称之为单声圣歌，包含吟唱和歌唱。

有一段绳子整齐地盘绕着，挂在船舵旁边的钩子上，我和艾登似乎同时想到了同样的念头。他尽可能轻地把门关上，与此同时，我把绳子在门把手上绕了几圈，又紧紧地绕过金属扶手。我把绳子拉回来再次绕在门把手上，随即又绕过扶手，最后打了一个结实的结。艾登的脸上露出了灿烂的笑容，他举起张开的手掌。我也这样做。他击打了我的手心，感觉怪怪的，但很有趣。

此时，我们已经向港口里漂了好几码了，海浪正把我们推向另一条船。

“嘿！当心！”我们听到另一艘船上传来叫喊声，那艘船转开了一点儿，以避免和我们发生碰撞。“你们不知道吗？暴风雨就要来了！”

几百码外，一艘带着小引擎的船正向罗克茜驶去，成群的人聚集在码头和防波堤上。

我们要想把船开远，肯定会吵醒贾斯帕。任何大幅度的动作都可能把他弄醒，所以我们得赶紧行动。

我也没什么好失去的了。如果我必须乘船去科凯特岛，还得把贾斯帕关在他自己的船上，那么……我就这么做好了。

我并没有选择的余地。

按照我们的计划——如果用“计划”这个词合适的话，我们要利用船帆离开港口，但现在点火装置里插着钥匙，这表示我们可以使用引擎，于是我拧动钥匙，启动引擎。我把船驶向大海。

一个声音响起。

“喂！到底发生了什么事？”

那扇门上没有窗户，贾斯帕姨父正用尽全力咔嗒咔嗒地拉着门。他并不知道是谁偷了他的船。

绳子能坚持多久？他能把门砸开吗？还要多久才能到岛上？我们现在都还没有驶出两个码头的范围，前面至少还有一英里。然后呢？岛上没有港口，没有码头，什么都没有。我们要在哪里登陆？

也许应该把计划再完善一些。

我和艾登一起升起主帆，帆还没升到一半，风就扯住了主帆，船猛地向一边倾斜。我抓住船舵，艾登稳住帆，几秒钟后，我们在银色的海水上乘风破浪，以惊人的速度驶向大海。

“看在全能的上帝的分儿上，你们在干什么？但愿你们能意识到自己的罪行有多严重，你们这些偷东西的人渣！”

我不知道这扇门能撑多久，不过看起来情况不妙。

第八十八章

我都有点儿觉得对不起贾斯帕了。他声音里的惊慌表明他很害怕。他本来好好地在船上休息，戴着耳机听着音乐，却突然被锁在里面，他准以为自己被绑架了。

阿尔菲呢？阿尔菲跟你想的一样酷。就好像他开始做一件事，就没有什么能阻止他。他在掌舵，下巴紧绷，眯着双眼透过越来越大的雨凝视着前方。

我不知道我们能开多快。船速是以“节”来衡量的，我对节没有概念。看着水从我们身边流过，我们的速度至少和镇上的汽车一样快。风声震耳欲聋，帆弯成了一个巨大的白色曲线，已经张满了。我们运气不错，风是从陆地上刮来的，吹着游艇直接驶向那座小岛。几分钟就能到。

“喂？喂？这里是德尔塔狐步舞 19。德尔塔狐步舞……”

广播里说话的是贾斯帕。他在呼救。

“喂喂，听得到我的话吗？是戴夫吗？戴夫！你在瞭望台吗？我是贾斯帕·胡克。我的船被偷了，看来我们要直奔小岛了。我在船上，被困在了船舱里。我被绑架了，戴夫。叫海岸警卫队来。赶快报警！快叫人！完毕。”

戴夫的声音也响了起来。

“海岸警卫队刚执行完任务回来，不过他们是白跑一趟，贾斯帕。我们认为是有人在恶作剧。天哪，海里有艘船，是你吗？照这样的速度，美洲杯都是你的了，胡克。快返航，太危险了。完毕。”

“我返不了航，你没听到吗？我……我被绑架了。他们不会因为我礼貌地请求就掉头的！打电话给海岸警卫队，让他们把救援船开到岛上拦截我们！完毕！”

“谁绑架了你，贾斯帕？”

“我不知道，戴夫！我被锁在里面了，看不见他们。”

“他们可能带了武器什么的，胡克。”

“看在上帝的分儿上，戴夫！据我所知，他们可能还带着一只吃人的老虎。趁着船还没翻，赶快做点儿什么。完毕！”

通向门的楼梯上响起了脚步声，可以听到他又开始撞门。

“让我出去！你们闯大祸了。这是海盗行为。你们会被绞死的！”

跟着，四周安静了下来。这是一种令人不安的沉默，似乎沉默在计划着什么。海水如钢铁一般冲过船身，现在雨水几乎是水平地向我们袭来。不过船帆顺着风，驾驶室里有一个绝佳位置，在那里一切都是安静的。

我看了一眼阿尔菲，他的脸上绽开了一个笑容，只有掌控一切的人才有这样的笑容。这太棒了！就在那一刻，我知道，无论这艘船、贾斯帕甚至是我发生了什么，阿尔菲都会成功的。尽管我对自己可能遇到的危险感到害怕，我还是把手伸过阿尔菲，按下了那天贾斯帕带我和爸爸出海时按下的开关。

神秘奇异的音乐立即响彻驾驶室，那是有数百年历史的格列高利圣咏。有那么几秒钟，也许长达半分钟，我们在荣耀和平静中航行，任凭风吹雨打，任凭大海翻涌，任凭命运的摆布。

然后，我看到从门口的缝隙中伸出了一把小刀，刀刃来回割着闩门的绳子。只要几秒，绳子就会被割断。

与此同时，安布尔海岸警卫队的救援充气艇正以惊人的速度穿过海浪向我们冲来，艇上穿黄衣服的人正一秒一秒地变大。

小岛也一样。

我们正径直驶向小岛。此时波涛汹涌，不是总能看到哪里有礁石，但是，当潮水退去的时候，它们就出现了：巨大的黑石头如同鲸背露出水面。再过几秒钟，我们就可能撞上那些礁石。

第八十九章

“降下主帆！那边那个！”阿尔菲尖叫道，他的声音里透着恐惧。我尽可能快地把绳子从钩子上解开。帆桁立刻转了过来，帆也松了，我能感觉到船的速度放缓，但它仍然在自身的动力作用下朝着礁石冲去。礁石另一边是一个小海湾，我们随时都可能像海浪一样冲到礁石上，溅起巨大的白色浪花。

阿尔菲尽可能快地顺时针转动船舵，他的手动作极快，船向右倾斜。与此同时，在门口，贾斯帕继续疯狂地割着，又有一股绳子的纤维断了。

“你们这些贼老鼠！”他咆哮道，“等着我抓住你们！”

“扶住船舵！”阿尔菲大叫，我刚一抓住船舵，他就脱下毛衣，踢掉鞋子。

“你要干什么……？”

一切都发生得太快了。就在阿尔菲从船舷一头扎入翻腾的大海，消失在水面下的那一刻，绳子终于完全被贾斯帕的刀割断，门猛地打开了。

我开口想要大叫“阿尔菲”，但我只喊了一个“阿”字，声音就变成了一阵尖叫。

“海盗旗”号划过危险的海水，仍在继续向陆地前进，一股巨浪把我们从一块巨大的黑色礁石边上卷开。水哗哗地从船边倾泻而下，如果我不是紧紧抓着船舵，早已被抛到海里了。

几秒钟后，游艇恢复了平稳，但没有风帆兜住风，我们只能任由大海摆布，而海水肯定还会把我们带向隐约可见的礁石。

贾斯帕一句话也没说，就抓住了挂在帆上的绳子。这就像他是发自本能去拯救他自己和他的船，他拉紧绳子，让帆迎着风，当他再次将绳索固定在金属钩上时，“海盗旗”号开始缓慢地呈曲线从礁石边驶开，过程十分折磨人。风仍然在咆哮，雨点重重地敲打着我的脸，我几乎什么都看不见。

修道士缓慢而和谐的吟唱声一刻不停地从船上的喇叭里传出来。

一时间，无数念头挤在我的脑袋里，我根本没法儿正常思考。

不过，最重要的问题是阿尔菲在哪里？他还好吗？

擦去脸上的浪花和雨水，我试着把注意力集中在他可能在的水域，但我甚至分辨不出我们在哪里。在刚才的几秒钟内，船已经移动了好几米，离开了他入水的地方。

五十米：这就是我们离小岛的距离。

我想，我能游五十米。我认识的大多数孩子都至少能游五十米。泰恩茅斯泳池要长上一倍。在那里游上五十米，可以说是小菜一碟。

但在风雨交加的北海中呢？他没有机会了。不过，我们的小船似乎已经脱离了眼前的危险。礁石和岛屿越来越远，但那震撼人心的音乐仍在继续。

贾斯帕出现在我旁边，冲着我尖叫。

“看在上帝的分儿上，你在干什么，艾登？”

要给出这个问题的完整答案需要很久，我想贾斯帕没有足够的时间听，况且我现在也不能正常思考。于是我只说了三个字：“阿尔菲！”

贾斯帕看了看我，又看了看小岛，还看了看此时离我们只有几百米远的海岸警卫队救援艇。有那么一瞬间，他吃惊地张着嘴，使劲地眨着眼睛。

“啊，不。不，不，不，不！”

第九十章

船被控制住了，我们眼下没有了危险，汹涌澎湃的波涛平息了一会儿，就像风暴在缓一缓劲。

充气救援艇现在就在我们边上。里面有三个人，穿着黄色的防水服和笨重的橙色救生衣。

前面的人扔了一根绳子，我把绳子接住，系在游艇尾部的一个钩子上。他拽住绳子，把充气艇拉近，便踏着挂在船尾的金属短梯上了游艇。这会儿，他到了我们的船上。他身材魁伟，留着灰白的胡子，防水上衣上印着他的名字：韦兰·G.。

"是你求救吗？"他对贾斯帕喊道，风仍在呼呼刮着，修道士们的歌声依然从游艇上的音响系统中传出来，"有什么问题吗？你说有人把你关起来了！出什么事了？"然后他看着我，"你没穿救生衣？你疯了吗？快去找一件穿上。"他指着舷梯扶手下的一个储物柜。

他显然完全不清楚发生了什么。"阿尔菲！"我喊，"他在海里！"

韦兰·G.的脸上露出了骇然的神情："什么？在哪里？"他转身去看。就在这时，贾斯帕使出全身力气撞向他，韦兰·G.被撞得踉踉跄跄地向后走下楼梯，一屁股跌坐在船舱里。贾斯帕从我身边挤过，朝船尾走去。

这是怎么了？我心想。

韦兰·G. 摇摇晃晃地站起来时，我还在穿救生衣。贾斯帕已经解开了把救援艇固定在游艇上的绳子。

贾斯帕没有救生衣和防水服的拖累，比充气艇里的两名船员灵活得多。他背对着游艇，用胳膊钩住栏杆，抬起两只脚，使劲蹬在了第一个人的胸部。那人只喊了一声“啊”，便向后掉进了水里。

现在，韦兰·G. 走上了楼梯。他粗暴地把我推到一边，只差一步就能抓住贾斯帕了，贾斯帕却松开双臂，落在了救援艇上。

他落在上面，小艇猛烈地向一边倾斜。剩下的那个人大叫一声“不”，便失去了平衡，扑通一声掉进了水里，立即像软木塞一样浮上了水面。

游艇还在行驶之中，所以我们离第一个人落水的地方已经有很长一段距离了，他的黄色上衣在水中上下浮动，非常明显。贾斯帕已经控制住了救援艇，正快速驶向小岛。

他在做什么？

“你会开船吗，孩子？”韦兰·G. 对我喊道。

我不置可否地耸了耸肩。

“很好。放下主帆，准备转向。注意帆桁！”

我想我们是要转身去接阿尔菲和掉下船的人。我想知道贾斯帕追上阿尔菲之后会发生什么。我想起了他追警车的情形，他声称只是想安慰那个可怜的男孩。很明显，这事另有隐情。他认识阿尔菲，他在追杀他。

韦兰 · G. 按下开关，修道士们悲伤而响亮的圣歌戛然而止，只有风和大海的呼啸仍在继续。

“在哪里？”韦兰 · G. 喊道，“我是说落水的位置在哪儿？”

我扫视阿尔菲游过的海面，但现在他已经踪迹全无。

第九十一章

我从来都不怕冷水。当我还小的时候（真正的小时候，不过那是很多很多年前的事了）我们只有冷水。我们在冷水里洗漱，如果需要清洗全身，大海总在身边。

到了冬天，海水太冷了，连站在水里往身上溅水都不行，妈妈就会在火上烧一锅海水……

你瞧，我无论想什么，最后总会想到妈妈。即使现在也是如此。我一下又一下地把胳膊摆到脑袋前面，在冰冷浑浊的海水里向前游去，大口大口地吞下咸咸的海水。

我离海岸不远了，但我得划五下才能游出相当于在平静的水里划一下的距离。大海用巨大的海浪把我举起来，又让我俯冲下去，把我推向礁石。我的脑袋要是撞在上面，准会脑浆迸裂。我像野兽一样疯狂地踢腿，奋力前进。

"游啊，阿尔韦，坚持下去！"

我听到妈妈在我的脑海里催促我。但我无法加快速度，也提不起更大的力气，冰冷的海浪偷走了我的力量。我越弱，它就越强。我抬起头绝望地吸了一口气，一个浪头砸在我脸上，我又吸了一口海水进肺里。我在水下快要窒息了，我愈发确信我会死在这里。就像我父亲多年前那样，我也将葬身大海。

我开始下沉，海浪的声音停了。风声消失了。一切都归于沉寂，平静而黑暗。我感到有什么东西碰了碰我的胳膊，那是沙子，我在海底被汹涌的水流托着向前，再过几秒钟，我就将什么都感觉不到了……

“还不是时候，阿尔韦。”妈妈说，“还不是时候。”

奇怪的是，我想象中妈妈的声音变得低沉了，那是拉斐尔在说话。很久以前，他是我的格斗老师。他的声音在我周围的水里回荡着：

“记住，阿尔菲，你最弱的时候，也就是你最强大的时候。你的敌人认为你被打败了，就该你进攻了。从脆弱中寻找力量，阿尔菲！”

从脆弱中寻找力量。

我的脚触到了沙子，我的腿弯曲着，我知道如果我把双腿伸直，就会踢到海底。从内心深处的某个地方，从一千年前的某个地方，我发现了一股残余的微弱力量。我最后一蹬腿，向上浮去。再过半秒钟，我的肺里就会充满水，我也将被淹死，但我的嘴浮出了水面，我呼哧呼哧拼命喘着气，这口气似乎包含了我漫长的一生。又一个浪头卷了过来，但这次我的膝盖碰到了沙子，我意识到我可以站起来了。我吸进更多的空气，咳出海水，再吸一口气。我已经到了海滩上，我一直蹒跚着往前走，走着走着，我开始奔跑，逃离大海恶魔般的拥抱。

呼吸。

咳嗽。

奔跑。

呼吸。

咳嗽。

奔跑。

我做到了。我回头望着大海，我击败了这个强大的敌人。

在礁石的另一边，一艘充气艇朝我驶来，开船的是一个男人。

竟然是贾斯帕。

第九十二章

我绝望地望着大海，目光扫来扫去。我们把游艇调转方向之后，海面又开始掀起一层层大浪，迎着风左右摇摆，船在波浪中起落。

“他在那儿！”我大喊。

我指着岛上的小海滩。一个赤膊的瘦小身影从泛着白沫的浅滩奔向沙滩。他成功了。

但是贾斯帕在充气艇里，还有几百米就要登岛了。海浪放慢了他的速度，不过他很快就会上岸的。

韦兰·G. 难以置信地摇了摇头。“疯了。”他说，“真是疯了。”

游艇正靠近一名漂浮的海岸警卫队员，韦兰·G. 抛出一条绳索。

我无法把视线从阿尔菲身上移开，他跌跌撞撞地跑着，沿着被雨水浸透的海滩不停奔跑。

我曾经在电视上看过一部纪录片：一只小羚羊被一只母狮盯上了，它跑得不够快，母狮越来越近。

看着阿尔菲趔趔趄趄地穿过海滩，我一直在想：冲呀，羚羊，冲呀！

第九十三章

我转身背对乘充气艇越来越近的贾斯帕，沿着海岸奔向一个深而干燥的洞穴。

我和妈妈就是把长命珠藏在了那个山洞里。

我无意中看到海滩另一端还有一艘船，停在干燥的沙滩上。那儿还有一些小帐篷在风中颤动，此外还有一顶较大的绿色帆布帐篷，形状和颜色与大富翁游戏里的小塑料房子一模一样。

帐篷一定是考古学家搭建的，不过附近一个人也没有。我断定他们返回了大陆，工具和帐篷则留在了岛上。

我又踉踉跄跄地跑了一段。洞穴越来越近了。我不得不停下来，哇哇大吐起来，我跪在地上，把满肚子的海水都吐了出来。我回头看向大海，贾斯帕乘坐的救生艇现在离海岸很近了。我能辨认出他的黑胡子。

我又跑了一会儿，终于到了洞口。

洞里臭气熏天，那是一种混合了干海藻、盐和死海鸟的古老气味。

里面也很黑。我只往洞内走了一小段，就已经很难看清了。我使劲地眨着眼睛，但没有用。我跌跌撞撞地向前走，裸露的脚趾磕在突出的岩石上。

然而，对陶土盒的位置，我了若指掌。在洞穴的最深处，有一个叉状裂缝，分叉的一头只有一臂深，尽头是一个砂岩斜坡。另一头较长，是一条狭窄的通道，高度和我的身高差不多，长度也和我的身高差不多，尽头是一块巨石。

巨石后面藏着一个拐弯，除非有人知道它在那里，否则没人能找到那个石头之间的弯道。

保罗知道。妈妈知道。我知道。

我可以把我的大部分身体挤过巨石，再伸出左臂，摸到一块很短的沙质岩架，长命珠就在岩架上……

可此时那儿什么都没有。我抚摸着岩架和岩架后面的岩石，我的呼吸变得粗重起来。是不是我把它碰掉了？长命珠肯定不在那里，一种骇人的恐惧开始在我心中升起。

突然，我感到一只冰冷、坚硬的手抓住了我的另一只手腕，我尖叫出声。

我猛地转过身，去面对贾斯帕。

第九十四章

不过来人并不是贾斯帕。在黑暗中，我能辨认出一张老妇人的脸，她有一头白发。我认识这个人。

“我早料到是你。”她说。我认得她的德国口音。

是海因茨博士，那位在学校演讲的考古学家。

“跟我来。”她说，“快点儿。”

第九十五章

“这就是你要找的东西吗？”

我们站在最大的帐篷里。外面的风依旧把帆布吹得哗啦啦响，里面却很安静，帐篷的布料给一切都投下了绿光。一张长长的搁板桌上摆满了箱子、文件、电线、带有刻度盘的设备，以及泥铲和刷子。桌上有一块折叠的方布，上面放着一个陶土盒子，外层上的油脂、松脂和蜂蜡涂层随着岁月的流逝已然开裂、变得黯淡。

我默默地点头：“这是我妈妈的。我的意思是这是我的，是我们的。”我无法将视线从上面移开。我伸出手，但海因茨博士走到我和桌子之间，目不转睛地盯着我。

“太不可思议了。”海因茨博士说，“但这是真的吗？”她的脑袋从一边歪到另一边，从各个角度看着我，“那天你在学校里说话的样子就很奇怪，让我产生了……好奇。”

我什么也没说，只是浑身发抖。我的牙齿在打战。

“啊，可怜的孩子，你冻坏了！给你！”她从一堆毯子中拿出一条给我，我把它紧紧地裹在身上。

“你的老师们跟我提起过你，还有那件发生在你身上的可怕的事。所以……我做了点儿调查。火灾的事，我真的很抱歉。我查了网站、官方记录。我发现你和你母亲——愿她的灵魂安息——在那房子里住了很多很多年，对吧？”

我点点头，深深陷进桌子旁边的尼龙野营椅里。我累得筋疲力尽，没办法再撒谎了。

“那个关于永生人的传说，几乎已经被人遗忘了。但是在达勒姆主教的著作中隐藏着一条线索。”

我叹了口气：“是沃尔特。”

“你认识他？”

我耸耸肩，想起了保罗：“我不认识他本人。但我想我知道是谁告诉他的。”

从外面相当远的地方，传来了喊叫声：“阿尔菲！阿尔菲！”

海因茨博士倒抽了一口气：“还有人？”

“嘘！”

我们不再说话。

“阿尔菲！我不想伤害你！出来！”

我从系着带子的入口向帐篷外张望，只见贾斯帕全身湿透，在洞口踱来踱去，对着洞口大喊大叫。从洞里传来微弱的回声。

“阿尔菲！你在哪里？”

你……你……

他停了一会儿，环顾四周，他的目光终于落在了帐篷上。我从入口处后退，转向海因茨博士。

“他来了！快把陶土盒子藏起来！”

她把小盒子藏在帐篷一角的毯子下面，动作安静而自信。藏好后，她笔直地站好，与此同时，帐篷前门上的带子被扯开，贾斯帕那张长满胡须、滴着水的脸探了进来，他那双狂野的眼睛在昏暗的绿光下闪烁着光芒。他咧嘴一笑，露出一口长且过于洁白的牙齿，好像准备好要咬人。

“你好啊，阿尔菲！”他说。

第九十六章

似乎只过了几分钟，我们就回到了安布尔港的码头。我说的“我们”，指的是我、韦兰·G.和被贾斯帕丢下船的两个人。充气救生艇拖在我们后面。

韦兰·G.站在船舵前下令降下风帆后，他启动了引擎，这样就可以很容易地驶回码头。他并不友好。“到下面去，孩子，待在那里，我让你出来你再出来。”他指着游艇的内部舱室咆哮道。暴风雨就快过去了。雨也停了。

我无意中听到他和另外两个人的谈话。

“从班堡调直升机来……有个男孩情况危急……英国海岸警卫队的船只被盗……”

他走下楼梯，瞪着我。“这东西能用吗？”他指着船上的无线电说。

“我……我不知道。”

他打开开关。同样的音乐响起来了。

“哈利路亚！”

他低声咒骂了一声，关掉了音乐。“用无线电也起不了多大作用。”他说，“反正再过两分钟就到港口了。”他转向我，咬牙切齿地对我说：“为了你好，漂亮的小家伙，但愿对这一切你都能有个合理的解释。”

我重重地吞了吞口水。

我可以解释，只是这个解释符不符合人们对“合理”的判断，就不好说了。

我们靠岸时，有一辆警车等在港口。那儿聚集了一小群人。我下了船，一个女警官走过来，轻轻地抓住我的手臂。

“来吧，年轻人。我带你上车。”

第九十七章

到安布尔警察局的路程只有大约两百米。这是一座新的低矮建筑，颜色和沙滩上的沙子一样，里面有一股新油漆的味道。

我能听到罗克茜在打电话。

“我不知道，妈妈……我知道，妈妈，只是……是的，妈妈……他好像来了……再见，妈妈，爱你。”

我被带进一个普普通通的房间，里面有一张桌子和一张米黄色的沙发，墙壁是奶油色的。罗克茜从沙发上跳了起来。一个没穿制服的女士拿着笔记本和她坐在一起。

“艾登！”

罗克茜冲上来，用双臂抱住了我。我没料到她这样，便有点儿尴尬地站在那里，任由这个娇小的女孩紧紧搂着我。

“我好担心哪！我还以为你淹死了呢！”

罗克茜的行为有点儿奇怪，我也说不清楚是为什么。

“我不是告诉过你要小心吗？”罗克茜说。

我恍然大悟，原来她在演戏。又来了。我得稍微弯下身，才能回抱住她。当我这样做的时候，她在我耳边轻声说：

“你只是在你姨父的船上玩玩。发生的事都是意外。”

她只来得及说这些，不然沙发上的女士会起疑心。她站了起来。

“艾登。”她听起来很严肃，“我是侦缉警长西姆，你得解释一下。”

也许现在是我该学习撒谎的时候了。我想说的是，如果你想学会把谎话说得令人信服，就不要拿警察来练习。首先，他们非常善于看穿人们的谎言；其次，无论如何，你都应该说真话。

话虽如此，我还是对警察撒了一个弥天大谎。

我和一个穿制服的警官、侦缉警长西姆坐在一个房间里。显然，我并没有“被捕”。我只是在“回答问题”。

我说，我们幻想去冒险。

我们乘巴士来到了安布尔。

罗克茜去游泳，我和阿尔菲去了贾斯帕姨父的船。

我们解开缆绳，只想开进港口，但起风了，我们被吹到了错误的方向。

我们不知道贾斯帕姨父喝多了，醉倒在小舱室里。

不，这听起来并不可信。

韦兰·G. 和其他队员将会讲一个完全不同的故事。真实的版本是一个男孩从船上跳入波涛汹涌的大海，一个留着胡须的疯子袭击了海岸警卫队的志愿者，还偷走了一艘充气救援艇……

还要应付爸爸妈妈。他们与普雷舍丝·明托在来的路上了。他们肯定不容易对付。我感觉很不好。

“请给我一杯水好吗？”我说。侦缉警长西姆起身离开了房间，只剩下我和那个穿制服的警官在一起。

我们谁也没说什么，寂静中我听到一架直升机从头顶上方飞过。

“从班堡来的。”警官说，“去接你们的朋友。”

第九十八章

雨小了些，只有毛毛细雨从天而降。海因茨博士打开了帐篷的帘子，让光线照进来，她、贾斯帕和我坐在搁板桌周围的野营椅上。我们别无选择。我的意思是，我们还能做什么呢？和他打一架？

良久都没人说话。最后，还是贾斯帕深吸了一口气，说："好久没见了，阿尔韦。"

"你可以这么说。"我试着保持"冷静"，内心却起了一场风暴，和刚刚过去的真实风暴一样猛烈。

在一个狂风肆虐的小岛上，我和贾斯帕在一顶帐篷里，面对面坐在一张木桌边。

他双手合十，好像在祈祷，慢慢地说："我可是花了很多时间，才找到了属于我的东西。"

"你的？"

他点了点头："的确是我的。可后来被你父亲偷走了。"

这是一个意想不到的发展。"他是在战斗中赢的。"我用力地说。

贾斯帕耸了耸肩："这是一回事。他和他的……他的团伙袭击了我和我的人。我活了下来，但他拿走了最大的战利品。我认为这是盗窃。"

这是妈妈告诉我的故事吗？

“你和你的人袭击了一个手无寸铁的村庄，我父亲英勇无畏，他把你击退了。你活下来了，这说明我父亲对你很仁慈。你应该心存感激。”

海因茨博士插话进来：“等一下！等一下！这是什么时候的事？”我们两个都转向她，似乎都忘了她在场。

“大约一千一百年前吧。”贾斯帕平静地回答，她倒抽了一口气，“实际上还要更久一点儿。很多年了，我一直怀疑长命珠就在考克特岛上。但我不知道具体在哪里。相信我，我来找过。我每隔几十年就回来一次。我失去了你和你母亲的踪迹，我以为永远也找不到你们了。也许你们把长命珠带在了身上。也许你们两个都死了。”

“然后你找到了我。”

“我找了一个妻子。她有一个外甥。这个外甥有个朋友，就是你。”

又是一阵长时间的沉默过后，我们同时扭头看向帐篷外面。天空中传来一阵微弱的啪嗒啪嗒声。海因茨博士说：“是直升机。”

它很快就会降落，警察会从直升机上下来，至于之后的事……谁知道呢？

这是我唯一的机会，我的目光扫向藏陶土盒子的地方。

这是个大错。

“在那边，是吗？”贾斯帕问，几乎是耳语，“毯子下面鼓起来的那个东西？”他站起来，一把把毯子掀开，露出了陶土盒，他伸出双手抓在手里。

“住手！”海因茨博士站起来叫道。

“你能怎么样，老太太？”他没有看她。他的眼睛贪婪地注视着他手中的东西。

“贾斯帕，求你了！”我说，“想想吧。你已经是一个成年男人了。我却从来都没有机会长大。”我央求道。

“你父亲把长命珠——你现在还这么叫它们吗？——从我这儿偷走的时候，本来有五颗。你父亲用过一颗，你母亲也用过一颗，你也用过。应该还剩两颗才对，不是吗？每个人都应该只用一颗。”

我的喉咙有些发紧。

“可是你浪费了一颗，不是吗？你在一只猫身上浪费了一颗！”

我感到喘不过气来。“那是个意外！”我都快哭了，“当时我很小，我……呆呆傻傻的。”

“你的确是，阿尔韦。你还真够蠢的。”

“你怎么知道猫的事？”

贾斯帕笑了：“我不知道。是你刚刚承认的。我就是直觉这么认为而已，有很多故事讲到了一对母子和他们的猫。我只是根据事实推断，你刚刚给了我答案。”他停顿了一下，又厉声说出了那个字，“猫？这么蠢的人遇到什么事都是活该。”他的眼睛里燃烧着狂野的怒火。

然后，毫无预兆的，他把陶土盒子砸在木桌上。盒子裂开，变硬了的树脂化为了碎片。海因茨博士尖叫了一声。

在那里，紧紧地裹在一团羊毛里的，是一颗小玻璃珠。那是世上仅存的长命珠。

“你能想象这东西值多少钱吗？”贾斯帕说着，用他瘦长的手指把羊毛扯开，“我能换来无数的钱。”

我张大了嘴巴：“你……你是说你并不想自己用？”

贾斯帕病态地咧嘴一笑：“我肯定不会用。你到底在想什么？你疯了吗，小家伙？现代科学应该不难分析出里面的液体是什么。这里有一个已经失落了一千年的秘密。死亡被战胜了，你明白吗？这是永生的力量。”他瞪大眼睛，样子有些疯癫。

海因茨博士摇着头，轻声说：“人不可能永远活着。这是违背……自然规律的。”

贾斯帕转过头，假装惊讶地说：“啊！你还在这里啊！怎么了？”

就在他的注意力从我们面前的长命珠上转移开的那一刹那，我一把将珠子抓在手里。贾斯帕的手太慢了，我立刻把玻璃珠扔进嘴里。他惊恐地睁大了眼睛。我想把它咽下去，却无论如何也做不到。我的喉咙被咸涩的海水呛过，又是干呕又是咳嗽，已经红肿发干。

“不！你这个小恶魔！”

他伸出双手扼住我的喉咙：“吐出来，你这个懦夫的儿子！马上吐出来！老天保佑，我要杀了你，你这个小恶魔，就像我杀了你父亲一样！”

我害怕极了，喉咙被扼得生疼，他有力的手把我的脖子掐得更紧了。他刚才是不是说，“我杀了你父亲”？

我喘不上气，脑袋昏昏沉沉，他的话在我的脑海里蹦来蹦去。这时，我用眼角余光看到海因茨博士举起一把铁锹，只听响亮的砰的一声，铁锹砸在了贾斯帕的后脑勺上。

在电影中发生这种事，通常会配有一声爆裂声，如果是金属武器，就会响起铿锵声。而在现实生活中，我可以告诉你不是这样的。只有一声很响的撞击声。

在电影中，有人若是挨了这样一下，会立即失去知觉，瘫倒在地，事情就算搞定了。

电影里的人不会像贾斯帕那样大喊大叫：“啊！你这个肮脏的老巫婆！”

他愤怒地转过身去，但海因茨博士手里的铁锹像矛一样指向前方，迫使他不能靠近。我趁这个当儿冲出帐篷，奔向了海滩。有一条陡峭的小路从沙滩延伸向悬崖顶端的一大片干草地，我沿着小路一路向上，希望可以摆脱贾斯帕，但他跟了过来，用一种我从未听过的语言咒骂着。

就是他。船上的人就是他。那个对我大吼大叫的大胡子男人。是他把爸爸推下了船。我的呼吸变得极为粗重，但我的双脚不可以停。

“如果需要的话，我会弄花你的脸，你这个狗东西！”

有什么东西寒光一闪：他手里竟拿着一把大刀。在那一刻，我毫不怀疑他说的是真话。

直升机在我们上方盘旋。我必须拉开和贾斯帕之间的距离，好让直升机落在草地上。那需要多少时间？一分钟？

小路上的石头都松动了，当我光着脚往悬崖上爬的时候，它们在我脚下崩落。但贾斯帕身高体壮，也没有像我一样费力地从海里游过来。

我没力气了，他离我越来越近了。

再走三步，两步……

我试着去够悬崖小路顶端的一簇草，突然，我感觉到贾斯帕的手抓住了我的脚踝。

我大叫起来："不！走开！"可我还是被拖了下去，正当我张嘴要叫的时候，长命珠弹了出去。我看到它在空中划出弧线，从石头上弹开。它在小路上往回滚了一段，停在下方我够不着的地方。

我猛地扑了过去，伸开我那只自由的手臂，却还是够不到。

贾斯帕看到了，但他也够不到。在我上方，我的拳头摸到了一根可以抓住的粗大树根，这阻止了我向后滑的趋势。

我们在那里停留了几秒钟。我紧紧抓住树根，脸紧贴在悬崖边，贾斯帕则紧紧抓住我的脚踝。但我们并不稳定。贾斯帕的一只脚没有支撑。再滑一下，我们就都将跌回岩石上了。

"就像我杀了你父亲一样……"

我想要他死吗？

我能感觉到我上方的树根在土里松动了，我们两个都从悬崖上向下滑了一点儿。如此一来，贾斯帕离长命珠更近了，但还是不够近，他依然抓不到。

“就像我杀了你父亲一样……”

这句话在我耳边回响，仿佛是从一个山洞里传来的。

我愿不愿意和他同归于尽？

我壮起胆子往下看，只见他咬住刀刃，腾出另一只手来抓我的脚踝。他的重量拖着我不断往下滑，我很清楚，几秒钟后，我的大限就要到了。

我绝望地把手指插入树根旁边松软的土里，想找个新的抓点，却只是徒劳一场。我向下滑去，尖叫着“不要”。突然，我感到有什么东西抓住了我的拇指，又抓住了我那只打着绷带的胳膊的手腕。一股灼痛顿时传来，但我虽然吃痛，却叫不出来，我太害怕了。

“我拉住他了！”我听到上面有个声音说，“来吧，孩子。我拉住你了！”我抬头看到一个男人的脸，是警察，海岸警卫队员，还是士兵？我不知道，但我被两个人拉扯着。贾斯帕拉着我的脚踝，这个人则抓着我的两个手腕。我和贾斯帕的重量把那个人也扯到了悬崖边。

我用力一蹬，我的一只脚自由了。贾斯帕用一只手抓着我的脚踝悬在那儿，他的双脚疯狂地试图踩住陡峭的卵石路。

如果我扭动得太厉害，海岸警卫队员就会被拉下悬崖，我们三个都会掉下去。于是我用脚一次又一次地踢向崖壁，使劲碾贾斯帕的手，直到我听到一声咒骂，感觉到他的手松开了。

但他没有掉下去。当我被拉到安全的地方时，贾斯帕四肢伸展贴着崖壁，脚趾踩着一丛草。他呼哧呼哧喘着气，抬头往上看，他的眼睛里充满了恐慌。

“救救我！”他喘着粗气说。

那个把我拉上来的人才刚确认我安全了，就把注意力转回到悬在崖边的贾斯帕身上。从直升机上又跑过来一个人，但他要几秒钟后才能赶到，而贾斯帕可撑不了那么久。

我把身体探过悬崖，石头和锋利的草在我裸露的胸膛上留下了新的划痕，我向贾斯帕伸出手臂。我不能让他掉下去。不管他是不是凶手，我都不会让一个人在我面前死去。

“不！回来！”救我的人喊道，但贾斯帕正把手伸向我……

他一直在伸手……继续伸手……

突然，他的目光不再盯着我，我顺着他的目光看到了落在裂缝里的长命珠。它距离太远了，我够不着，但贾斯帕的眼睛里充满了贪婪和决心。

“不，贾斯帕……你够不着的。”我喊道，“快拉住我的手！”

有那么一会儿我真的觉得他会拉住我的手。但他控制不了他自己。他咕哝一声，抓住嘴里的刀子，把刀伸向长命珠，把它从裂缝中拨了出来，随即放下刀，把长命珠握在手里。但是，贾斯帕的贪婪使他失去了平衡。他向后一歪，用嘶哑的声音喊道：“啊……不……啊……不……”

我和我的救命恩人现在都趴在悬崖边上，试图抓住他。贾斯帕伸出手，摸到了我的手。我感觉到长命珠在我们两人的掌心之间。他是要给我吗？这很难说。我们的目光相遇，但我握不住他的手，他的体重使他向后栽了下去。

我不能去看。我知道我抓不住他，他滑下去的时候，我紧闭着双眼。他甚至没有尖叫。

我不能往下看。

然后我听到下面岩石上传来一声令人作呕的闷响。

现在有两个人在我上面，他们把我拉到安全的平地上。

我浑身颤抖，不停抽泣，大口吸着空气，那个男人像妈妈以前那样把我抱在怀里，摇晃着我。

我握紧双拳，在我的一只手里，我感觉到玻璃珠挤压着我的掌心。

我的救命恩人紧紧地抱着我，他一直在对我说："嘘，没事了，孩子。嘘，没事了，孩子。"

自从妈妈死后，我第一次觉得"没事了"。

第九十九章

直升机送贾斯帕去了克拉姆灵顿的大医院。他们说会在大约一个小时后回来接我们。我和海因茨博士留在岛上，她用她的野营小炉子煮了热罐头汤，换了我手臂上的敷料，用她急救箱里的东西清理了我胸口的伤痕，又用毯子把我裹起来。在这个过程中，我始终紧紧地抓着长命珠。

我不确定她是否注意到了。

我和海因茨博士坐在帆布椅上，我们喝着汤，什么也没说。我实在不想说话，我想她能理解。

她的手机响了，把我吓了一跳。海因茨博士走出帐篷，但我能听到她说的每一句话。

“啊！普鲁登斯，亲爱的……嗯，我现在没时间聊天，我正在岛上接待一位客人呢。我很快会把整件事讲给你听，这个早晨真是过得太不可思议了……”

我猜是和她住在一起的那位普鲁登斯女士打来的。有一会儿，海因茨博士一直在听对方说，然后她道：

“真的吗？在哪里？啊，可怜的小猫……它吃过东西吗？不行？它的牙？真可怜……是的，我同意，亲爱的，也许那么做是最仁慈的……”

我一跃而起，扔掉毯子，冲了出去，还把热汤打翻在了帐篷的沙地上。牙……有多少猫会少了一半牙齿？

“那一定是比法！”我喊道，“把电话给我！”我没等回答，就抓过手机，冲着手机大叫道，“那只猫是不是黑色的，只有脖子上有一块块白毛？”

在电话的另一端，我听到了普鲁相当吃惊的声音：“呃……是的，是那样的。请问你是哪位？”

“我很抱歉。我叫阿尔菲·蒙克，我想你找到的猫是我的。它还活着吗？”

“嗯，是的……但是它很虚弱。恕我直言，我认为它活不了多久了。最好的办法是……”

“不！别让它死！它已经活了一千年了。”我不知道普鲁对最后这句话有什么看法，不过她说话很温柔。

“阿尔菲，亲爱的，它什么也不吃。没希望了。”

“螃蟹！”我说，“任何有蟹肉的东西都行，它最爱吃了。蟹肉罐头、新鲜的螃蟹、蟹酱……只要有蟹肉都可以！”

“我……会试试看的，阿尔菲，亲爱的，但我觉得可能真救不活了……”

她最后几句话被直升机的轰隆声淹没了，他们回来了，接我们返回大陆。

当我们登上直升机时，海因茨博士把嘴靠近我的耳朵，在一片嘈杂声中大声喊道：“阿尔菲，我不会泄露你的秘密的。”她紧紧地搂着我的肩膀。在短暂的直升机之旅中，她一直暗自微笑，显然很享受这次冒险。

我望向窗外，看见海雀在我们下面俯冲。我看到了我在直升机窗户上的影子，惊讶地发现我也在微笑。

第一百章

很多问题。

很多人。

人来人往，不停地问问题。每个人都想知道到底发生了什么事。

你不能怪他们，只是说实话根本于事无补，不是吗？

艾登的父母、莉比、普雷舍丝·明托开着普雷舍丝的旧福特嘉年华汽车赶来了。桑吉塔也在，还有海因茨博士。我们所有人都在安布尔的小警察局。

似乎没有人能弄明白该怎么做。

艾登坚持说，贾斯帕在他的船上发现我们时已经醉得一塌糊涂了。他打电话给海岸警卫队说自己被人关在船舱里，肯定是在“开玩笑”。贾斯帕在医院昏迷不醒，无法反驳他的说法。

到目前为止，还没有人把罗克茜和打电话谎称爸爸玩帆板被困海上的事联系起来。

我的故事是这样的：我们登上了贾斯帕的船，他气坏了，就追着我上了岛，又追着我上了悬崖，在那里他失足摔到了三十英尺下方的岩石上。

这说得通吗？

相信这个版本，肯定比相信事实来得容易。此外，我发现除了比法，我很难把精力集中在任何事情上。

海因茨博士装出一副稀里糊涂的样子，我敢肯定，她夸大了自己的德国口音，让她听起来更加困惑。我觉得她是想保护我，免得别人继续对我刨根问底。

“这是怎么回事？”她不停地说，“我好好地坐在帐篷里，突然就乱了套，还来了直升机什么的。啊，我的天……”我信任她。

我们在审讯室进进出出，身边都是警察。他们给了我几件衣服换上，长命珠安安全全地放在我的口袋里。询问间歇，我盯着窗外，很担心比法。桑吉塔过来坐在我旁边的硬沙发上。

她低声说：“你知道我一个字也不相信，对吧，阿尔菲？我不知道到底发生了什么，但我知道……我心里就是知道，你没有告诉我全部真相，你甚至连一部分真相都没说。”

我看着她，心中很抱歉。桑吉塔并不刻薄。我点头：“我明白。”

她轻笑一声：“你明白！我觉得你明白很多事，阿尔菲。”

“我们能早点儿走吗，桑吉塔？我想去看看我的猫。”

第一百〇一章

大约一小时后，警署警长来了。她本来今天休息，连制服都没穿。她决定今天不逮捕任何人，我们都将被释放，“等待进一步调查”。

原来当地警方很熟悉贾斯帕·胡克这个人，我不知道为什么会这样。不过，麦卡伦警长至少愿意相信我们。

晚上七点，我们终于可以回家了。

显然手机并不防水，我觉得这很奇怪，毕竟手机是经常使用的东西。我从“海盗旗”号跳进海里时，我的手机就在短裤里，现在已经彻底不能用了。

我转头看着桑吉塔，她正在开车，一直很安静。

“桑吉塔，我可以借用你的手机吗？我想发个短信。”

“你要给谁发短信？”

“罗克茜。”

桑吉塔按下一个按钮解锁了手机，把它交给我。她的手机和我的不一样，但最终我还是编写出了一条短信：

亲爱的罗克茜：

今晚八点请和艾登一起去海因茨博士家。

你真诚的

阿尔菲

我按下发送按钮后，便把手伸进口袋，摸着那颗小而光滑的长命珠。

第一百〇二章

我以为屋子里会有猫的味道，但我想错了。一点儿都没有。海因茨博士在门口迎接我们三个。

“我觉得……”她说，“我觉得应该让阿尔菲一个人去看他的猫。我不想打扰它。”

我摇了摇头：“他们也都是这件事的参与者，海因茨博士。”

“啊，叫我苏吧。大家都这么叫我！”

我们走了进去，在后面的房间里有一个猫篮，里面躺着一只猫。我的猫。我和妈妈的猫。它瘦得皮包骨，少了几块毛，尾巴弯曲着……但绝对是比法。

它还活着，普鲁登斯是在她家和艾登家之间的巷子里发现了快要饿死的比法。它旁边放着一个空碗。我立刻跪下，把脸埋在它的脖子里。它抽着尾巴，发出了奇怪的呜呜声。

“你说给它吃螃蟹是对的。”普鲁说。她站在我边上，脸上带着伤感的微笑，“它全吃了。”

我想向她道谢。我想说点儿什么，但说不出口，因为我只要开口，就会哭出来：为所发生的一切感到悲伤，为比法的痛苦感到难过，为找回它感到高兴，为了我终于得到了解脱，为了……

一切。

我抬起头，咧嘴一笑，免得自己哭出来，然后又把头埋进比法的毛里。那毛闻起来有柴火、洞穴、船上的柏油和海浪的味道，还有好多个世纪积聚的妈妈身上的味道。我搔着它的耳朵，用我们古老的语言一遍又一遍地告诉它我有多想念它。

我不知道我在那里待了多久，但当我再次抬头时，海因茨博士、普鲁登斯、罗克茜和艾登都已经走了。只有我和比法，一个活了一千年的男孩和他那只同样活了一千年的猫。现在我知道该怎么做剩下的那件事了。

第一百〇三章

我上了地铁，里面的人甚至都没有抬头看我。我背着一个帆布背包，里面装着一些木头，我还提着一个宠物笼，里面有一只猫。

他们一直盯着手机看，现代人似乎都这样。就在刚才，我还很高兴没人留意我，现在我可不那么肯定了。不管怎样，在几站之后，我也拿出了我的手机（桑吉塔给我买了一部新的，还能播放电影呢！）。

我在想，如果妈妈看到大家这么快就能到不久前可能要走上一整天或更久才可以到的地方，她会多么惊讶。

妈妈一直和我在一起。不仅在我的脑子里，在我的心里，现在还在我的手机里。罗克茜给了我一份我们第一次见面时她（偷偷）拍摄的录像的“数码备份”。从里面可以听到妈妈的声音，看到她的脸、她的手，以及我们的老房子。我第一次看到录像的时候很难过，但现在我会笑。

地铁继续前行，经过了南戈斯福斯、伊尔福德路、西杰斯蒙德……我不停地抬头看列车侧面的图表，数着车站。还有十六站。很多人在纽卡斯尔站上下车，然后，列车从泰恩河下经过，那是很长的一段路。

我们曾经叫它“特恩河”，我心想。

我看着手机上妈妈的照片，心想目的地快到了。对面的一个年轻人用奇怪的眼神看了我一眼。我大声说出来了吗？好吧。

列车经过了佩洛、赫伯恩、贾罗。我笑了，想起了约翰内斯和保罗。我们现在正沿着河的南岸往回走，驶往大海。有一站叫比德站，是以一位老历史学家的名字命名的。我认识一个老修道士，他告诉我他的高曾祖父见过比德。想到这里，我咯咯地笑了起来。对面的人又抬起头来，现在他确信我是个疯子了。

终点站南希尔兹终于到了。这里是一切开始的地方。

当然，当时这里不叫南希尔兹。我想这个地方在一千年前甚至没有名字。

我带着比法从车站出来，环顾四周。奇怪的是，我发现自己一千年来从未回来过。我想，天哪，这里变化太大了，我开始嘲笑自己。这次，我是大声地笑了出来。地铁上的那个人摇着头从我身边走过。但我不在乎。

四周房屋林立，商店一家挨着一家，一切都是那么现代。

然而，海滩和悬崖依然是原来的样子。我很清楚这一点，当我看到那里，我整个冒险开始的那个小山洞便闪现在我的脑海里。我沿着宽阔的悬崖顶部往南走。我眺望着平坦的铁灰色大海，试着想象十一岁的我和妈妈一起回到这里。海鸥在我的头顶上盘旋，三趾鸥在悬崖边的巢穴中飞进飞出。一辆汽车在远处的路上呼啸而过，把我带回了二十一世纪。

我的背包已经开始勒入我的肩膀，比法也越来越重了，但我不介意。我继续走着，一直走到一个半圆形的小海湾，这里就像有巨人咬掉了一块大地。现在这里有一道水泥楼梯通向海滩。而曾几何时，我和妈妈不得不背着我们的物品，沿着一条崎岖的小路走下去。

即使此时正值夏天，海湾也很冷清。那个洞穴没有变，不过地上散落着不少空啤酒罐，可见有人来过。

我把比法从宠物笼里放了出来。通常它会去探险，不过现在它只是嗅了嗅，步履沉重地走到岩架前，多年前，它便是舒舒服服地趴在那儿的。它肯定不记得了吧？可话又说回来，如果我记得，它也许也记得。它大声喵喵叫了两声，便趴下看着我。

我从包里拿出了木头、一大块蜡制的引火物和一些火柴。我想过用老方法。我眼镜上的镜片可以像爸爸的火镜一样生火，但今天太阳藏在布满天空的白色云层后面。

一会儿工夫，火便燃了起来。

我的背包上部有一个方形的小盒子，那是一个电池供电的小型投影仪，也是罗克茜从垃圾桶里找到的。投影仪表面有一道很深的划痕，也不能播放声音，这可能就是它被丢弃的原因，但其他功能依然完好。我把我的手机插入插槽，按下播放键。

就这样，她出现在了凹凸不平的洞穴石壁上，仿佛她真的在那里。妈妈。比法打了个哈欠，轻轻咆哮了一声表示赞同。

我从包里拿出最后一件东西：爸爸的小钢刀。我的手心开始冒汗。从我的口袋里，我取出了世上最后一颗长命珠，珠子摸起来温暖而光滑。

对妈妈的那段影像，我每一秒都很熟悉，我抬头注视着投影图像。马上要播放的是妈妈对着镜头点了点头。我把刀放在火焰上，等着那段影像出现。

那段画面出现的时候，我没有片刻的犹豫。我迅速地划了两刀，割开了手臂上的那两道疤，还咬碎了长命珠。我的心跳加速，这可能是件好事：这将促使珠子里的液体更快地流过我的身体。一滴液体渗了出来，我将它倒入我手臂上流着血的伤口里。一滴，又一滴。

我在胳膊上缠好绷带，液体就像新鲜的荨麻一样刺痛了我。

步骤完全正确。我很清楚这一点，因为在洞穴的墙壁上，妈妈正在用口型说着"Gother-swain, Alve"。乖孩子，阿尔韦。

她温柔地微笑着，有缺口的牙齿露在外面，画面定格在这里。不知是因为长命珠里的琥珀色液体，还是我的想象，我感到一股暖意流经我的全身。比法从石架上醒来，伸伸懒腰，跳下来，用它柔软的皮毛蹭着我的脚踝。我比一千年来的任何时候都要幸福。

第一百〇四章

一周后

我的细胞年龄测试是三天前做的，在当地医院的一个小房间里，他们采集了我的皮肤和血液样本送去分析。

桑吉塔和我一起去的，现在她和我一起等待医生宣布结果。

一位看上去很友好的女士拿着一个棕色的信封向我们走来。

“我们进去好吗？”她指着一个小咨询室说。

“不！”我想说，“现在就告诉我。”可是我们还是跟着她，在她对面坐下，中间隔着一张木桌。

“好吧，阿尔菲，你知道的，”她说，“人们对你的年龄有些怀疑。”

我瞥了一眼桑吉塔，她面无表情。

“我们进行的细胞测试不可能百分之百准确。”她一边打开信封，一边说，“但我们几乎可以肯定地说，你的细胞显示你的年龄是……”

说到这里，她顿了顿，透过眼镜看着手里的纸。这就好像她是故意这样做的，以制造悬念，但我认为她不是。

“……四千到……”

等等。什么？

“……四千两百……”

她在说什么?

“……天。你的年龄大约是十一岁。十一岁零三个月。跟你说的年龄完全一致,阿尔菲。”

我明天可以回去上学了。

第一百〇五章

六个月后

贾斯帕“没有恢复意识”，在医院去世了。

原来他很有钱，他所有的钱都归艾丽丝姨妈所有，毕竟他没有其他亲戚。

妈妈说艾丽丝姨妈“非常慷慨”，我估摸这意味着至少目前我们不用再为钱发愁了。妈妈在呼叫中心升职了，爸爸参加了很多工作面试。重新装修刚刚完工，我想我们又要搬家了。（“多亏了你呀，伙计！”爸爸说，但他是在开玩笑。算是吧。）

房子必须足够大，能给阿尔菲留个房间。妈妈和爸爸正在走程序，这样我们就能收养他了。桑吉塔经常来我们家，其他社会服务机构的人也来。一切看起来都很好。

阿尔菲将是我的哥哥（比我大很多的哥哥！）。

房子里会有一个大书架，上面摆着一套特别的查尔斯·狄更斯全集。

莉比也很高兴，但也许只是因为我们可以养比法。

顺便说一下，伊尼戈·德隆布拉转学了。他只是去了蒙克西顿中学，但对我来说已经够远了。在他来学校的最后一天，他走到我和阿尔菲面前，说：“林克莱特，蒙克，你们两个干过什么？你们有事瞒着我，我想不明白，一辈子都要难过了。”

“一辈子？”阿尔菲说，“那是很长一段时间，德隆布拉。只要你不介意就行。”

说完我们就走了，留下伊尼戈一个人煎熬。走到他看不见的地方，我们两个击掌庆祝。

罗克茜呢？罗克茜……还是罗克茜。她习惯叫阿尔菲“老伙计”，比如“很高兴见到你，阿尔菲老伙计！”。这有点儿好笑，但只有我们能理解这个玩笑。

阿尔菲做了牙，他看起来还不错。他加入了罗克茜的戏剧社，她说他很擅长扮演老人。真有趣。

多亏了桑吉塔（她说她“寻求了一些帮助”），普雷舍丝·明托在家里安装了一个楼梯升降机。她不再拄着拐杖走路了，每隔几天，她就会唱赞美诗，那嘹亮的歌声穿透薄薄的墙壁传来。

她的歌声谈不上音调优美，但罗克茜说这是她听过的最美的声音。

说到唱歌……我们这会儿正在车里，跟着收音机（阿尔菲仍然称它为无线电，这可真滑稽）里的歌一起唱。阿尔菲的声音很低沉，就像男低音：“哦，耶！”

妈妈听到我们在唱歌。

“听听你的声音，阿尔菲！”她说，“你的声音都哑了！你长大了！”

我看向阿尔菲，他害羞地笑了笑，又使劲眨了眨眼，像是哭了。但很难猜透阿尔菲的心思，尽管他是我们的“老”朋友。

作者的话

这不是一部“历史小说”。既不是地理课，也不是语言学指南。换句话说：大部分内容都是我编的。书中提到的历史日期、地点和古语都算不上十分准确。

像往常一样，我欠很多人一个大人情，他们的名字没能出现在封面上，尤其是我充满耐心的编辑尼克·雷克、萨曼莎·斯图尔特、简·泰特、玛丽·奥赖尔登，以及哈珀柯林斯出版社的其他人，是他们的工作让我看起来比实际更出色。

谢谢大家。